润物

物

马立远 著

无

声

中国文联出版社
http://www.clapnet.cn

图书在版编目（CIP）数据

润物无声 / 马立远著. -- 北京：中国文联出版社,2018.12

ISBN 978-7-5190-4017-8

Ⅰ.①润… Ⅱ.①马… Ⅲ.①散文集－中国－当代Ⅳ.①I267

中国版本图书馆 CIP 数据核字(2018)第 266350 号

润物无声
（RUNWU WUSHENG）

著　　者：马立远

出 版 人：朱　庆

终 审 人：奚耀华　　　　　　　复 审 人：王柏松

责任编辑：周小丽　　　　　　　责任校对：熊雪飞

封面设计：萧景然　　　　　　　责任印制：陈　晨

出版发行：中国文联出版社

地　　址：北京市朝阳区农展馆南里 10 号，100125

电　　话：010-85923036（咨询）85923000（编务）85923020（邮购）

传　　真：010-85923000（总编室），010-85923020（发行部）

网　　址：http://www.clapnet.cn　　http://www.claplus.cn

E－mail：clap@clapnet.cn　　　zhouxl@clapnet.cn

印　　刷：成都国图广告印务有限公司

装　　订：成都国图广告印务有限公司

法律顾问：北京市德鸿律师事务所王振勇律师

本书如有破损、缺页、装订错误，请与本社联系调换

开　　本：880×1230　　　　　　　1/32

字　　数：176千字　　　　　　　印　张：9

版　　次：2018 年12月第1版　　　印　次：2018 年12月第1次印刷

书　　号：ISBN 978-7-5190-4017-8

定　　价：30.00 元

目　录

CONTENTS

润
物
无
声

序

谢方儿

  我多年没有认真阅读整部的散文集了，这不是说我不喜欢阅读，其实我是一个热爱阅读的人，只是太强的阅读选择和有限的阅读时间，让我缺乏静心读完整部散文集的耐心。然而，在这个寒冷的冬天里，尽管杂事缠身，我还是用心读完了马立远的这部《润物无声》。

  这是一部十四万多字的散文集，共收录了六十五篇题材丰富的文章。可以说，这些散文都发源于心灵，流淌于笔尖，荡漾于自然。亲情、友情、乡情，字字真情实感，语言朴实无华，给人留下许多岁月的回味。好散文都是有灵气的，就像一个"秀外慧中"的女子，有品格、品质和品位。我觉得，马立远的散文无疑是好散文，它的灵气体现在对人生、对自然、对生存的深切感悟。

  说起来，马立远是我的学长和老师，我说的是真的。1985年夏天，马立远在绍兴师专中文科毕业。这年秋天，我才踏进绍兴

RUN WU WU SHENG

师专中文科（干修班）的门槛。所以，他是我的学长。马立远毕业后留校工作，也就是说，我在师专学习时，他是学校中文科的老师。

现在，马立远的散文集要出版了，他找我为他的书写一个序，这让我的内心有些诚惶诚恐。我说这话也是真的。文章千古事，一部书的序言更是千古大事，这是一个文人心里的神圣准则。再说，马立远不但是我的学长和老师，他还是我眼里的领导。人贵有自知之明，我自知担当不起这样的重任。于是，我就忸怩起来了。这个时候，马立远对我说，他最希望我给他的书写一个序。马立远说这样的话，是真心诚意的，在这个事上，说明他没有把自己看成是一个领导，也就是说，他的内心里我是他的一个好朋友。

所以，我义不容辞地答应为朋友马立远的书写这个序。

从一个读者的角度来看，我读马立远的这部《润物无声》，真切感受到了文字背后的那个饱含深情的马立远，他的文字就是一场作家与读者的心灵对话，也是作家有意无意间透露的内心世界。

这部散文集的主要特点在于感情之真，每篇散文都是有感而发。马立远用平静沉稳的文字写自己的事、写自己的心、写真实的事、写真实的情，这是他长期对生活的深入观察、感受、理解的一种必然结果。譬如《最忆和畅堂》《高考前夕》《那一年这一天》《成长之中》《一位兄长》等等这些散文，深情地抒发了自己的内心情怀。他凭着自己深切的感受，深沉的思索，展现出一个丰满而纯洁的内心世界。而且，这些散文的主题都积极向上，具有光彩的"亮点"。

对我来说，对开篇的《最忆和畅堂》深有感触。文中人物形象生动活泼、学校景物清晰可见，提到的那些人、事、物，我多多少少也有所了解，像王德林、沈贻炜、何仲生、张理明等也是我的老师。读到这些名字，我的内心也产生了强烈的共鸣。其实"最忆"的意思，应该也是难忘的一种。这让我想起了梁实秋先生的散文《忆清华》："我在清华读过八年书，由十四岁到二十二岁，自然有不可磨灭的印象，难以淡忘的感情。"这就是散文讲究的真本色，也就是抒发了自己的真情实感。

　　可以这样说，父爱和母爱是文学作品永恒的主题之一。古往今来，许多作家都写过关于自己父母的文章，鲁迅的《父亲的病》，胡适的《我的母亲》，朱自清的《背影》，莫言的《母亲》，史铁生的《我与地坛》等等，这些文章都蕴含了深厚的感情和丰富的韵味，平淡中见深情，令人回味无穷。

　　马立远出生在嵊州一个叫小崑的山村，那里自然风光秀丽，但交通闭塞，一条简陋的山路，弯弯曲曲地从山上通往外面的世界。马立远就是从这条山路里走出来的，他读中学时，每次回家的日子，他的父亲或者母亲就会站在村口，眺望山路的尽头。仿佛每一个在眼中出现的身影就是日夜牵挂的儿子，可怜天下父母心，这是一种深深的父爱和母爱。所以，马立远在这部散文集中有许多篇章写到了父亲和母亲，如《高考前夕》《父亲的情怀》和《慈母之心》等。马立远用深情的笔尖，抒发出自己对父母的感恩之心。同时，也写出了他父母的纯朴和憨厚。

　　在《父亲的梦》一文中，马立远写到自己高考被录取后，父亲在言语上似乎很平静，但他的行动表达了自己内心的喜悦和激动——有一天，我随大伙儿在一处叫"下西白"的田间栽种玉米。夕阳西下，晚风送爽。一位从村里走到田畈来的邻居说，高音喇叭里在播高考上分数线的名单，有我！……我走在回家路上，当走到长丘的尽头，见父亲和一些伯伯叔叔们还在田里给玉米浇水。父亲看我走近了，只是憨厚地一笑，然后继续低头浇水，只是觉得父亲浇水的节奏明显加快，步履也更加迅捷。

在这部散文集中有多篇文章是写"易忆"的，如《写给青春的信——致易忆》和《写给青春的信（续篇）——致易忆》，这个名叫易忆的女孩子就是马立远的女儿。在父亲的书里，也收录了女儿易忆写的《易忆自述》，这是易忆2009年留学澳大利亚不久后写的，至今已近十年了。那个时候，易忆十六岁，是父亲眼里的花季少女，是父亲心里的宝贝女儿，是父亲梦里的灿烂阳光。当时，易忆被澳大利亚的 FM88 堪城之声广播电台录取为主播，她在自述中用像少女一样单纯青涩的文字，记下了当时的心情："第一次走进电台，看到电台的大家，虽然兴奋，却也带着一丝迷茫。一起工作的大家都充满着热情与朝气。"这是一个十六岁少女热情奔放中带着一丝羞涩的情怀，也是一个少女自立自强的开端。我的高中语文老师曾经对我说，一个人事业的成功算不了真正的成功，只有培养出优秀的子女，人生才算得上是成功。从这一点上来说，马立远无疑是成功的。培养出优秀的子女，不是靠金钱，不是靠关系，也不是靠吹牛拍马，靠的是家风、家传、家训。说白了就是，什么样的家庭就有什么样的孩子，什么样的父亲就有什么样的女儿。马立远在《致易忆》中对女儿说："在你十六岁生日之际，虽相隔万里，心默默地为你祝愿着，祝你健康快乐地成长，有个健美的身体，也有美丽的前程。"这是一个父亲的心声，也是父女之间心灵的交流。都说女儿是父亲的小棉袄，而女儿心里的父亲是一个既平凡又伟大的男人：老爸今天是你的生日/没啥能送的/就送你一首诗/在阳光下的农夫山泉/在月光下你给我讲的故事/我伟大的老爸……

有人说，散文是最世俗化的文学作品，散文写的就是身边的人，身边的事情。如张爱玲就说自己是一个小市民，她在散文里写到："我喜欢听市声。"她从不满怀激情地高歌或赞美生活，她用笔客观细致地写出生活的喧嚣和本色，把灰暗切换成温暖，然后照亮读者的心灵。所以，马立远在散文集中描写的一些人生磨难和生活琐碎，通过他平淡平静的叙述，让人感觉到了他内心对美好生活的追求和向往，让读者看到了光亮和希望。

如他在《启蒙老师》中写到："因为受老师的影响，令我在纷杂的时世里也能保持着真诚和执着。虽然，也没有取得令人瞩目的成绩，可每当有一点小小的收获时，总会想起老师，特别是这位永在心中的启蒙老师。"还有，写他岳母的《恩情怎能忘怀》，写得情真意切："自此，我在离开家门、离开父母之后，又拥有了一个新家、一对爸妈。特别是这位妈妈，是一位功底深厚的绍剧艺术家妈妈，一位一直以来视我为己出，疼我、鼓励我、器重我、赞赏我的妈妈，一位当我有失敬时从不指责、抱怨，总是包容、勉励的妈妈。"

还有马立远写家乡越剧的文字，记友人的文字，以及自己是一个旅人的感受。其实，这些就是生活的市井，就是身边难忘的人和事，他们都是平凡的人，他们的事也都是平凡的事，生活原本就是这样，这是马立远笔下的本色，因为他自己就是一个平静平凡的人。用他自己的话来说，他就是一个"不太喜欢闲逛闹市，喜爱漫步小巷；不在乎游走都市，喜欢穿越乡村"的人。

读完马立远的这部散文集，2018 年的春节临近了，正值严冬腊月，期待的纷纷飞雪如约而至，旧梦已远，新梦未解。或许，我们每一段岁月的远去，都像是送走了一位难以再见的友人。当某一天我们蓦然回首，发现自己已经走在风烛残年的路上。"昔我往矣，杨柳依依；今我来思，雨雪霏霏。"人生似乎就是一段伤感的旅途，来的来，去的去，最终肉体和岁月一起远走高飞，但我们曾经丰沛的内心，必然以文字留存于世上。这是我写这个序的其中一层意思，也是我满怀情感的向往。

岁月静好，润物无声。

2018 年元月 26 日，于隔离斋

（谢方儿，中国作家协会会员，绍兴市作家协会副主席兼秘书长）

最忆和畅堂

我的母校在和畅堂，那是心中的圣殿。

可是，当时的校园何其简陋。刚从攒宫农场迁入和畅堂的所谓鲁迅故乡唯一的一所高校，有校无园，不成规模，还不如一些中专、技校布局合理，井然有序。在秋瑾故居附近，那浅浅的池塘边上，矗立着一幢主楼五层、两翼四层的大楼，便是校园的全部。没有设施完善的食堂，买菜打饭后须带回拥挤的宿舍；没有体育运动场地，出操和上体育课须走进附中小小的操场；没有热水和电扇，也没电视机，当我们里外三层站在外语系教室的课桌上，伸长脖子，饶有兴味地观看电视连续剧《排球女将》，已是大家的至美享受。

就是这样的一所看似名不副实的学校，却让我念念不忘，许多旧事，记忆犹新。

忆和畅堂，最忆老师的不倦教诲和睿智哲思。有时，老师们刻意为之或随意而发的话语，让学生终生铭记，成为人生导向。当时教师紧缺，工作清苦，学校谆谆教导学生要立志成为一名合格的中学教师。在新生入学后的第一天，谢德铣老师笑容可掬地说："你们刚刚踏进校门，入学分数都差不多，但到了毕业时，优秀的学生可以成为落后学生的老师，关键是看平时努力的程度。"说者似轻描淡写，听者却觉得震耳发聩。在庆祝第一个教师节大会上，时任副市长的陈祖楠手持一张卡片回校作报告，在一番热情洋溢的铺垫之后，他突然提高嗓门："教师是太阳底下最崇高的事业，每一个人在一百步以外，就要向他脱帽致意……"台下许多学生面露惊愕之色，以为不太可信。陈老师接着朗声说："这不是我说的，是捷克教育家夸美纽斯的原话！"顿时，全场掌声雷动。陈祖楠在鲁迅研究之外教授教材教法。自担任副市长之后，仍利用星期日或夜间坚持回校上课。在最后一节课的最后时刻，他又满怀激情地说："教师是教育家，也是艺术家，在教师这一职业上，是大有可为的。"让听者刻骨铭心，得到莫大的激励和启迪。在毕业晚会上，一个个任课老师热情地寄语学生如何当好教师，适应环境。记忆最深的是年轻的鲍贤伦老师简洁而富有哲思的话语："你们自小学到大学，见识过许多老师，知道什么样的老师才是最优秀的，心中定有一个优秀老师形象，这个形象就是你们的努力方向，希望你们个个实现这一心中的理想。"虽寥寥数语，却一直视为人生指南，镌刻在心底。

忆和畅堂，最忆老师的精深学养和严格要求。当时的老师十分珍惜教育的春天，个个心无旁骛，不浮躁、不趋利，潜心研究学问，十分看重教学效果。由于职称评审尚未步入正规，学校缺乏教授让我们心存遗憾，而从教学效果和科研成果看，许多老师有着很高的授课水准和科研能力。印象较深的是王德林主讲文艺理论文思缜密，李秀实解读字词句功底深厚，邹志方赏析诗词意境引人入胜。袁傲珍、鲍贤伦讲授古代汉语，儒雅而平实的教学风范，使古汉语课化晦涩枯燥为生动活泼。在现代文学课堂上，顾琅川、吴国群学识涵养深厚，年轻的蒋益才华横溢，他们或严谨、或潇洒、或奔放的教学风格赢得学生的广泛赞誉。钱茂竹的古代文论，王德林的电影文学等选修课激发了学生的浓厚兴趣，学生视必修课一样去研读。在老师的引导下，我试着学习训诂学，特意去报考自学考试作为成果检验。考试通过后，袁老师说："真不错。"学校也比较重视师范学生教学技能的培养，而且标准很高、要求极严。吴子慧讲授语音课，这位柔美的老师也有铁石的一面。她拎着一台如砖块般的单录机走进教室，让每一位学生录一段《海燕》，然后说毕业前再让每一位同学自己听，比较是否有长进。作为系主任的谢德铣要求学生每天训练毛笔字，一年须交上一百张毛笔字作业；作为写作课教师，他和祝兆炬一起要求学生一年写上一百篇作文。这"双百"要求让学生一时心存抵触，后来才明白寄寓着希望学生提升教学技能的良苦用心。

　　毕业不久，学校主体部分从和畅堂迁至风则江畔。新老校园虽一箭之遥，却真正告别了有校无园的窘境。学校拥有了现代化的教学楼、图书馆、运动场，呈现出大学校园的恢宏气象。可是，忆母校，还是最忆和畅堂，因为在这里，滥觞于攒宫，勃兴于和畅堂的教育内涵和办学模式仍在积聚和滋长，逐步走向湟湟大观。我边学习边工作，自以为在中文系的这一段历练是人生中的美好时光，见证了中文系的许多经典创意和精彩瞬间。顾琅川、邹志方聘请杭州的吴熊和等专家、学者担任兼职教授，邀请著名作家萧军、诗词曲学研究专家万云骏等来校讲学，开展了一系列学术讲座和研讨活动，让师生大开眼界。沈贻炜、鲍贤伦精心策划举办全国性学术研讨会，邀请上海的陈思和、王晓明、毛时安等作学术报告，还特意安排考察当时无人问津的鲁迅外婆家——安桥头，令到访者记忆深远。此时期，中文系的科研、教学和创作风生水起，硕果累累，呈现兴旺发达的态势。陈祖楠、谢德铣、王德林、吴国群、陈越从事鲁迅研究形成团队优势，在省内外享有盛誉，成为学校的一大特色和品牌。邹志方的陆游研究，佘德余的张岱研究，顾琅川的周作人研究，吴国群的茅盾研究在学界占有一席之地，负有盛名。陈越在光明日报上通栏刊发学术文章，曾经轰动一时；王松泉以板书学研究独树一帜，享誉中小学教坛；沈贻炜教学、科研和创作硕果颇丰，一部部小说发表和被改编成影视剧，让学生不知有多崇拜，身后紧跟着一大群文学青年；何仲生、王挺和张理明以不同的教学风格将源远流长、绚丽多姿的世界文学园地呈现在学生面前。他们时尚而亲和，或潇洒、或清纯、或超然的风采让学生津津乐道。在鲍贤伦的书法理论和创作引领下，学生学习书法蔚然成风，书法之乡也真正从传统走向现代，开创了一个气象万千的大场面。在与师生的朝夕相处中，结下了深情厚谊。在心里，许多德高望重、学养深厚的老师是我尊敬的长辈，而许多青年才俊更是我的兄弟姐妹。柯岩寻野趣，三山觅诗魂，泛舟古纤道，沉醉五泄湖……一个个好时光都珍藏在心里。所以，一直特别留恋学校，特别珍惜与老师们相处的朝朝暮暮，牢记着其中的点点滴滴。当从副市长岗位回到学校任校长的陈祖楠在校庆十周年庆祝大会上，激情澎湃，以诗化的语言描绘校庆二十年时的美好愿景时，内心也是热血沸腾，豪情满怀，没有想过会离开校园。当与同学一起栽下一棵棵小树苗之后，以为将伴随它们一起长大，成为参天大树。只是几年后的那个夏日，懵懵地走出了校门，进入了政府机关。可是，二十年过去，梦牵神绕的常常是这一个精神家园——和畅堂。

忆母校，最忆和畅堂，因为在简陋而清苦的和畅堂期间，与许多老师的朝夕相处之中，让我知道为人处事应真诚坦荡，为人师表；让我知道学无止境，学习应成为一种爱好和习惯；让我知道人格也以境界为上，有境界则自成高格，大气包容，宁静淡泊。二十年过去，当年栽下的小苗已长成挺拔而伟岸的大树。当年的这些讲师、助教们早已功成名就、业绩非凡，涌现了许多著名的专家、学者和作家、书法家。二十年来，他们的胸襟、视野和气质滋养着我每一个前行的脚印，无论获得成绩还是遇到难题，总是能坦然面对，宁静致远，执着前行。

（写于2015.01.27）

恩情怎能忘怀

那一年，在父母的热望下，我背着行囊离开了家门，来到了这座陌生的城市。总以为这只是求学，不会扎根。没想到自此以后，与这座城市结下了不解之缘。因为自己留了校，更是因为有了一个家，还有一位敬爱的妈妈。

毕业没几年，我遇上了杨子，一个酷爱读书和创作穿着红裙子的神仙般的姑娘。于是，向往杨家也成了一个小小心愿。在一个过大年前的周末，学校虽还没有放假，但也觉得无所事事，于是与杨子相约去做客。我穿上吴子慧老师伴我去百货大楼选来的羽绒衣，斗着胆儿，飞向时时向往着的杨家门。按着杨子告诉的线路，从儿童公园转向马弄，再向右进入一条窄窄的小弄，便是杨子说过的纺车桥河沿了。那一个井台边上的小门，便是杨子的家。

开门的便是杨妈妈，她个儿不高，胖胖的，皮肤白皙，仪态端庄，一脸笑容如春风拂面，温暖袭人。杨妈妈笑盈盈地招呼着，把我引到里边的客厅去。进门前的忐忑，进入后的紧张情绪即刻消释了一大半。

小门右边是搭建的厨房。那位站在热气弥漫的炉子前，瘦瘦高高、肤色黝黑的长者，是杨爸爸。他手里点着一支烟，见一个陌生小伙进门来，微微一笑说，里边坐。便继续忙他手中的活儿。

走进客厅，只见杨妈妈在裹粽子。过年裹粽是一大习俗，体现一种年味，杨家也不例外。看桌上、板凳上放着一大团筐糯米，一迭迭粽箬，还有切成一片片的一大碗瘦肉……看来今天裹粽子的任务并不轻松。

客厅再里边是厨房改装的小书房，掩着门。杨子利用星期天在书房里复习功课，因为马上就是期终考试。听到我进入客厅的声音，书房门开了，杨子走了出来。她穿得厚厚的，戴着一顶手工编织的线帽，手捧一个热水袋，朝我莞尔一笑，算是招呼。杨爸爸端来了一杯茶，杨妈妈说："你们到里边去吧。"

书桌上满是教材和资料，白纸上密密麻麻地写满了各种名词和数字。我觉得坐在书房里帮不上什么，反而是影响她的复习，可又不甘心刚进来就离开。见客厅里杨妈妈独自在忙着裹粽子，心想，家里过年时也裹粽子，自己跟着母亲学过几招。只是家里裹的是"四角粽"，这儿是"横包粽"。母亲说过粽子的形状主要靠控制粽箬的左手掌控，心想自己肯定也可以裹好"横包粽"的。于是，我走向客厅自告奋勇地向杨妈妈提出要参与裹粽子。杨妈妈先是一脸惊异，转而欣喜地说："读书人也会裹粽子。"

我洗净了手，先看杨妈妈示范，然后自己动手：先折粽箬做成兜形，然后装上浸胀了的糯米并揿得实实的，中间嵌入一条浸过酱油的瘦肉后，合上粽箬。这时候要特别注意粽角的形状，还有表面的光洁度。最后绕上线，打好结。如此，自己首裹的"横包粽"诞生了。杨妈妈见之喜形于色："读书人裹粽也像模像样的呀。"

一个人裹粽子变成两个人一齐动手，进度也加快了许多。杨妈妈打开了话匣子，问长问短的，拉起了家常。杨家的点滴故事，杨子已讲过许多，今天听杨妈妈饶有兴味地聊起来仍觉得十分新鲜、生动。杨妈妈说她是浙江绍剧团老旦演员，年轻时饰演电影《孙悟空三打白骨精》那个白骨精的母亲，是饰演唐僧的著名演员筱昌顺的女弟子。前几年在《于谦》中饰演皇太后一角在上海连演二十九场，场场爆满。晋京演出后受到阳翰笙的接见，还有梅兰芳夫人的宴请……这让酷爱戏曲的我肃然起敬：眼前这位围着胸爿正在裹粽的杨妈妈却是一位与六龄童、十三龄童同台演出的绍剧名角，她便是许多绍剧经典剧中的皇太后（《于谦》）、佘太君（《百岁挂帅》）、李母（《智取威虎山》）、崔大娘（《奇袭白虎团》）……虽是一片绿叶，却光彩夺目。

杨妈妈说，杨爸爸也是科班出道的绍剧乐队成员，后来为照顾孩子才放下乐器离开剧团。现在，杨家三个女儿中，杨大已成家，外孙女满月不久。杨二今天上班，杨子是小女儿。杨爸爸杨妈妈都曾教她们学表演或乐器，最后都放弃进剧团而去了企业。

杨妈妈十分健谈，时而细语，时而发出爽朗的笑声，客厅内洋溢着轻松愉快的气氛，完全忽略了冬日的寒冷和彼此的陌生感。不知不觉中团箩里的米只剩下 小半，时间也临近中午。我想应该返回了，可裹粽还没有结束。当然，初次登门是决不能留下吃饭的。裹粽终于完工了，满满两大盆粽子似两座小山，那是今天的劳动果实。我刚想告辞，杨爸爸从厨房里端上一碗碗冒着热气的菜，说"可吃饭了！"我站起来就要离开，杨爸杨妈却一齐热情地挽留："太晏了，就吃了饭再走吧。"我一时不知怎好，这时杨子从书房里出来，轻声说："那就留下吃饭吧，回去食堂也关门了的。"

这是自己第一回走进杨家，也是第一次在杨家吃饭。而且，这不是人生的插曲，而且崭新的开端。

忘不了杨妈妈送出家门，在井台边上的叮嘱：以后常来玩，星期天没有事就到这儿来吃饭……

从此，我自由地进出这井台边上的小门，杨家成了我离开父母之后的一方乐土。常常与杨子漫步到小河边，信步跨过那座小小的纺车桥，徜徉在东双桥、八字桥和广宁桥畔，留连忘返。

有时留下吃饭，杨妈妈后来发觉我爱吃鱼，每一回总是煎好鱼，放在我面前。

寒去暑来，这一年的暑假，在杨子充满期待的目光下，我又走在求学路上。此前，已与许学刚老师一起二下福建龙岩师专读书，这一年华东师大把学习地点安排在芜湖的安徽师大，而许老师因身体原因申请休学，不能同往。杨妈妈得知我要孤身去芜湖既兴奋又担心。临行前的晚上，又在杨家吃晚餐作为送行。如每一次离家时，父亲总是叮嘱有否忘了带上钥匙、手表、钱包一样，此时的杨妈妈也是不停地嘱咐着、唠叨着。我起身要回校了，杨妈妈送我出门。杨妈妈跨出客厅，见客厅门外有杨爸爸刚带回家的六罐可口可乐，随手拿起其中一罐塞在我手里："带着，路上可喝的。"

当时，只在电视里观看女排比赛暂停间隙，姑娘们在喝各种饮料，总以为那是至高享受。夜里，我把这罐可乐放在旅行包里，想着不能随便喝掉，应该在最需要的时候喝。

第二天，我乘车至杭州。杭州大学同学多，去前已写信请学新闻的钱渭南预订校内的招待所，买一张去芜湖的长途车票。此时，学哲学的积夫已毕业留校在人口所，耀鸿回嵊县党校任教。学中文的国祥正在等待毕业分配，所以仍留在学校。午后，大家坐着闲聊。因为高温，大家聊的话题也是如何消暑。积夫说："有一次去一位老师家里，老师从冰箱里拿出西瓜，切成片让大家享受，一口吃下去，透心的凉，那个爽啊！"如望梅止渴，大家也觉得凉爽爽的。此时，我想到了旅行包里这罐可乐，心想自己还不知可乐的滋味是咋样的，以前只喝过汽水。当然，这个时候还不是喝可乐的时候。

住招待所同室的是一位来自北师大中文系研究语言学的教授，这次他来杭大授课。他坐在床沿上，先听我叙述，然后如同给弟子上课般地教导我：如何选定方向，如何研究地方文史，如何做到一步一个脚印，不好高骛远……觉得受益匪浅，有着许多启迪。最后，我要了他的签名。

第二天清晨，骄阳如火，我坐上了去芜湖的长途班车。临行前，我把这罐可乐从旅行包里取出放在随身书包里，心想在路上把它喝掉。又将搪瓷茶杯盛上水，把毛巾浸在杯里，以便随时可擦汗。当时的汽车没有空调，公路也是沙石路面。在烈日和高温下，客车向湖州方向进发，车行时有风吹进车厢，感觉凉快，一停靠就闷热难受。几次想取出这罐可乐，又想到中午阳光更炽热，再留着吧。临近中午，气温明显升高。车过长兴进入浙皖交界地带，道路更加崎岖，窗外人烟稀少，有点荒凉。这时，我取出这罐可乐，想打开喝下去。可汽车"吱"的一声，停下了。原来车停在前不着店后不着村的偏僻之地，让大家下车吃午餐。我就不再打开这罐可乐，点了个豆腐羹加一碗饭，努力吃下。午后客车继续赶路，进入了安徽地界，气温也越来越高，心想把可乐再留着，万一中暑了再饮用。

临行前查阅过地图，去芜湖须经过宣城，是盛产宣纸的地方。宣城停靠之后转向芜湖方向，总以为傍晚才会到达。不料四点过后，客车就进了站。我下了车，想擦一把汗，就取出搪瓷杯，打开盖子，手指触到毛巾，水是滚烫的，毛巾也是滚烫的，哪可擦脸？这时又舍不得喝可乐，留着再说。

走进安徽师大，一棵棵苍劲的参天大树，一条条幽深的林荫小道，一幢幢掩映在绿荫里的欧式教学楼，显现着这所学校的悠久和底蕴。而室内设施却非常简陋，学生放假宿舍腾空让我们入住，五六人合住一室。同室的有南通师专研究楚辞已有一些知名度的周建忠、泰安的闵军，还有与我年岁相仿的镇江赵永源等。当天晚上举行开班仪式后，第二天就要考试，这一夜大家早早入睡了。室内只一台立式摇头电扇，放在靠窗的中间，整夜让它摇头送风。室内高温难耐，这电扇一扫到自己身上，还没过瘾，已摇到他人方向。一夜似睡非睡直到天亮。

平时考试时，习惯泡上一杯浓茶，这一次带着这罐可乐放在桌上。华师大的考试有它的独特个性：不出难题偏题，题量也不大，就是四五个题，让学生选其中之二三，主要考核学生答题的质量，而且给足时间，时间规定为四小时，可让尽致发挥。当天上午、下午各考一门。试卷发下来了，只是薄薄一页纸，外加数张八开答题白纸。试卷共四个题目，要求选二题作答，看似简单却又一时无从落笔。沉思片刻，慢慢进入了考试状态。近四个小时后才完成答题，其间只喝了几口茶，没有打开可乐罐头。

下午考试，我进入状态快，下笔如有神，不到三个半小时就可以交卷了，也只是喝茶提神。傍晚我去买来了一个西瓜，在大家共享的时候，周建忠提议：每天轮流买一个西瓜，不论大小，不要攀比，一个就行。大家一致赞同，这一规矩直到学习结束。因为天天吃西瓜，我把这罐可乐忘记了。

不同于二下龙岩读书期间，第一次只有万云骏先生带着助手赵山林老师唱独角戏——万老讲课为主，赵老师插上几节课，一个夏天灌输的全是诗词曲比较研究；第二年是方正耀和马兴荣老师演出二人转——方老师讲明清小说研究和马老师授元明清文学。而这一回华东师大派遣一个专家团队粉抹登场：系主任徐森华携高足谭帆授古代戏曲与曲论，高建中讲唐宋词研究，周圣伟激情演说词学理论，听者如饮佳酿，印象深刻。不知不觉中学习结束了，大家结伴上黄山观光。整理行李时，才知道这罐可乐还在，可仍舍不得喝，就带上黄山去吧。

我没有去买登山鞋，也不用持拐棍，自信穿这双后跟有点高的凉鞋也可以登上黄山。随身包上只放着这罐可乐和茶杯，经过屯溪来到黄山脚下，就开始登了。黄山不愧为"天下第一奇山"，此时觉得不是奇在拥有奇松、怪石、云海，而是攀登天都峰时山道的险峻、窄小。翻过那个闻名于世的"鲫鱼背"时更觉得奇险无比。这时有点后悔不买登山鞋了，可登黄山没有退路，只有继续前行。来到迎客松位置，那是黄山上看"五绝"的最佳看点，也是到过黄山的标志。因为要住在黄山上，这个时候没有也不想喝掉可乐，留待明天吧。

山上昼夜温差大，夜宿高山，盖着厚厚的棉被子听寒风呼啸，松涛阵阵，如进入隆冬季节。清晨没有租棉大衣去观日出，也没有与周建忠他们一起登莲花峰，一则觉得凉鞋后跟过高，下山不太舒适。再则，心想留一处观光点，以后与杨子一起上莲花峰吧。于是，一人继续在山上转悠着。临近中午，在一处休息区吃饭，又摸到随身包里的可乐罐头，心想午后就要下山返回芜湖了，总不能带回绍兴吧。此时，仰望蓝天，白云竞渡；俯瞰群山之外，点点村落，隐约可见。我小心地拉开易拉罐扣子，品着其中滋味，想到了小时候的汽水之味，想象积夫所称的第一口冰西瓜味道，也想起杨妈妈送给这罐可乐时的爽朗笑声。一时觉得这滋味格外爽口、格外甜蜜，心暖暖的。

午后下山返回芜湖，凌晨回到绍兴。但见绍兴遭遇了一次罕见的强台风袭击之后，环城西路上不少梧桐树横躺在路边，呻吟着。

第二天，我又回到了纺车桥河沿那个井台边上的家门。杨妈妈见我返回了，连声说："回来就好，回来就好！"杨妈妈担心的是台风来袭，一夜牵挂。杨妈妈当然不知道芜湖那边仍是艳阳高照，赤日炎炎。我向杨爸爸杨妈妈报告了一路走过，直到黄山上才把这罐可乐喝下的事儿。杨妈妈听后哈哈大笑，说："真是呆大赳（意为傻得可爱）"。

这一次读书回报给杨妈妈的是一张好看的成绩单。从杨妈妈的称赞声和杨子自豪的目光里，所有的疲惫一时烟消云散。

一年后，我与许老师在华东师大完成最后的学习考试。结束这一天，杨子也专程到华东师大，还有当时的校领导王文光出差到校。当夜，我和许老师拿着大小盆子和茶杯去食堂买几个菜，四个人围坐在宿舍的书桌上聚餐。大家开怀畅饮，其乐融融。

我携杨子先去吴淞小姑家，又去新闸路，走进鲍贤伦老师家里。那几天徜徉在长风公园、南京路上，享受着"罗马假日"般的好时光。返回后，因为仍处于暑假，杨妈妈对我说，想去我家走走。我立即把喜讯告诉家中的父母，让他们喜出望外。母亲喜滋滋地告诉邻居，邻居婶婶们又奔走相告，很快一位绍剧名家要到村里来了，从上角头传到老屋台门，扩散到整个村庄。

我先回家作些准备，再回到在县城里的大姐家。第二天，去车站迎接杨爸杨妈的到来。班车到长乐后，小姐夫驾驶三卡车接站，到太平乡政府二哥处休息片刻后，再由二哥陪同着一起向村里进发。山道蜿蜒曲折，坎坷不平，杨妈妈平时易晕车，而这回却精神饱满，信心十足地说："这次不算辛苦，相比前几年到东白山军马场慰问演出，这次是享福了。这儿空气好，不会晕车。"到村了，杨妈妈又戴上太阳镜，只见此时的她不再是裹粽子时的居家母亲，俨然是一位如王昆、郭兰英、徐玉兰那样的艺术家，端庄、优雅，颇具大家风范。因为家在村最高的城隍山，杨爸杨妈健步而上。闻讯而来的乡亲扶老携幼，齐刷刷站在路口或家门外，如夹道欢迎，向艺术家投之注目礼。杨妈妈总是报之浅浅的微笑。

父母早已在家门外等候，父亲乐呵呵的，母亲笑嘻嘻的，把最珍贵的客人迎进了早已打扫得一干二净的家门。

这是过年才有的氛围。二哥负责去镇上采购鱼肉，父亲负责采摘新鲜蔬菜，母亲上灶烧饭菜。父亲难得休息住家，全心陪同客人。父亲生性豪爽豁达，年轻时常翻山越岭下平水，过绍兴五云门外去余姚挑私盐，对沿途的风土人情如数家珍，加上熟悉戏曲又博闻强记，与杨爸爸杨妈妈两位绍剧人一见如故。他们聊家住楼房的建造过程，聊如何教导子孙读书，聊儿女如何孝顺……屋里充满着快乐的空气。

许多父老乡亲慕名而来，都想领略《三打》电影外生活中的绍剧艺术家风采。一时，乡邻接连不断，门庭若市，母亲总是热情招呼，乐此不疲。

第二天清晨，我陪同杨爸杨妈在村里游走。走进老屋台门，又登上画图山观赏村景，再下梯云桥畔看潺潺流水。最后，走进了马氏家庙。站在那精致的戏台前，曾在许多戏台上演出过的两位艺术家，也被这大气、恢宏、精美的家庙吸引住了。此时，敬爱的昌翰先生已从嵊州师范退休回乡。先生的父亲是重建家庙的发起者和主持人。先生作为长子，对家庙有着特殊的感情。先生闻讯进来，和蔼可亲的，说家庙往事更是娓娓道来，先生说用石材为主是为了建成永久性建筑。这一根根高大光滑的石柱取材于苍岩施家岙，先用竹排水运至太平，再由村里的大力士们抬进村再打磨而成；这戏台低平设计是为了让看戏人不必仰视，不易疲劳；戏台两根台柱子不用粗木柱而是用两支细长的铁柱，是为了不阻挡观众视线，影响欣赏效果。家庙的特色还在于砖雕、木雕，堪称二绝，都是当时当地和东阳的能工巧匠的杰作。先生还兴致勃勃地读起石柱上的一副楹联……我是闻所未闻，杨爸杨妈也连声称道。杨妈妈对先生说："小崑有这么大的村庄，这么美的家庙，这么好的民风，这么多的读书人，都是代代传承、发扬的结果，这样的村庄真的很少见。"

此时仍处暑假，已上学的侄子侄女和外甥们都放假在家。他们个个活泼可爱，又聪明好学，得到杨爸杨妈的喜爱。十年、二十年过后，他们已长大成人，杨妈妈仍能记得他们的名字，常常询问着，时时念叨着。

母亲一向热情好客，更是闻名的家务能手。这二天使出了浑身解数打理饭菜。母亲精心制作的炒榨面、煎豆腐，还有取材于湖塘塍的高山酱萝卜，让杨爸杨妈连声夸赞。自此，母亲与杨妈妈结下了深情厚谊。此后两位母亲间的互相牵挂和问候成了一个恒久的话题。

第三天午后，杨妈妈要起程再回娘家——嵊州城南芭弄村。在村口，杨妈妈与母亲执手话别，杨妈妈说："这儿夏日清凉，空气清新，亲友个个热情好客，真是个好地方，以后肯定还会再来。"

杨妈妈出生在艺术之家，父母兄弟擅长吹拉弹唱。外祖父母是辛亥革命党人王金发的胞弟和弟媳。十六岁时，杨妈妈被考官慧眼识中，意外地考上浙江绍剧团。因父亲早逝，进剧团后没有几年母亲也与世长辞。作为家中长女，杨妈妈以微薄工资倾力接济家中兄妹。特别是把生病小妹带到身边抚养成人被传为佳话。

走过澄潭江穿城一段的长长的木板桥后，前面就是芭弄村了。这时，杨妈妈告诫我：对家人可能出现的怠慢不要在意。进入村里，迎面就是一个古朴的台门。左边住着大舅，右边是二舅家，二舅坐在椅子上，不时咳喘着，显得很难受。原来此行是看望生病的二舅来的。

晚餐之后，天下了雨，没有路灯，整个村子漆黑、安静，觉得这夜有点漫长。经舅舅和表兄弟们安排，杨妈妈住大舅家，我和杨爸爸睡二舅小儿子家。这是二舅新建的房子，勤劳的二舅也因此积劳成疾。大儿子住右边，小儿子住左边。走进房里，有二张床，北边靠窗大床是小儿子夫妻加上在襁褓里儿子的。南边床归我和杨爸爸同睡。五人同睡一室，此时想的是尽量早早入梦。只是熄灯之后，一次次被婴儿的哭闹声催醒。

早起后，见杨妈妈笑吟吟地进来，说就在二舅的大儿子家吃早餐。大儿媳妇热情大方，起了个大早在灶头上忙碌着。她小心地端上热气腾腾的鸡蛋肉丝面作为我们的早餐。我喝一口汤，感觉挺鲜美的，而他们自己却吃别的，心想杨妈妈进村前的担心并不存在啊。

离开了芭弄，直接去北站。我先送杨爸杨妈乘车回绍兴，再回家去。排队检票之时，思想前后，加之这几天的伴随，一时觉得与杨爸杨妈难分难舍，情深义重。一向不善于称呼人的我，此时学着杨子的称呼爹妈的习惯，脱口而出："阿爸、阿妈，你们慢走……"杨爸杨妈听后，先是一愣，转而相视一笑，杨爸爸只是微笑，杨妈妈说："你放心吧，早点回来！"

自此，我在离开家门、离开父母之后，又拥有了一个新家、一对爸妈。特别是这位妈妈，是一位功底深厚的绍剧艺术家妈妈，一位一直以来视我为己出，疼我、鼓励我、器重我、赞赏我的妈妈，一位当我有失敬时从不指责、抱怨，总是包容、勉励的妈妈。

只是涌泉之恩，却再难以滴水报答。

（写于 2016.09.29）

父亲的梦

听妈妈说父亲曾在昆山初小读书。父亲虽不善言辞，但博闻强记，悟性很高，深受教员的喜爱。父亲读到四年级，因家中无力再供父亲读书，只好辍学。当时的资深教员文瑞先生十分痛惜，恳求爷爷："这孩子是块读书的料，希望让他再读下去，以后定会有出息的。"因日寇入侵，民不聊生，家里实在供不起父亲继续上学，酷爱读书的父亲只能憾别学堂，小小年纪就挑起养家糊口的重担。从此，父亲把读书的希望寄托在后辈身上，希望通过自己的辛勤劳作换来家庭衣食无忧，为家人创造读书的机会。

为了生计，父亲早年经历的两段历尽艰险的长征路，让父亲刻骨铭心，也让后人津津乐道。一段是在一个昼夜之间，挑着二百斤上下的西白山萝卜翻山越岭穿越东、西白山，往返二百四十里，去诸暨县城的卖萝卜路；一段是更为冒险的往返余姚也是来回二百多里的挑盐路。两段漫漫长路，一样的翻山越岭，一样的长途负重挑担。所不同的是卖萝卜是在成年以后，而挑盐是在未成年之时。据说，在艰难时世，从盐产地余姚挑盐回来交易后，可赚点差价，作为家里的经济收入。前提是家里须有强劳力，否则易透支身体，积劳成疾。父亲身强力壮，臂力过人，十八岁就加入了挑盐的行列。据说，父亲从家里出发，取道谷来、稽东、平水，过绍兴城再向余姚进发。父亲说，这一路如行走大道，仅一百多里，不算艰难。难在余姚挑上盐担后，就开始担惊受怕，生怕发生意外。因为当时禁止贩私盐，沿途关卡重重，一不小心在中途被抢夺，只好悻悻返回。为了躲避关卡不空手而回，父亲与伙伴们总是昼伏夜行，白天躲藏，夜里兼程赶路，不走大路走小径，不过村庄越峻岭。后来，父亲对从余姚到绍兴、平水、稽东、谷来、崇仁、石璜一路的风土人情，山水村落都如数家珍，这也成了父亲年轻时挑盐历程的有力佐证，父亲见多识广的生动写照。

父亲在乱世中长大成人，他的辛勤劳动使家里生活有所改观，父亲希望家里不缺读书人的愿望也得以实现。这个时候，三岁的外甥方灿送到外婆家寄养。父亲一直带在身边，劳作之余，教他学语识字，俨然成了他的启蒙老师。方灿生性耿直，又天资过人，上学以后，每门功课全班第一，常常让父亲喜上眉梢，引为自豪。方灿智商高、悟性好，向长辈学下象棋，过不了多久，许多长辈已不是他的对手。方灿小学毕业后，参加长乐中学升学考试，结果名列榜首，这是父亲年轻时的得意之作，凝聚着父亲的心血，也寄托着父亲的希冀。

新中国成立后，方灿父母定居绍兴，方灿从长乐中学转学到绍兴一中，仍是班级中的佼佼者。放假之后，方灿总爱跑回小崀。夏夜的星空下，父亲与方灿在台门外细聊读书生活，父亲爽朗的笑声飘荡在台门内外。这个时候，便是父亲的快乐时光。父亲对自幼带大的外甥方灿十分喜爱，如同亲生儿子。当方灿转学绍兴一中，又考上厦门大学之时，大哥二哥已经出生，后来全家又告别老屋台门搬进了新楼。而后，两位姐姐和我先后降生。家里人丁兴旺，经济虽不算拮据但也不富足，父亲满怀希望送一个个儿女上学。许多家庭对孩子的要求是读书识字，不误农事，而父亲的理念是读书成才，走出大山。大哥对文史饶有兴趣，讲起来头头是道，而对数学却开不了窍，没有读完小学就辍学，这有失父亲所望。可喜的是二哥聪明好学，读完小学后，又顺利考入长乐中学。时值"文革"，二哥初中毕业后再无升学机会，只好回家跟随父亲上山劳动。这个时候，家里又发生了重大变故。当时的大哥青春作伴，又盲目幼稚，受人陷害后，被迫接受监督劳动。大哥身负沉重精神枷锁，父亲也背负巨大精神压力。这个时候大昆办起了高中，大姐顺利升入高中。而父亲执意要求已务农两年的二哥一起上高中。于是，在大昆首届高中班里有一对来自孔村的兄弟，还有一对出自小崑的兄妹。此时，家里依靠父亲一人之力，解决全家七口的温饱压力和四个子女的读书负担。在巨大的精神和经济压力之下，父亲从不退缩、从无怨言，总是鼓励子女多读书、读好书，按父亲的话是："人不能无知无识。"兄弟姐妹四人学习成绩都是数一数二的，而在父亲眼里二哥最为优秀。我不知道二哥学习成绩如何了得，只记得读小学时，有一回我考了全班第一，自我感觉良好，踌躇满志。可那位耿直的邢传中老师指缝里夹着一支烟雾缭缭的香烟，慢悠悠地踱过来，对我似不屑一顾："读书好不好，要看每门课是否是满分，你二哥便是如此！"

二哥和大姐高中毕业后，只能回家参加劳动。后来，我们小姐弟俩也读上大昆高中。一家有四人读上高中，这是父亲建造新楼以外，在培育子女上的一大成就。在这期间，大哥在身心遭受沉重打击和繁重的体力劳动之余，读书成了他的唯一寄托。大哥与二哥学哲学、谈文学、讲历史、议时事，又赋诗作文，成了我们读书的榜样，也是我们幼时的家庭教师。在艰难岁月，家门外苦寒袭人，楼房内却书香沁人。

　　父亲希望家里不要断了读书之人。当我就读高中之时，侄女可入幼儿园，也算是读书识字，让父亲喜笑颜开，以为家里没有中断书脉。这个时候，国家恢复了高考制度，大哥的冤案也得以平反，在扬眉吐气的时候，父亲对子孙读书成才怀有更多的期待。父亲认为高考是一个擂台，一定要有打擂比武的实力和勇气。

　　那是上个世纪的八十年代，高考结束后我回家参加集体的"双抢"。有一天，我随大伙儿在一处叫"下西白"的田间栽种玉米。夕阳西下，晚风送爽。一位从村里走到田畈来的邻居说，高音喇叭里在播高考上分数线的名单，有我！许多人都听到了！我一时语塞，同行的都投来赞赏的目光。我走在回家路上，当走到长丘的尽头，见父亲和一些伯伯叔叔们还在田里给玉米浇水。父亲看我走近了，只是憨厚地一笑，然后继续低头浇水，只觉得父亲浇水的节奏明显加快，步履也更加迅捷。父亲在一次次的浇水里，尽情宣泄着内心的激动和喜悦。夜色渐浓，知了欢歌，一家人为收获了一个读书成果而倍感欣喜。其实，这只是一个新的开端。

　　在父亲的目光下，晚辈们在茁壮成长。他们获得了更优的教育条件和读书环境，志向也更高更远。他们以读书成就梦想，以知识点亮人生。如外孙志雷考取了清华大学，让父亲和外孙的爷爷昌翰先生如喜从天降，十分自豪。他们在北京、天津、上海、重庆、广州、株洲、杭州和绍兴留下了求学和创业的足迹。他们还走向海外，不断获得硕士、博士学位，在教学、科研、贸易、设计等领域取得不小的成绩。

我常常在发问，父亲以什么灵丹妙药，让读书之梦深深熔铸在子孙的心灵深处？寻思前后，得出父亲教导子孙的几副良方：一是父亲崇学至上。他偏爱专心读书的学生，不太喜爱机灵却贪玩的孩子。如有孩子进城之后，不是买回书籍却是玩具颇有微词。二是以读书为乐。父亲长年累月早出晚归，待到雨雪天气无法出工时，才是他的休息天。每到这一天，父亲总是沉睡到午后，早、中饭也由子女端到床前。午后父亲起床，精神焕发，谈笑风生，午后到傍晚便是父亲的读书看报时间。父亲总是披着外衣，端坐在台门间，什么书都饶有兴趣，看得津津有味。特别是在一年时间里断断续续通读了《邓小平文集》，让村里人特别是年轻人既惊讶又敬佩。三是以知识启蒙。夏夜里，星空下，父亲常常向孩子们讲述神奇的童话故事，启发孩子识字造句，猜谜语，找同义词、反义词。如父亲笑谈最美味的应是羊肉和鱼肉，因为"羊"和"鱼"构成"鲜"字，让孩子们识字兴趣大增。四是长见识开眼界。父亲从不信邪，不迷信，严禁儿女参与赌博，厌恶庙堂里的烧香拜佛，喜爱学校里的书声琅琅。他总是对孩子们讲些科学道理，说现象看本质。有时举例说明，妙趣横生。父亲还会带领孩子去观察事物，增强见识和记忆。如在我七岁时的大年初一，父亲牵着我的手，从水力发电加工厂的渠道走过，再登上画图山顶，全村面貌顿时映入眼帘。父亲说整个村庄就像一只报晓的公鸡，也像一幅中国地图。几十年过去，父亲的话语仍在耳边，这儿时特别的记忆更化为心底里挥之不去的乡愁。又如八岁上学时，父亲带上我去高山湖塘塍，登上西白山顶峰，父亲指点江山，侃侃而谈。让我知晓山外有山，天外有天，直到现在仍似有领悟。又如横台门这座百年古宅，一夜之间化为灰烬。父亲抱着三岁的侄女踏看现场。许多年过后，侄女记忆犹新。五是关爱学子。父亲独具慧眼，对孩子是否有读书天分眼光独到，对村里有天赋的孩子了如指掌，特别希望为有潜质的孩子创造良好条件。二哥迫于经济压力在城里设摊供应冷饮，侄儿帮着张罗。父亲心急火燎地劝他们别再设摊，生怕影响孙子的身体和读书。而且，对别的家庭的优秀学子，如有放弃学业的可能，就会急匆匆地上门劝导，希望孩子坚持，家庭支持，耐心劝说他们只要不放弃就会有出息，读书才是最好的投资。如此，父亲更加受人敬仰，让人称颂。

近些年间，曾有不少亲朋好友走进村里，也会聊及我的父母和兄弟姐妹。一些父老乡亲会这样告诉他们："他们叫爹称'父亲'，是个书香门庭。"只是这独特的称呼"父亲！"已转入我们的心里，时现在我们的梦里。当然，父亲倡导的一脉书香，一定会代代相传，发扬光大。

（写于 2014.06.12）

高考前夕

记得，在高考前的一段日子，学校放了假，让考生回家复习。

那是一段初夏的时光，昼很长，夜好短，极契合惜时如金的考生心愿。每天，我随着鸟儿的鸣叫声起来，来到屋后的山上，坐在一棵挺拔的香榧树下早读。呵，"沿着校园熟悉的小路，清晨来到树下读书……"不过此处不是清晨的校园，而是参天的大树之下。父亲也一样，总是早早起来，上自家地里干早活。当旭日东升，阳光照耀在香榧树下，也照射到我脸上的时候，我就合上书本下山回家。这个时候，妈妈已备好了早餐，父亲也肩扛锄头，手里拎着一篮子蔬菜，从小溪对面山上归来。父亲将盛满着蔬菜的扁篮放在妈妈站着的灶台边上，脸上写满了笑意。

父亲是闻名的强劳力，除非雨雪天气，每天早出晚归。妈妈是内当家，除了采茶季节，平时很少上山。早餐后，父亲上山去了，妈妈开始洗着一大盆的衣服，然后坐在桌旁穿针引线，缝缝补补。临近中午，妈妈开始炒菜煮饭，一阵阵扑鼻的香味飘到楼上也扩散到四邻。一些婶婶闻香入门而来，围在妈妈的灶头欣赏着妈妈煎豆腐和炒菜的手艺。妈妈笑吟吟地与她们攀谈着，直到把一碗碗菜捧到桌上，放置停当。父亲收工回来了，妈妈高声招呼我下楼吃饭。父亲见早晨摘回来的一篮蔬菜又被妈妈化为色香味俱全的一桌午餐，不禁喜形于色。父亲说，能把同样的蔬菜烧成好的味道就是一种本事。妈妈没有说什么，只是报之浅浅的笑容。

我知道，我不在家时，妈妈不太炒菜，基本上是饭和菜"一锅熟"，极其简便。这段日子，因为我在家复习功课，妈妈天天买豆腐、鸡蛋，变着花样烧出可口的饭菜和点心。

一段紧张而宁静的居家复习日子过后，我又要回到了镇上的中学，准备参加高考。临行前，妈妈把十个鸡蛋塞进我的包里，说每天早晨用开水冲蛋可补身体。又叮嘱我：这几天不要吃干菜，去食堂买炒菜吃。父亲和妈妈送我到门口，父亲没说什么，只是提醒我，不要忘了书和手表。我走下村去，没有回头，却知道背后有父亲和妈妈深长的目光，一直在目送着我。

那天午饭后，与往常一样，我习惯在食堂前的橱窗上看报。忽然听到了一个亲切的声音，叫我的名字！

啊，是父亲来了。我转过身，见父亲已站在我的跟前，亲切地注视着我，微笑着。我一时觉得好意外，因为父亲虽极其关心读书，但从不到学校里来，或在老师前问这问那的。

父亲仍是平时上山劳作时的装束，带着笠帽，打了补丁的白上衣，黑裤子。

问父亲，怎么来学校了？

父亲说，与别人一起来镇上为集体销售一批"燥茶"，茶叶

销售完毕，就顺路来学校看看我。边说着，边从上衣口袋里挖出五元钱来，塞在我的手里，笑着说："就要考试了，能买菜吃，吃得好一点！"

心里当然明白，妈妈已将家里仅有的钱给我带来了，也知道这又是父亲向集体预支来的。

现在看来，这五元钱，真的不算多。可在那一刻，手里觉得沉甸甸的。对父亲说："有从家里带来的钱，足够了。"嗓子里感觉塞塞的，不知说些什么话，才好。

父亲仍是一脸笑容，没问复习迎考上的事，只说了声："要回去了。"就转身离去。

我说不出什么话儿，只望着父亲那高大魁伟、微微有点儿躬了身的背影，缓步向着学校大门走去，又消失在大门外熙熙攘攘的人群里，踏上归家的长路。

父亲走了，我转过身子，把脸朝向长长的报栏，佯装着继续阅读墙报。其实，是不想让眼眶里打着转儿的泪水流下来，也不想让同学看见。

这是高考前的午后，父亲留给我的一个背影，一个记忆，现在仍如在目前。

（写于 2009. 09. 17）

记　忆

　　许多事都如过眼烟云，而有些事却铭心刻骨。许多年前，二哥和大姐拍摄高中毕业合影情景，记忆犹新，仿若昨天。

　　那时我不满十岁，在那个特殊的年代里，家里刚陷入磨难之中。此时，大昆办起了高中。当时大姐刚初中毕业，而二哥好几年前在长乐中学读完初中。父亲送大姐读大昆高中以外，还竭力让二哥与大姐同上高中。此举让众乡邻迷惑不解，但父亲却坚定不移，只是七口之家，供养四个子女上学的重担全压在父亲肩上。

　　俊逸云集的首届高中班，给二哥和大姐提供了难得的学习机会，也为全家打开了一扇充满温情和清亮的窗户，更让背负精神和生活重压的父亲不时露出爽朗而欣慰的笑容。这些来自大昆地区各村和沃基、坎流、南庄等村的许多青年学子成了我们家的常客。他们成群结队，串门走户，意气风发，构成了一道十分亮丽的风景线。他们常挤在楼上小小房间里，或研讨作业，或指点江山，或操琴放歌……这一方寸之地，成了他们的作业园地、文学沙龙、青春诗会。楼上房内青春激扬，楼下灶间热气腾腾。有这样的同学到家里，父母总是喜形于色，乐此不疲，台门内外洋溢着快乐的空气。父亲对学子们总是乐呵呵的，他们也跟着我们叫"父亲"，仿佛全是自家的兄弟姐妹。我也慢慢熟识了这些哥哥姐姐，叫得出许多人的名字，如孔村的岩袁、油竹潭的金钗、上园的水娟、留王的小明、水口的岳汀等。认得岩贵、福苗这样气宇轩昂的帅小伙，梅飞、小飞那样才情并茂的奇女子；知道有两位活泼开朗的"华娟"，两个沉稳内敛的"立元"，还有一位几乎与红楼女子同名的小才女——"静文"。后来还知道不少同学兴趣广泛，多才多艺，如二哥和同村的永兴、樟贤他们能撑起一支有实力的篮球队；永良擅长打乒乓球，听说有过不俗的战绩；还有一位能写一手好字的正琪，先看到娴熟地拉着悦耳的二胡，后又很有范儿地拉起当时十分稀罕的小提琴，让我们好生崇拜。

有时，如有老师到来，让一家人视为无上荣光。父母把每一位老师奉为上宾。印象最深的是渔樵老师和善敬老师。渔樵老师是大昆本村人，在小崑有亲戚，在走访亲戚后，总会拾级而上，到我家坐上一会儿。被父母兄弟姐妹迎进门的渔樵老师温文尔雅，笑容可掬，一边喝着茶水，一边告诉父亲一对儿女在校的表现。这时候，父亲面含笑意，一脸的虔诚。渔樵老师娓娓道来，细说着二哥如何的优秀，大姐又是如何的聪慧……父亲听得笑哈哈的，妈妈喜滋滋的。这时候，窗外的一方天空似乎渐渐清朗起来。

善敬老师是长乐人，经历丰富曲折，富有传奇色彩。他是哈工大的毕业生，曾是抗美援朝时的随军记者。善敬老师真诚坦率，博闻强记，每次坐定后，总是侃侃而谈，聊经历、道人生、说诗词，激情四溢，在台门外便能听到善敬老师的清脆嗓音。一些邻居会寻声而至，倚在我家门边聆听着善敬老师的倾情谈笑，仿佛我家的厅堂也是他的三尺讲坛。一家人与他亲密无间，在我们孩子心目中，他便是家里一位可敬的长辈。

不知二哥和大姐邀请过多少老师和同学进过家门，只记得当老师或同学到来了，家里不再有苦闷，而是心情舒畅；不再有阴霾，而是阳光灿烂。有一回，大概是春节后，云飞和静文两位姐姐到家做客。第二天，她们要返回了，妈妈不肯放行。在房门和天井间的沿界石上，妈妈紧紧拉着静文的手，夺着她的阳伞，不让她们离去。机灵的静文此时无以应对妈妈的盛情，只有咯咯地笑着："哪会噶客气来！"

冬去春来，那一天家里又来了一群同学，为首的是岩袁。他总是满面春风，特别亲和，老少都能打成一片。他家与我家有些相似，他与岩贵这对兄弟和二哥与大姐这对兄妹同班读书，在班级里也是一个奇观。他家兄弟五人与我家兄弟姐妹五个人数年龄也相仿，所以平时交流时也多了一些有趣的话题。这一回，听他们说就要毕业了，明天到中学拍摄毕业集体照，今天先到小昆聚会。我还没有去过大昆，听说他们要去拍毕业照，心里直痒痒的，希望能跟随他们去大昆看热闹。二哥和大姐没有反对，可妈妈没有答应。还是岩袁说服了妈妈：我是大"Yuan"，他是小"Yuan"（名字中都有一个 Yuan 音），我带他一起走吧。这时，对岩袁心存特别好感。自此以后，当有人故意逗我，问岩袁岩贵兄弟谁更帅一点时，我会毫不犹豫地倾向于岩袁。其实，岩贵是班里公认的帅哥之一。

第二天清晨，同村的和外村来客共二十来位同学组成了一列长长的队伍，浩浩荡荡地行进在担架横路上。这时候，日出东山，云蒸霞蔚，大家的心暖融融的。一路欢声笑语，青春飞扬，岩袁牵着我的手翻过了瓦窑平岗，穿越柿树岙头，下东湾岭，进入大昆地界。俯视山脚下，阳光映衬下的一堵白墙矗立在小溪边上。岩袁说那便是中学的厨房了。我的心早已飞向这向往已久的陌生校园。

大家从学校背后的土坎上跃下进入教室。我站在石阶尽头好奇地打量着这一奇特的校园，只见在群山环抱之中，学校坐落在狭长的大昆村的最东边，西南侧紧挨着供销社。学校从供销社东墙外进入，入口处正对着面前这三米多宽的十多级石阶。以这石阶为界，西边依山而建有一幢二层教师宿舍楼，东边是操场，主体是一个篮球场。操场东边上几级石阶便可走到给师生提供蒸饭和开水的厨房，厨房楼上又是学生宿舍。厨房东侧以下，源自东湾的涓涓山泉便是师生淘米蒸饭的饮用水源了。操场里壁用错落的石块砌成高坎，然后在高坎上建成一排一字形教室。教室门外走廊连通东侧的厨房和西边的教师办公室和教师宿舍。四间教室恰好与操场长度一致，构成了学校的主体部分。从学校进口而建的十多级宽阔的石阶便是连通操场、办公室、教室和教师宿舍的枢纽。听说这一排教室是师生边学边建的丰硕成果，凝聚着师生的汗水也寄寓着他们的梦想。在这特殊的年代里，在东西白山之间的深山幽谷、大昆江畔围墙建校，兴办高中，以教育人，这儿开始引人瞩目，令人向往，寄托着山乡人的几多希冀。

我在走廊上、操场上、厨房边上转悠着。最后回到走廊上倚栏张望着面前的一切。这所学校虽然简朴，却是崭新的，虽然狭小，却生机一片。这个时候，见一些年长的同学在教室一角或走廊上话别或互赠礼物，一些年小的同学头顶肩扛的，将教室里的桌椅搬到操场东侧开始做合影前的准备。忽然，一阵急促的自行车铃声传来，只见一辆自行车从学校入口处飞驰而至，急停在操场围墙一边，是摄影师赶到了。摄影师麻利地解开后座上的绳索，从油布包里取出摄影器材，在操场中央支起三角架，架上相机。又开始指挥师生在操场东北角梯次摆放好三排桌椅。准备停当后，全班同学到操场集合，老师们也来到了操场，其中有善敬老师、渔樵老师的身影。摄影师先让个子略高的男同学进入第四排凳子上站立，其他男同学站到第五排课桌上去。又让个儿略高的女同学在第三排站定。然后请老师们端坐在第二排的板凳上。待老师们坐定后，摄影师又让其他女同学蹲在老师们膝下。这时候，只听队列之间交头接耳，笑语一片。站队停当后，摄影师回到照相机后，钻进黑布口较准镜头。反复调试之后，他探出头来。这个时候，他俨然是一位自信而严谨的乐队指挥，向一些师生发出位置较正指令。刚还在起哄逗乐的大伙儿，霎时安静下来，听从摄影师的指挥，抬头亮相，塑造成一组立体群像。只见摄影师右手按着快门，扬起左手，指挥师生看着他左手，听着他的口令：一、二、三，"咔嚓"一声，一个个青春的姿容便永远定格在这早春的阳光下，也深印在我的记忆深处。

此后，父母仍时时念叨着照片内这些熟悉的，给家人带来许多快乐和莫大慰藉的高中学子。

此后，不少同村的毕业生成了村校的民办教师或代课老师。听说他们同班中的许多同学加入了教师队伍。

后来，我的小姐姐和两位堂姐，还有甘霖的一位表姐进入大昆中学读书，也成了善敬老师和渔樵老师的学生。

后来，听说二哥和大姐的一些同学陆续升入高一级学校，不少成为教师或进入党政机关。

后来，我也意外地进入大昆中学读书，只是二哥和大姐他们是首届，我已是最后一届。照片中的张立平老师成了我的班主任，校长高宏章是化学老师，朱水华为物理老师，多才多艺的正琪成为英语老师。照片中一些同学的弟妹也成了我的同学。直到二年级时，渔樵老师才成为我的语文老师，一位经常将我的作文在课堂上深情朗读、大加赞扬的老师。至此，他成了我们四个兄弟姐妹的老师。曾有一段时间住宿在信用社和广播站合用的楼上，结识了二哥和大姐他们的同学而合影里没有出现的广播员苏萍姐姐。

后来，我又进入长乐中学，意外的是善敬老师担任文科班的班主任和语文老师，这也让父母兄弟姐妹颇感惊喜。多年未遇的善敬老师一如既往，性情真率，充满激情，富有爱心。至此，他成为我们兄弟姐妹的又一位老师。

后来，在二哥和大姐那儿得到的一些碎片化消息，串联起来的印象是：一些同学尽致发挥他们的智慧和胆略，艰苦创业，取得了非凡的业绩。也有一些同学教子有方，如我侄儿外甥一样，考入许多著名院校，出现了不少硕士博士和留洋学子。即使扎根在乡村里的同学也是村庄建设的领头雁，他们传播文化、滋润文明，显现着不同凡响的软实力。

我想，在那一段特殊的岁月里，合影里的许多师生对我二哥和大姐而言，结下了深厚的师生情、同窗谊；对一家子来说，他们的真情厚谊，如长夜里的一缕光亮，苦寒中的一股暖流，彰显着人性的芳馨，驱使一家人重新扬起生活风帆，激起对未来的信心。就整个班级而论，照片中的同学各有各的心路和精彩，一家有一家的酸甜苦乐。岁月能磨灭许多往事，而有的却经久弥新。这许多年前的合影，可能不只是我一个人的孩提印象，更是照片中人难忘的青春记忆。

（写于 2017. 10. 15）

启蒙老师

　　自小到大，怀有一个教师情结，希望自己成为一名教师，对德高望重的教师，总是心存一份敬爱之心。这主要是受我的启蒙老师——马功联的影响。

　　他是我小学三年级时的班主任和语文老师，一位不满二十岁的民办老师。可在少年的目光里，老师才智过人，能文能武，充满活力。特别是在那个特殊的年代里，对我没有一点儿的歧视，总是爱护有加，给予许多关心和爱护。所以，一直以来，对这位亦师亦兄般的小学老师，也如亦师亦父般的邹志方、顾琅川教授一样，总是以为涌泉之恩，虽无以报答，但会铭记于心。每当听到廖昌永倾情演唱《老师啊，我总是想起你》的时候，就自然会想起这位并不年长，可让我极其尊敬的老师。

　　在那个人口多，教育资源十分稀缺的年代里，让这位仅有初中学历的小伙走上讲坛，确实勉为其难。好在老师好学上进，虚心向老教师求教，每堂课都是在老教师跟前试教后，再实施课堂教学。这位年轻的老师在边教边学中成长着，而在我们童稚的目光里，"公办"与"民办"老师无甚差别。老师一般在上课开始之前便走进教室，拿起粉笔在黑板上迅速抄上生字和词语。上课开始后，便一次次教着生字，解释着词语，又要求反复朗读和抄写。到了下一堂语文课，往往是听写和背诵，或者是默写整篇诗词或整段课文。老师要求学生上课专心听讲，自修课自觉做作业。有一回，自修课时老师不在教室，学生各自做着作业。一个坐着四十多位学生的教室悄然无声，只闻钢笔写字的"沙沙"声。老师经常开展课外活动。有一次先组织登山比赛，然后在山顶上举行故事会，叫学生轮流讲个故事。老师还是学校体育教师，他在体育课和早晨、傍晚时候，教授田径和球类项目的运动技能。在学生心目中，在课堂上他是一位严师，在课外是一个兄长。

老师对我极其爱护，格外关心我的学习和成长。在那个图书资料十分奇缺的时代里，有一次，二哥向我荐读梁斌的《播火记》，家里来不及阅读，就带到学校里。在每一个中午时候，同学们在放松地玩乐，我却心无旁骛地读着这部长篇小说。有一天，老师进教室来了，发现我埋着头在看着这部厚厚的、有点破损的长篇小说，伸手翻了一下封面，看了书名，大惊："三年级的学生，能看长篇小说了？"因为没有上过幼儿园，在山村里，小学低年级学生看长篇小说，简直是个奇迹。老师脸上尽是惊喜的目光，赞赏的神情，没有批评，更是作为新闻到处宣扬。此后，在选举班干部时，我从二年级以来的学习委员，变成了班长，成了老师的得力助手。在先进评比上，也从学习、纪律积极分子，成了向往中的三好学生。在家庭背负着无形压力的时候，在老师的赤诚关爱中，心变得暖融融的，充满着春天般的阳光。

当然，也有非常的时候。

一个学期又要结束了，因为在老师和同学心目中，我是公认的品学兼优的学生，又很自然地被评上三好学生。那一个傍晚放学回家，我一路飞奔着回到家里，见只有奶奶在家，正在洗着一桶衣服，就高声地把这喜讯告诉耳朵已有点重听的奶奶。奶奶听了笑呵呵的，说："今年评上'三好'，明年就要争取评上'五好'。"奶奶把学校的三好学生与部队里的五好战士混为一谈，当然也是对孙子的一种鼓励。夜里，一家人欣喜不已，甚至有点不太相信，认为一样优秀的哥哥姐姐以前评个"三好"是那么困难，而我却来得这么的顺利。

三天后，去学校参加总结表彰会，当然喽，我是去领奖状的。

呵，一大早便兴高采烈地上学校，第一个走进教室，先把黑板擦干净，再是用鸡毛掸子把每一张课桌都轻拂几下，掸去尘土。这是老师、同学不看见也常做的事儿，因为是班长，是好学生，心里以为这是应该做的。同学陆续到齐，马上就要搬着板凳排着队，上礼堂参加总结表彰大会去了。这个时候，有同学捎话来，老师叫我去他办公室。

老师坐在那一张靠窗的办公桌上，正在批改作业。窗外，已有一些班级的同学在班主任的带领下，肩扛板凳上礼堂坐定。老师见我进入，放下笔，轻声对我说："这学期来，你各方面表现都很好，老师和同学都公认的。但这学期的三好学生，要通过上级的批准。有的领导却有不同意见……"我顿时明白，哥姐的境遇也落到我身上，没能幸免。老师宽慰着我，更担心我在会上受刺激，要我别参加今天的表彰会，帮老师批改作业就行了。

听了老师的话，觉得脑袋"嗡"的感觉，仿佛四周围全是黑漆漆的。我不知道是怎样离开老师办公室，怎样飞快地跑过前厅，也没有进入教室，最后跑进了厕所，面对着一堵厚实而冷漠的墙壁，"哇"的一声，失声痛哭……

还是老师最理解学生的心。那天晚上，老师走进了家门，抚慰着我受伤的心，也安慰着身处寒夜里的一家人。

其实，那时老师也只二十来岁，却觉得老师是个智者，也是个长者。这一年，我只有十一岁，经历了这一段现在看来也不算什么的插曲，好像长大了许多。

没有想到的是，这一年的秋季，老师报名参军了。"我参加解放军，穿上绿军装……"是老师教我们的歌儿，总以为参军的是别的青年小伙，而不是朝夕相处的老师。老师去参加征兵体检，心里真不希望老师体检合格，可老师很顺利地通过了体检；送别新兵入伍的欢送会上，也不希望老师登台亮相，可老师还是上台了，戴上了大红花，还讲了一番告别的话儿；更希望老师入伍的日子不要到来。在忐忑不安、难分难舍的心境中，老师穿上了崭新的绿军装，真的要离去了。

那是一个飘洒着细雨的日子，在喧天的锣鼓声里，我和几位小同学加入了欢送的行列。大人们哪知小孩心意，见我们夹杂在长长的队伍里，还以为是我们凑热闹，会添乱，也可能是考虑我们的安全，大声训斥着，不让我们跟随，必须立即返回。我们没有听从，紧随着送行的队伍走到了那一片茂密的树林里。这时，老师决意要我们返回，不要再送了。依依惜别之际，那穿过树叶的雨水落在我们的脸上，已分不清这是深秋的雨点还是惜别的泪花儿。只见老师站在那高高的石级上，向我们挥手告别，有的同学高声对老师说着"再见"，而我却张着嘴，挥着手，说不出一个字来，只是呆呆地听着欢送的锣鼓，望着老师的身影远去……

这是一个终生难忘的场景。后来升入高年级、初中和高中的时候，每当老师布置写一个最熟悉的人，或记一个感人的场面之类的作文题后，我总是想起这个深印在心间的画面，想起心中的老师。自然，每一次把老师写入作文，语文老师会给一个高分，并作为范文在课堂上朗读。当老师声情并茂地读着我的习作的时候，总会有许多同学投来赞许的目光。

只知道老师在福建服役多年，在我上高中后才退伍回家乡，又成为一名老师。后来又考入师范学校，毕业后回乡任教，成为骨干教师和乡校负责人。因为年富力强，又精明能干，很有领导才能，后来成了镇中心学校的校长，个人的聪明才智发挥到了极致，在发展小学教育事业上建树颇丰。

这就是在我读小学三、四年级时的班主任，一位影响着我的思想和人格的启蒙老师，又是视教育事业为人生第一选择的老师。老师经历丰富而精彩，富有传奇色彩。在不同的人的视角里，对老师有着各不相当的理解，有着不同的版本。可在我的心目中，心存一份感恩，怀着一份牵挂。每当进入一所学校，或遇上一些老师，特别是到了节日时候，总会自然想起这位并不年长的老师。因为有了老师的爱护，才使我在冷漠的境遇里获得了春天般的温暖；因为有老师的教导，让我在动乱的年代里养成了自觉学习的习惯；因为受老师的影响，令我在纷杂的时世里也能保持着真诚和执着。虽然，没有取得令人瞩目的成绩，可每当有一点小小的收获时，总会想起老师，特别是这位永在心中的启蒙老师。

如同《老师啊，我总是想起你》表达的敬意。

（写于2009.10.24）

那一年　这一天

时值中秋，细雨淅沥。撑着一把雨伞，踩着片片落叶，信步河畔小径，雨绵绵思也翩翩。寻思前后，脑海里浮现许多记忆碎片，试着把它们连缀起来。

让记忆穿越时光，半个世纪前的这一天，家人既欢喜又忧虑，因为妈妈又要临盆了，可村里这位人人敬爱又信任的接生员湘云姑母认为可能是难产。为防意外，父亲送妈妈到镇卫生院，卫生院医生认为必须上县城大医院才可能保证母子平安。大哥曾用文字还原这个不眠之夜：

秋天的夜晚，天已很凉。由于没有要到县城的准备，父子俩还穿着单衣，父亲还是短裤。我们各自蜷缩着，瑟瑟发抖。父亲一会儿焦躁地踱步，一会儿又从容地坐着。几次叫我进医院探听消息，我都无功而返。夜很长，似乎很难到天亮。父亲叫我紧挨着他坐下，若有所思地说："今晚我们在迎接一位新人的到来，是有些苦，但这算得了什么呢？"父亲仍是那么从容大气，接着又对我讲那段"岳飞出世"的故事，父亲讲这一故事是在打发时光，还是包含着深意？直到现在我也时常想起。总之，那个不眠之夜，是我一生中觉得最漫长最难挨的寒夜之一。不知过了多久，走廊里传来了一阵脚步声，有个医生在喊话："小崑产妇家属进来。"父子俩心头一紧，以为不妙，遂疾步进入，只见那位白大褂医生已从产房出来，显得十分疲倦。她一手撑着腰，一手扶着门框，有些站立不稳，与黄昏时见到的模样，好像一下子瘦小了一圈。她见我们进来，微微点一点头，一字一句地吐出："产妇分娩顺利，是男婴，母子平安啊！"父亲长长地舒了一口气，双腿一软，蹲在地上。我们一时激动得说不出话来，也忘了向这位可敬的医生道一声"谢谢"。就这样，在白衣天使的努力下，一位新人——我们的小弟弟，越过重重险阻，踩着黎明的曙光，终于来到我们的家中……

其实，妈妈分娩很不顺利，当时不兴剖腹，还得靠自然分娩。这下就苦了产妇也多了风险。那一天的这个长夜里，医院外父子焦虑不安，而产房内却惊心动魄。白大褂医生为了挽救母子上演着生死时速。妈妈说，无奈之下，白大褂医生用布袋缠绕在妈妈身上，一圈圈往下挤压，孩子终于呱呱落地，母子真正平安。故事还没有结束，还派生出一段插曲：一位来自北山谷来的高龄产妇因难产婴儿未能成活。夫妇望子心切，听说妈妈已养育二儿二女，就通过医生动员妈妈把新生儿送给他们，妈妈断然拒绝："自己的亲生骨肉舍不得送人，定要自己抚养成人。"

住在甲秀畈的姨父姨妈闻讯后，雪中送炭，又是送钱送物，无微不至。出院后又将妈妈接到他们家里，直到满月才回到村里。如在当下，因为难产进城分娩，实属寻常之事，而在当时，难产是个危险信号，进城住院也近乎奢侈，许多家庭遇到此类难事大多选择放弃而造成悲剧。所幸的是父亲没有选择放弃，而是毅然进城。于是在那一年的那一个秋天，演绎了一段患难中见真情的人间喜剧。自此，父母之爱、姨父母之情义，还有这位不知姓名的白大褂医生之仁心，深印在全家的心灵深处。当然，这难产儿就是我自己，那一年的这个漫漫长夜便成了我一生的节日——生日。

小时候，妈妈常常告诉我，我出生在八月中秋吃月饼后的第三天深夜，父亲却说是钱塘江涨起大潮的那一天。每到这一天，妈妈总会特意烧一碗覆盖着两个鸡蛋的面条端在我面前。这时，我就知道又是生日了。当然也有例外。有一年的一个雨天，我放学回家吃午饭。走到老屋台门外，但见爷爷站在门槛上招呼我和同岁的堂弟留下吃午饭。我们进了爷爷家门，见桌上已放上了两碗热气腾腾、满满当当的面，以为是爷爷奶奶这个中午对我们的特别优待，就拿起筷子狼吞虎咽，很快就吃完了，而爷爷奶奶吃的是简单的焖饭。奶奶说，今天给小兄弟俩庆贺十岁，吃一碗"鸡子榨面"。我们才恍然大悟，后悔吃得太快，没有细嚼慢咽，美美品味。事后妈妈告诉我，奶奶不听妈妈的劝说，舍不得拿鸡蛋去换钱，定要给两个同岁的孙子过生日，庆十岁。

每年的这一天，在孩子心里的地位如同过年，视为特别的节日。长大以后就逐渐淡化，因为农家父母只为幼儿庆生日。只是进城以后才知道庆贺方式的丰富多彩，其乐融融。不过，自那一年之后，不再把这一天当成节日。那是走进新世纪的第二个秋天，饱经风霜的父亲与病魔作顽强抗争之后意外与世长辞，这一

RUN WU WU SHENG

41

天恰好是我的生日。父亲一生气度豪迈，见多识广，选择了这一个特别的日子与亲人永别，不知是天意，还是巧合？至少在我看来，是父亲用这样的方式告诫、鞭策儿女。于是，此后每年的这一天，成了一个缅怀和自省的日子。只是家人仍会在这一天到来之时，以不同的方式表达祝愿。就在今年这个七月，意外收到了一件快递，原来是易忆飞回澳洲之后致父母的生日礼物。女儿特意采集到我们出生当日的原版人民日报。虽是一纸之礼却弥足珍贵。一碗面条、两个鸡蛋，那是苦寒时的奢望。一个蛋糕或一盒巧克力，一束鲜花和一杯葡萄美酒，张扬着人间真情也显现着时代的变化。可是一张别出心裁的旧报纸，更凸现了从在意物质享受到侧重精神愉悦，从在乎内心体验到崇尚文化品位。于是，觉得易忆的这份特殊礼物无与伦比。小心打开这张发黄的报纸，只见半个世纪前的国家领导人勤于治国理政，忙于内政外交。因为刚过十一，国庆仍是这一天报纸的主题：头版头条就是配图报道毛刘周朱等接见少数民族参观团和解放军国庆观礼代表的重大新闻。第四、五版刊登的都是海内外友好国家的贺电。因为是星期六，当日副刊也是国庆专刊，有数学家华罗庚等的散文，邵力子、臧克家等名家的诗歌。这天的另一个重要内容是中日友好协会在京成立，占据着一、二、三版许多版面，说明这在当时也是个重大事件。头版还有周总理赠给金日成首相《红楼梦》影片等简讯，表明当时政治清明、外交活跃、文化也繁荣。这便是那一年的这一天，当一个小生命在山区县城艰难降临的同时，这个新生的国家正在庆祝生日，举国上下，喜气洋洋。

国泰才有民安，因为大家连着小家。国家的节庆值得珍惜，小家的节日也应珍视，因为一年等一回，时无涯而生有涯。然而，人生有涯而知亦无涯，更应将过好每一天作为自觉追求，让每一天都有生日般的感受和状态：每一个早晨都是新的，无论晴朗还是阴雨，都怀着美好；虽然人生不完美是常态，也不怨天尤人，做到淡定从容，笑看风云；在每一天依随内心认定的人生正道，既能执着前行，为时代为社会为他人有所努力、有所付出，又能超越自我，有所发现、有所领悟、有所升华，"好好地快乐度日，并从中发现生活的诗意。"（林语堂语），以此，增强生命的厚度和人生的张力。

（写于 2015. 10. 09）

慈母之心

妈妈住大哥家多年，已好几年没有回村了。每一回想带上妈妈去看看公路修到家门外的新变化，妈妈总以晕车为由作罢。这个星期日，仗着两位姐姐同在，大姐家又离停车场不远，我又要妈妈回村走走看看。这一次，妈妈没有推却，欣然同行。

不知是因为回村的喜悦，还是妈妈仍很健朗，妈妈不用小姐姐搀扶，下车后健步如飞，走石阶也如履平地。这个时候，妈妈如游子归家般的兴奋，没有老态龙钟的模样。

妈妈在十年前记忆力开始减退，对眼前发生的事，过后就忘记；对新认识的客人，如再次登门就不知是谁了。出门忘了带钥匙，烧菜忘了放盐也是常事。可是这一次，却不一样。午餐之后，大姐陪伴妈妈去串门访旧。走进了久别的家院，又眺望家门外新建的沥青公路，妈妈喜形于色。一路遇到一个个新老邻居，妈妈都能一一相认，亲呼他们的乳名，没有平日易健忘的窘态。

好多亲友说，他们每与妈妈相逢，妈妈像当年那位人见人敬的接生员湘云姑婆一样，那亲切的笑容温暖如春，拉着他们的手问长问短的，久久不肯松开。大姐说，今天妈妈与婶婶们相见时，彼此如阔别已久的亲人，格外亲热。妈妈出生八个月后就从外婆家抱到奶奶家做养媳。妈妈在老屋台门长大，台门内外的晚辈们都称妈妈"湘娟娘（姑姑）"，从不按辈分称奶奶或婶婶的。全家搬入城隍山新居后，与众多新邻居和睦相处，互相接济，近邻胜过远亲，结下了深情厚谊。而今意外相逢，妈妈一个个拉着她们的手，互相打量着、寒暄着，个个笑逐颜开，不忍离去。大姐说，妈妈特意走进了杏芬家，让这位婶婶喜出望外。以前，两家一墙之隔，窗对着窗，孩儿们常常隔窗招呼、嬉笑。这位婶婶不太擅长家务活，妈妈手把手教她纳鞋底、缝衣服等活儿。遇到受委屈时候，妈妈也会挺身而出帮衬她。所以，在许多邻居心目中，妈妈有副热心肠，乐于帮人助人。

只是有几位婶婶不在家，让妈妈脸露憾色。九旬舅妈生病入院，更让妈妈忧心。

冬日暖阳，青山苍翠，我们准备返回太平了。妈妈依旧不用搀扶，下踩一级级的石阶也如上行时的稳健。正要上车，忽听着一声呼唤，但见白发苍苍的高个子灿琴匆匆赶来。妈妈迎上前去，紧紧地抓住她的手。这时，又见满头黑发的小个子生花疾步走到她们面前。只见妈妈又一只手紧紧拉着生花的手，说长道短，依依不舍。夕阳西下，彩霞满天，我赶紧拿起手机摄下这一珍贵的镜头，让这一温馨无限的画面定格，更留在心底。

原来，当大姐和妈妈走到她们家时，都不在。她们闻讯后，急忙忙往村口赶。这位高个子婶婶是老屋台门的邻居。每当我回村遇见，她总是呼唤我的乳名，格外亲热。她会关切地询问妈妈的生活起居和健康状况。她经常夸赞妈妈，说与我妈妈自小在一起，妈妈心灵手巧，针线活好。当年村里在大办食堂的同时，又选出十多位精于针线活的青年妇女在兰洲公祠办起缝补站，为村民裁衣制鞋。妈妈是缝补站的头儿，威信高，人缘也好。妈妈在平时也常教她裁衣服……现在妈妈不住村里，让她时时记挂着。这位小个子婶婶是家住城隍山后的邻居，两家非亲非故，却不嫌贫寒，相互支撑，成为世交。几年前妈妈意外摔伤，这家叔叔和婶婶得知后起了个大早，心急火燎地到太平探望养伤的妈妈。

在两位婶婶的叮嘱下，妈妈松开了手，与她们道别。不知是一天奔走劳累了，还是遇见了众多亲友心满意足，妈妈上车不久就安然睡着了。

望着妈妈从容淡定的脸庞，回味着妈妈回村后的兴奋和婶婶们的盛情，我放纵着思绪，妈妈经历过的几个片断，虽历经数年，但如在目前。

大概在七八年前，妈妈被大哥接到株洲。虽在异乡，但一家三代，其乐融融。直到现在，妈妈仍在念叨着：白天大嫂和侄女去上班，大哥陪着妈妈聊天。妈妈度过了一段十分安逸的时光。只是有一天，当妈妈获悉我岳母生病住院时，妈妈忧心忡忡，决意提前返回探望亲家。

多年前，岳父母专程造访小崐与父母相聚。两位绍剧名家不嫌城乡差异、农工之别，与父母结为亲家。父母住绍兴时候，多次到岳父母家做客，得到盛情款待。许多年来，他们之间虽很少相聚，但时时相互问询，托我互致问候。父亲和岳父先后离世之后，我每次回家，妈妈总会问："外婆怎样？"每次会这样说："外婆白白胖胖，女儿孝顺，福气很好。她是电影（指《孙悟空三打白骨精》）里演过戏的名角，却很随和，与外婆特别说得拢。"每次总是让我捎个信叫外婆在夏天到小崀纳凉。岳母因到过小崀，熟悉全家情况，平时聊及家事，总是夸赞父母重视教育，子孙读书成才，不时询问侄儿外甥们的读书和就业，拳拳之心，时时溢于言表。

农村人小病不住院，一旦住院以为肯定是大病。这一回岳母住院，让大姐代为探望也不行，妈妈提前从株洲回到太平，又迫不及待地要大姐陪同到绍兴看望病中的亲家。那几天，妈妈口口声声说："我与外婆很说得来，一定要去看看外婆。"

时值早春，乍暖还寒。我护送着妈妈和大姐按响了岳母家的门铃。岳母开了门，四目相对，妈妈呼一声"外婆"，岳母应一声"奶奶"，两位白发老人双手紧紧相握，室内外瞬间变得无比温暖、灿烂。此情此景，让我心潮起伏，一时无法平静。妈妈见岳母无大碍，就放下了心。岳母也很快康复，继续着晨练太极，拜师学书法和绘画的宁静生活。只是每年会有几天的住院，近年住院次数明显增多。记忆力下降的妈妈依然时时牵挂着亲家，为不让她过度担忧，我没有传递岳母一次次住院的消息。去年中秋以后，岳母病情加重，虽作精心治疗，病情却在恶化，不幸在今年的夏天溘然长逝。就在这一天，平时几乎没有病痛的妈妈突然腹泻不止，一天过去，形容枯槁，弱不禁风。我不知道这是纯属巧合，还是因为两位妈妈心有灵犀？总觉得缘于她们情深谊长，亲密无间，才有此超越时空、感天动地的心灵感应。

夜色弥漫，回到太平村，妈妈从瞌睡中醒来。我也收回思绪，寻思前后，觉得妈妈年近九旬记忆力减弱，健忘也属正常，可妈妈又时而异常清醒、坚定执着，虽饱经风霜，却热情、达观、平和，那阳光般温暖的笑容，如春雨般滋润的话语，传递的是妈妈深厚而博大的仁慈之心。这是历尽风雨之后对新时代的感恩之情，对合家和美的欣慰之意，对亲友相助的感激之心。

于是，年高的妈妈，依然是自己的心灵港湾、精神家园。

（写于 2016. 12. 29）

父亲的情怀

　　走进新世纪的第二年，在那个收获的季节里，亲爱的父亲满怀着对生命的珍惜和人生的依恋不幸与世长辞。八年过去，父亲的音容笑貌时时历历在目，父亲的言行举止常常入梦而来。时间能消磨许多陈年旧事，可对父亲的记忆却不因时间而淡化，对父亲的缅怀更因时光流逝而越趋强烈。近读大哥的《最后的足迹》，以深沉、凝炼的语言，饱含深情的笔触，从陪同父亲寻访旧地、看望故交的独特视角，勾勒了在恶劣的环境下，父亲的勤劳而坚韧，真诚而智慧的品格，特别是一些旧友故交肝胆相照，情深谊长，犹如苦寒中的一缕阳光，给人温暖、给人力量，读来感人肺腑、荡气回肠，又催人奋发。

　　父亲是家里的顶梁柱、主心骨。当兄弟姐妹在父亲的倡导下齐齐在校读书的时候，生活的压力全由父亲一肩承担着。但父亲有着高山大海般的宽厚肩膀、博大胸怀，总能坦然面对困难，也不会屈服于压力。当父亲快乐的时候，全家总也是言笑晏晏，其乐融融。父亲有时也会沉默不语，这个时候全家也会跟着父亲忧虑，希望能替父亲分忧。让父亲真正回到快乐的时光是那位敬爱的老人在南海边上画了一个圈以后，我的父亲母亲和兄弟姐妹如走进了万象更新的春天。从此以后，父亲脸上总是绽放着春天般的笑容。这是饱经风霜、历经艰难而后的幸福感觉。从此，父亲对幸福生活备加珍惜，对美好未来更无限憧憬。

只知道年轻时身强力壮的父亲有去余姚挑私盐，到诸暨卖萝卜的经历，但不知道行走的线路有多少艰难，路途上遇到过多少的风险。《最后的足迹》在回首往事中，描写了爷爷和父辈们挑石灰、卖萝卜的辛酸往事，彰显着对沿途仁义之人的感恩情怀。在读到马立成先生的《回家》一文中已觉得在抗战后期，马伯乐一家翻过鹰嘴岩岭，穿越东、西白山回到老家实属不易，而父辈们挑着沉重的萝卜担，从高山湖塘塍出发，翻越扁担岙，绕石彦横路再下鹰嘴岩岭，出坑口和八石坂，再到诸暨城里，日走夜行，长驱120里，再原路返回120里，虽不及唐僧师徒西天取经的执着和神圣，也没有红军长征的豪迈和壮美，但有着相近的艰难，相似的坚韧。所以，父亲对这条嵊州通往诸暨的千年古道，自己的卖萝卜路有着刻骨铭心的记忆。那一山一水，一村一户深深地扎根在心底里，那鸟儿的婉转歌唱，也成了父亲路途中的快乐伴奏。这条记载着许多故事的卖萝卜路，记录着父亲的艰辛，更见证了父亲的坚强。读完全文，高大魁伟、勇往直前地行走在山道上的父亲栩栩如生、如在目前。

父亲的重走卖萝卜路，不只是踏访古道，更在于拜访故交，重叙真情。从小崀到诸暨，下鹰嘴岩岭后至坑口和八石坂，恰好是上诸暨城里的中转站。于是，爷爷和父辈们在这里结识了不少朋友。这些人古道热肠、义薄云天，与爷爷和父辈们极为投缘成为知交。八石坂的蔡国平和坑口的"枫桥佬"斯渭川还有沿途上的许多名字，小时候常常听到父亲在提及、在惦念。只是从没有见过这些与父亲患难中见真情的长辈，所以心里没有留下印象。在《最后的足迹》里，如果说父亲站在大桥上四望诸暨县城日新月异的变化，只是大笔勾勒，同时点明父亲的胸怀和智慧，而进入陈蔡地界后，笔墨极为细腻而传神，经层层铺垫后，生动地描写了父亲与这一方人、这几个家庭间的特殊情谊。父亲归心如箭，不愿意在诸暨城内用餐后再走。因为从城内向陈蔡方向行进，就是父亲挑着萝卜担行走的线路，那一村一户，一山一水，父亲如数家珍，让司机惊诧不已。司机从起初的嘲讽口吻到后来的充满敬意的变化反衬着父亲独特的人格魅力。走到千柱屋外与老人们用诸暨方言热切交流，体现着父亲对这一带有着根深蒂固的情缘。站在陈蔡水库大坝上，父亲直抒胸臆的一番感慨，更表现了父亲平素的睿智风采和豪迈气度。《最后的足迹》重点在于描写走访蔡、斯两家情景。文章以赞赏的笔墨抒写了这两位高士的高风亮节和与我家的深厚交情。大哥以依父亲描述的线路图，独自走过上百里山路送萝卜菜籽到八石坂蔡国平叔叔家这个插曲，说明两家当时的密切往来，也弥补了这一次父亲造访时，蔡叔叔不在家的遗憾。由此，文章更将情感和笔力倾注于走进"枫桥爷爷"斯渭川家。在西白山种植萝卜到挑着重担上诸暨城卖萝卜这一章节，由父亲从八石坂到坑口这段路上讲述，在情感上也是为进入枫桥奶奶家作进一步的铺垫和烘托。进入坑口村，文章从进家门叙旧、仰望山岭和依依惜别的一组组精致而传神的镜头，将一路走来、不断积聚，又引而不发的炽烈情感在个时候得到尽致的喷发。在如儿子归家般的情感氛围里，一个慈祥的、直率的、视父亲如子的母亲形象跃然纸上。特别是如白发亲娘送别远行儿子般的情景更催人泪下，难以忘怀。父亲仰望着青山绿水之间，云雾环绕着的、走过了无数回的鹰嘴岩岭，陷入沉思，感悟人生真谛，在瞬间的感触中，实现了精神的超越。这个时候，文章点明了题意，更让父亲为什么宁可放弃去北京登天安门，而希望到诸暨的几个"老地方看看"的夙愿，有了最贴切的注脚。

父亲的最后足迹，是生命历程的追寻，也是人间真情的重温，更是人生理想的励志。《最后的足迹》将深刻的人生感悟，人间美好情感的传递作了形象生动的演绎，以此激励后人、启迪人生。自此，这条记载着父亲风雨人生的卖萝卜路已铭刻于心底。这条路上的患难之交普汉先生、蔡国平叔叔、枫桥爷爷和枫桥奶奶，还有德才兼备的斯逸叔叔，一个个鲜活的、可敬可爱的形象已深印在心里。他们不是亲人胜如亲人，他们与父辈们是患难之交，经受了岁月的考量。他们的后人同样是我们的珍贵客人、亲密朋友，让父辈们结下的深情厚谊得到承传和发扬。

父亲在一个丰收的季节里，选择了一个特别的日子与亲人永别。那一天正是我的生日。从那时开始，我就不再庆贺生日，因为冥冥之中觉得父亲在告诫、在提醒，让我时常自省、自励，保持清醒、宁静，告诫自己既不自满、不懈怠，更要厚德载物，自强不息，以此告慰永在心中的父亲。

（写于 2010.09.23）

怀昌翰先生

9 月 19 日，临近中午时候，我接到大姐的电话，当即预感着一种意外。果然，大姐告诉的是敬爱的昌翰先生（马谷中老师）在清晨去世的不幸消息。虽早有预料，也有心理准备，因为先生今年以来一直与病魔顽强地抗争着，可噩耗传来，仍悲从中来，十分痛惜。

第二天一早，我急匆匆地赶路，向着村里行进。往日时时感觉到的蔚蓝的天空，青翠的山野，清澈的溪流，这个时候，却觉得天色凝重，云雾低垂，青山含悲，清溪呜咽，仿佛这山山水水啊，全为失去一位敬爱的尊长而沉浸在无比的悲伤之中。

与先生同村，但少时并不相识，因为两家相隔很远。先生住在村口附近俗称"下角头"，我家住在"上角头"，又称"城隍山"，更因为年龄和辈分差别太大，与先生不熟悉也属正常。只知道许多人称呼他"翰老先生"，他在外教书育人。与先生相识并开始交流是在大姐成了先生的儿媳妇之后。随着时间的推移，与先生相处的增多，这位长者日益让我起敬，而且在亲戚之外，有了一种忘年交的意味。

那一年，父母不希望我早早放下书包跟随他们从农，鼓励我去更优质的学校读书。于是请先生向当时担任长乐中学教导主任的马尚骥老师推荐。先生与尚骥老师同为小崑村人，都是教坛名师，又情谊深长。尚骥老师欣然接纳了我，给了我去这所名校读书的机会。先生不知我的名字由那两个字组成，凭主观臆测向尚骥老师报了名。在尚骥老师的笔下就成了这个名字——"马立远"。这大概是两位老师想象中的，也共同认可的名字。于是，我将错就错地采用了这个名字，直到现在。

每逢学校放假，回到父母身边时候，大姐家独具风格的三层洋楼便是我的快乐天地。当先生从嵊县师范学校教导主任岗位上退休回老家后，与先生相处更多，交流更详，还有伯母的盛情款待。偶尔也会随先生到庄稼地里一起干活，在劳动的间隙里，坐在地角边小憩，面对着蓝天白云下的青山绿水，先生若有所思，讲述许多与学校教育有关的故事，不少是先生亲历的往事。虽是笑谈过去，也会流露出几多遗憾，当然更多的是坦然和乐观，特别是对年轻一代寄予厚望。先生说三十年代末，他求学于嵊县县立初级中学；四十年代初，以浙江省第四名的成绩考上丽水碧湖省立临时联合高级中学。在1942年春季高中毕业准备秋季报考西南联大时，却逢日寇入侵，在家滞留三年。1945年在缙云报考英士大学，因试卷泄密，考点作废，失去了上西南联大的良机。因为十年浩劫，天智过人的儿女也失去了上高中和读大学的机会。在先生心里，这些都是平生憾事。可喜的是在新世纪的第一年，先生的孙子，即我的外甥志雷考取清华大学之时，先生喜不自禁，赋诗抒怀："日寇文革机遇断，两代大学梦未圆。孙儿胸怀坚强志，高考录取清华园。"

先生从 1946 年开始教学生涯，虽命运坎坷，饱经沧桑，但一生追求真理、矢志不渝。先生学高为师，身正为范，从教三十七年，桃李满天下。先生曾在三界中学、天台师范、嵊县中学、嵊州师范学校、嵊县教师进修学校等知名学校任教，并担任教导主任、校长等职务，也曾是嵊县政协委员。先生才智过人，教导有方，又诲人不倦，为人师表，深受师生的敬仰。

先生更是一位仁慈的长者，退休回乡后，热心公益事业，专门为村民讲课，以通俗易懂的语言，讲授伦理道德，传授科普知识，传播传统文化，让村民大长见识，更对老人更加敬佩。一些父老乡亲在听课后，遇上大姐时说："你们一家儿女呀，应更孝敬先生，别怠慢了老人家。"为让村里的老人老有所乐，老有所教，先生热心支持利用凭依寺场所筹建老年活动室。那"老年之家"四个颇见功底又倾注感情的大字，即为先生亲笔所题。

先生健康时候，我常常坐在他跟前，与老人细聊许多的话题，深受教益。先生生病时候，也会赶到病榻前，忧心如焚，更祝愿老人早日康复。先生珍爱生命，珍惜人生，虽经常住院，但总充满信心。近年住院次数增加，也几次病危，但老人总能坚强地挺过，转危为安。只是近年眼睛因白内障，几乎失明。夏天时候，先生在又一次病重住院回家后，我坐在先生的病椅前，倾听着先生诉说心愿：希望再活几年，还要去做白内障摘除手术。这就是渴望健康，珍惜人生的一位执着的长者，敬爱的长辈。

曾这样想过：家有先生，应备感自豪；村有先生，更应视为宝贵财富。现在，更想到了孟子的话："老吾老以及人之老，幼吾幼以及人之幼。"敬爱的昌翰先生真的有着这样的胸襟和情怀。

西白巍峨，碧水长流。先生已去，可精神长存，风范永在，一定会激励后辈们自强不息，厚德载物，不辜负先生的期望。

（写于 2009. 09. 30）

情深义长

　　意外地收到方灿大哥（浙师大退休教师）的来信。在"寄封平信，话家常"之后，张大哥说"最近心情不错，诗兴大发"，附上了一首诗作《最忆是小舅》。这七言诗在全景式的人生感悟和深沉质朴的诗行里，流淌着炽热的情感，又包蕴着丰富的内涵，读来荡气回肠、感人肺腑。

　　方灿是大姑的长子，在我父亲五个兄弟姐妹的十五个子女中排行老大，是大家庭中的长子。因为姓张，弟妹们都称呼"张大哥"。从长辈们的谈论中，知道大姑在九岁时就离家当养媳。抗战爆发后，宁波中学转移到嵊县太平、坎流一带，后又转移到南山贵门，直至磐安等地。迫于生计大姑十四岁时，去宁波中学当校工。大姑手脚勤快又吃苦耐劳，深受师生的喜爱。特别在数九寒天，冰雪封冻之时，常破开冰层取水为教师洗衣服，双手冻得发紫仍不停歇干活。她一直坚守在校，随中学四处迁徙。抗战胜利后，年轻的大姑又到上海为一户开明的民族资本家当保姆，直到新中国成立。因大姑在外谋生，大姑父张林才参加了三五支队，把三岁的儿子方灿送回小崑外婆家寄养。因外公外婆儿女成群，抚养外孙方灿的任务落在小儿子（我的父亲）和未成婚的童养媳（我母亲）身上。方灿与我母亲年龄相差不多，如大姐与小弟一般，他们朝夕相处，同甘共苦，结下了似母子般的深情。六年以后，我的父亲母亲成婚，方灿也渐渐长大，作为方灿的小舅和舅妈，我的父母亲承担着培育方灿的重任。少年方灿天资过人，又聪明好学，上学后一直品学兼优。在小崑读完小学后，考入长乐中学。大姑父张林才在新中国成立后，在绍兴塔山街道办事处工作。然后召回在上海的大姑到绍兴。听说习惯了大上海生活的大姑不是很情愿回到陌生的小绍兴。大姑父下了多道"令牌"，一定要大姑回绍兴团聚。听说大姑父对大姑的不愿回绍兴有"不要做主人，宁要当奴隶"之说，现在听起来是笑谈，在当时来说却是严词。当然，大姑回绍兴更合乎情理，因为新中国成立了，确应告别骨肉分离的艰难岁月，分享安居乐业的美好生活。方灿在长乐中学读书半年之后，转学到绍兴一中，读完初中和高中。小弟方绍出生在绍兴西小路上。团聚后的这一家人，过着安定而平和的城市生活。

方灿在绍兴一中毕业后参加高考，达到可录取重点大学的分数线。在填写志愿的时候，大姑和大姑父要求儿子填报杭州或上海的重点大学，理由是在沪杭一些高校任职的战友可照顾儿子的学习和生活。可方灿心里有一个小秘密，他想报考厦门大学，因为方灿在寒暑假回小崑期间，与同村的青春少女爱芬开始恋爱。爱芬长在音乐世家，能歌善舞，此时已考入厦门越剧团。可大姑和大姑父竭力反对方灿去厦门读书，认为路途遥远，父母及战友照顾不及，又面临战争风险。内心十分纠结的方灿回小崑求助于小舅和舅妈。我的父母最知外甥方灿之心，他们早就看出方灿与爱芬情投意合，难分难舍。父母亲切地询问方灿："是否真的喜欢爱芬？如真的喜爱，就可去厦门读书。"父母的话语似给方灿吃了颗定心丸。于是，他决然填报了厦门大学，并如愿地被录取在厦门大学数学系。

大姑父早年参加革命，革命胜利后又任公职，一家人本可以在绍兴乐业安居。可大姑父不知是何原因辞去公职打回老家。这样，一家子离开了城市，也打破了安宁，泛起了波澜。

大姑父举家回乡，建房置业，雄心勃勃。可惜身患重病，不幸英年早逝，一家子突然倒塌了栋梁，陷入了困境。方灿大学毕业后被分配在金华铁路系统，又经历文革的动荡岁月，辗转多个地方从事多个岗位后，最后在铁路司机学校任教。爱芬因剧团承担国家困难被精简回乡，两个儿子又先后降生，方灿担负起养家糊口的重担，一时生活颇为艰辛。大姑含辛茹苦，又乐观爽直，对人间悲欢离合，都能坦然面对。她与方绍母子俩相依为命，艰难度日，直至方绍长大成人，当家做主。

方灿总是认小崀为家乡。小崀虽非出生之地，却是养育之家。他常说，自己至少大半个是小崀人。其实，在方灿心里，完全是把自己当成小崀人。因此，无论山高路远，无论雨雪风霜，只要一到假期、一有闲暇，方灿就会立即行动，兴冲冲地向着小崀奔走。

我认得方灿大哥是从家中悬挂着的照相框开始的。刚有点懂事时，哥姐们指着照相框里的一张合照说："这就是张大哥和爱芬姐姐。"照片上，男的英俊而斯文，女的秀美而机灵，完全是郎才女貌的标配。真正亲见到张大哥却是在六、七岁时，见张大哥意外地挂着一根拐杖，吃力地走上石阶，艰难地跨进门槛。听父母说，因为张大哥被造反派追击，张大哥退避到三楼后，对方仍穷追不舍。无奈之下，张大哥退到窗口，楼下同伴见之，呼唤张大哥跳下楼来，他们在底下接着。可是当张大哥跳下楼后，同伴们没能顺利托住，便造成张大哥的严重骨折。这一回是张大哥养伤回小崀，请木匠制作了一副拐杖后，行走就方便多了。痊愈后，张大哥才回金华。

从金华回小崀交通不便的时候，方灿一般每年回小崀几趟。当寒假到来，方灿会选择在小崀过大年。而我家便是他首选的落脚之处。父母会如亲人归家一般，为方灿搞好安顿。有一回，家里客人多了，母亲只好在灶间临时搭上一张铺，方灿也欣然应诺。在方灿心里，住在自己心中的"家"里，虽然简陋，也胜过在别处作"客"无数。

儿行千里母担忧。在平常的岁月里，父母也特别牵挂方灿，为方灿一家的每一件喜事而欣慰，为这家子一时的困顿而忧虑。母亲念叨的总是与方灿幼年时吃睡在一起的母子般的深情，还有方灿耿直爽朗的个性，希望如赤子般的方灿在外别吃亏受屈。父亲平时谈起的话题总是方灿别过于钻研象棋而影响研究数学。确实，方灿兴趣广泛，精力充沛，最大的爱好就是象棋，曾获得铁路系统的冠军。平时外出总是随带象棋，常与各路高手切磋棋艺。在村里几无对手，唯一的就是姐夫立群。有一次方灿回家过年，姐夫与张大哥在楼上房间摆开阵势对弈。张大哥落子如飞，颇有职业棋手风范，而姐夫则是深思熟虑，也是妙招迭出。我在一旁观看，没有什么偏向，只觉得高手对弈，各有风采。

父亲希望方灿成为一个数学家。其实，影响方灿专业上获得成就的不是象棋，却是那个动荡的年代。如果，张大哥一直在浙师大，而不是铁路系统，这位五十年代的数学天才定会在数学领域获得丰硕成果，成为很有成就的数学专家。

滴水之恩，当以涌泉相报。方灿以小崑为家，这个家就是他的外婆家，特别是我的父亲母亲。随着金华到长乐交通日益发达。方灿回家的密度在加大。每临节假日，电话里都会传来母亲充满喜悦的声音："方灿来过了！"方灿在春节之外，其他节日及农村的集市贸易日，也会不时地往我父母处跑，看望老人，表达孝心，让我的父母特别的开怀。父亲的意外发病和不幸去世，让方灿痛惜之后，更加珍惜与我母亲的相聚时光。两年前的春节，方灿因酷爱运动腿脚又意外摔伤，没有按惯例和依心愿回家过年，就给我母亲发书信一封，只见寥寥数语，情真意切，赤子之心，跃然纸上。

父爱如山，这是稳如泰山之"山"，它坚定、深沉而博大。母爱似水，这是上善若水之"水"，它坦荡、细腻而无私。《最忆是小舅》以赤诚的感恩之心，抒发了对我父亲母亲的深情厚爱。同时，也折射着时代风云与个人命运息息相关。诗中勾勒出的七十年岁月中的每一个"十年"，无不显现着时代风云的印记、个人成长的足迹。《最忆是小舅》更昭示后辈们更应珍惜美好时代、爱惜青春年华，奋发有为，执着于高层次的事业追求和高品位的精神指向，通过成就事业，奉献社会，实现人生价值，以此报答抚养你、呵护你成长，又一路引导着、注视着你一直前行的亲人和师长。

（写于 2012.06.29）

附：

最忆是小舅

七十年前遇小舅，幼苗无靠把身投。六十年前离小舅，少年读书绍兴走。五十年前拜小舅，终身大事主意求。四十年前诉小舅，母弟家事问原由。三十年前会小舅，生活艰辛为解愁。二十年前探小舅，病体不安心中忧。十年前悼小舅，遗容慈颜泪中留。今日清明祭小舅，养育之恩思永久。

（2012 年清明祭）

几封家书

随着电话的普及和网络的发展，书信似乎成了历史，日益让人淡忘。近在整理以前的资料，发现了一些尘封许久的信件，不少是老师、同学和学生的，还有几封家书。打开纸张已发黄的家书再次细读，浓浓的亲情跃然纸上，又沁入心肺，暖在心头。

有一封信是侄女就读于浙江财经学院时的来信，写于1996年4月23日。当时女儿刚入幼儿园，父母来绍住了一年有余，这也是一段让父母难忘的好时光。大概二哥给侄女写信告知爷爷奶奶已在绍兴，侄女因学业繁忙，无暇到绍兴看望，加之当时电话尚不普及，以写信致问候：

叔、婶：

今日收到家书，悉知爷爷、奶奶今年住在你们家，很是高兴！

爷爷奶奶年纪大了，又有毛病，他们住在小崑，又要去采茶，干一些农活，我在学校总是很担心。小崑高高低低的山路，总担心爷爷有个闪失。

今天，知道爷爷奶奶在你们家了，心里安稳踏实了，有叔叔婶婶的照顾，又有可爱的小易忆作伴，爷爷奶奶在绍兴肯定会很愉快的！

这个学期，我们读书很忙，节假日也没有，星期天也要上课。这个学期可能无暇到绍兴看望爷爷奶奶了！

其它无事！

祝

愉快！

侄女　马伶俐

96.4.23

还有三封信是上海小姑母的家书。一封是给我父母的，写于1991年6月7日。我妈妈出生八个月即被抱到奶奶家，成为童养媳。于是，小姑与我妈妈一起长大，情同手足，也以姐妹相称。小姑在兄弟姐妹中排行最小，有二位姐姐（我的大姑和二姑），二位哥哥（我的大伯和我父亲），还有一位同祖父的哥哥马平（二伯）。小时家中有二位姑姑在上海工作，有一位二伯在嵊县城里当干部，让我们晚辈颇感自豪。小姑在高小毕业后，离家赴上海谋出路，在二姑的帮助下成家立业。小姑父金有良为浙江义乌人，在上钢五厂工作，他们有儿子金明和冰峰。同在上海的除二姑云卿外，还有同宗姐妹琴芬和小妹等。小时见到过琴芬阿姨，却一直没能遇见小妹阿姨。她们都是我父母幼时亲密无间的伙伴。听说在九十年代的某一天，即在小姑写这封家书之后，小妹阿姨曾回过小崑，与我父母相会于太平。人间重晚晴，兄妹相遇，亲切无比，深感珍贵。离别之际，一向豪爽、刚烈的父亲潸然泪下，依依不舍。

因为要代表父母给小姑回信，这封信是我从家里带出来的，一直珍藏着。这只是小姑给她的父母兄弟姐妹许多家书中的一封，内容不外乎是拉家常式的话题，可字里行间亲情浓厚，温馨无比：

二哥、姐：

光阴匆匆，转眼已是热天了，不知你们及侄儿们都好否？芒种已到了，春茶采好后，各种庄稼都要下种，你们一定很忙吧？

你们年纪都这么大了，要注意自己的身体。侄儿们都在外，照顾不到你们。我们一家都好，金明一家每星期回来，孙子已会走路，很活泼可爱，能叫爷爷、奶奶了。金有良欢喜孙子胜过儿子好几倍。冰峰未找到对象。

在五月一日，小妹的小儿子结婚，我与金有良一起去，也碰到琴芬姐，大哥有信写给她，告诉她马平已逝世，是否是事实？生什么病，真会有这样的不幸，我感到震惊与可惜，请来信告知。

今年你们如果寄茶叶，只要二斤就够，不要多寄。家里还有去年的陈茶，笋干千万不要寄来。去年笋干菜与茶叶寄在一道，茶叶有一股笋干菜味道，茶叶不好吃。家里人口不多，吃任何东西都省。

祝

愉快

妹　马水钦

91. 6. 7

　　另二封是小姑给我的来信，写于 1992 年 12 月 5 日和 1993 年
8 月 31 日。

　　哥姐们成家后，代表父母给小姑回信的差使轮到我手里。小
姑读书时成绩优秀，又有一手娟秀的钢笔字，家里人都爱小姑直
率的性情，所以都爱读小姑的家书。我见到小姑较晚，直到爷爷
八十岁时，小姑一家在春节期间回家给爷爷祝寿，才见到了这位
家中最小的长辈。小姑率真而机敏，总是未见其人却先闻其声，
谈笑风生，爽朗大方。1981 年，奶奶病重时，小姑回家探望。离
开时，我陪小姑到长乐车站，临行前，由小姑招待吃饭，还送钱
供我读书零用，心存感激又深感温暖。奶奶去世后，小姑曾回过
村里。此后，再没有回家，只有家书往来，每一次都是我替父母
回信。后来，干脆就直接给小姑写信了。期间，按照这个通信地
址："上海吴淞海滨新村 52 号乙 105 室"二次走进小姑家门。印
象最深的是第二次，那是 1989 年的暑假，我读完华东师大的课程
后，杨子从绍兴到师大，一起夏游上海滩。先从师大到吴淞小姑
家，再上新闸路鲍贤伦老师家，留下了无比美好的记忆。

　　可是，这一封写于 1992 年底的家书，可说是小姑对我的一封
批评信了。因为我有很长一段时间没给小姑写信，特别是办理父
母给小姑寄茶叶时，也是纯作邮寄没有写上片言只字，让一直念
家的小姑很失望。此后，我写信也勤快多了。

　　立远侄儿：

你寄来茶叶已收到，请放心！因没有具体地址及邮政编码，难以回信，我以为在茶叶里夹着信纸，茶叶全部倒出来，也尚未找到。大概你工作忙，没空写信吧？今天我冒昧给你写信，是否能收到？

从你成家后，尚未写过信，想你一家很幸福吧，大概已有小宝宝吧？

我们一家都好，小姑夫与我退休在家。今年我心律不齐，总感到不适意。全明去年九月份招聘到美国投资杜邦农化公司，是一般管理人员。金冰峰在上海港务局集装箱码头，与香港第一财团李嘉诚合资，他是技术主管，明年一月开始实行。总之，我们一家算好的。

大姑母与方绍一家可好？我写信给她也尚未回信。

你春节回到小崑，叫你母亲今后茶叶不要寄来，我经常吃药，不吃茶叶。小姑父喜欢买毛峰茶吃，多浪费。希望你一家到上海来玩玩。

祝

工作顺利

小姑　马水钦

92. 12. 5

只是人生也有着太多的意外和不幸。心里留存的一个遗憾是二姑云卿的英年早逝，只是在照片里见过一张十分秀美的面容。小姑生性豁达大度，也应拥有健康快乐人生。可是她意外生病，让父母和兄弟姐妹们极其担忧和牵挂。我多次给小姑写信，希望带去安慰，早日康复，相信现代医学能治愈小姑的病症。这封信是小姑疾病好转时写的，觉得精神不错，情绪也从容，让亲人们放心了许多。可是，后来小姑病情反复，虽经医生全力治疗和家人精心护理，仍回天无力，不幸谢世，让家人万分痛惜。当我随着大哥和二哥在一个秋夜里兼程赶路，凌晨到达上海送别小姑的时候，不禁悲从中来，失声痛哭。这封写于病中的信，是小姑给我的最后一信，也可能是最后的家书，觉得弥足珍贵：

立远侄儿：

几次来信均已收到，侄儿们都无微不至关怀，一一写信亲切问候，使我精神得到莫大安慰。

我在五月底出院，在六月份天热多吃点开水和鱼汤，又医生不在，一星期没吃上中药，腹水又多起来，因滤尿功能差。现在有名中医看病，腹水已基本上没有了，要吃很长一段时间中药，可能会好。饭能吃二两，能到下面去玩。总之比以前好多了。小姑夫已退休，本打算在春天一同过杭州、绍兴、嵊城、太平，作探亲、旅游、扫墓，由于我生病，愿望不能实现。

由于你的帮助，许多侄子都沾了光，得到一份好工作，特别是立初一家，从贫困挣脱出来，改善了生活，我想秋娟侄媳一定会很感激。

金明在中美合资企业做管理工作，收入一千左右，冰峰在中港合资企业任桥吊（吊集装箱）主任，月薪1500左右，他事业成功。他个人问题还没解决，你女儿已长得活泼可爱，称得上安居乐业。

祝

工作顺利

小姑母　水钦

93. 8. 31

　　在当今，亲友之间的联系和交流早已"无纸化"，不必在灯下伏案疾书，不必以焦虑的心情等待回信，当然也不再享受到读上一纸家书的无穷乐趣。现在，拿起电话或手机就可直接闻其声、听其言，天涯若比邻。如通过视频更可见其人，如在面前。现代社会让地球变小，更让人际间没有距离，可以让每一个人有更多的时间和精力去追求、去奋斗，实现人生理想，也易让人际间减少情感的滋润和积聚，所以也需要力戒浮躁，不慕虚华，凝神聚气，淡泊明志，在学习实践现代科学知识中成才，成就事业，争创奇迹；在领略长辈和智者的精神境界里升华，不断获得前行的动力。

　　让我们在忙碌的时候，或快乐的时候，或成功时候，或困惑的时候，多拿起手中的电话或打开视频，还能尽可能地做到探望师长和亲友，因为家书万金，情义无价。

（写于 2011. 10. 28）

写给青春的信

——致易忆（之一）

在你十六岁生日之际，虽相隔万里，心默默地为你祝愿着，祝你健康快乐地成长，有个健美的身体，也有美丽的前程。

十六岁了，脑海里闪现着：十六岁的花季，豆蔻年华，青春岁月……这一些美好无比的字眼。这世界属于你，也属于我们，可还是属于你的，因为你身上充满着朝气，也寄托着未来。

十六岁，是长大的一个标志。从少年走向青年，虽仍未完全成年，但已让我们意识到长大了许多。

以为你长大的一个细节就是在除夕之夜，你身在异国他乡，心系快乐老家，以一首动人肺腑的歌儿，表达对家人的祈福，又包含着执着人生、追求梦想的美好心愿。这个时候，让我们意识到你真的不再是个小孩儿，而是一个有理想、有追求的好学生、好女孩，有着一种超越实际年龄的从容、淡定和成熟。这是让师长放心的基点，也是追求美好未来的基调。

十六岁了，你有着同龄孩子不具有的思想和理念，也有着同龄学生相同的阳光和时尚，事事处处，敢作敢为，不甘落后，在成功时总会享受快乐，一时无法成就时，能够泰然处之，但不会随意放弃，能够从头再来。

在十六年的人生历程里，你生长在改革开放三十年来的后十五年间，是我们这个国家自盛唐气象和康乾盛世后，最具活力和更加辉煌的时代。你属于时代的幸运儿，可谓生逢其时。没有硝烟、动荡和苦难，虽也面临着竞争，那也是衡量和发挥个人聪明才智的良性竞争和选择。因为有许多良师益友厚护着你、培育着你，你在竞争中能抢得先机，如一棵小苗儿，在春风春雨滋润下，茁壮成长。

现在，少小离家，飞越大洋，来到了这片陌生的大陆。走着与众不同的人生之路，一切都是未知的领域，也因为未知而充满挑战和希望。好在你有着超常的自主意识和自控能力，在不到三个月的时间内，很快地适应了自然和人文环境，也获得了许多人的赞美和喜爱。

当然，现在只是迈出第一步，只是一个良好开端。求学路上，还会面临许多难题和意外，也会面临着不少机遇和选择。当然，首要的是读书。出国留学，这"学"是根本，学有所成是目的。通过留学，会接受到许多先进知识、文化、理念，会拓宽视野，增长才干。我们敬爱的人民总理周恩来等国家领导人，我们景仰的钱学森等大科学家都是曾经留学，又从海外归来的人，说明掌握先进文化、先进知识对完善人格有多重要。

在学习西方文化，接受西方文明的同时，学习和掌握祖国优秀传统文化也特别重要。优秀传统文化博大精深、源远流长，也应在世界文明发展中占有一席之地。不久前在北京举办的，被称之为无与伦比的奥运会，让人更加自信开放而包容的中华优秀传统文化也是人类先进文化的重要一脉。由此观之，中西结合的文化是完美的，中西融合的人格是完善的。所以，在留学的岁月里，别忘了能适当补习一些祖国优秀传统文化，这是人格之源、人文之根，肯定有益无害。如唐诗、宋词、戏曲小说、经典散文都可涉足，只有博学才能多才。

十六岁了，想起我的十六岁，三十年过去，真是天翻地覆。那时候，千军万马过"独木桥"，唯有高考这一条人生之路，充满竞争，也充满信心，因为获得了过去未曾有的公平和均等的机遇。三十年过去，独木桥早已成了"立交桥"，虽仍有高考这种形式，也有激烈竞争，但只要认准了方向，执着地追求，每一条路都是坦途，都会拥有出彩的机会，获得实现价值的机遇。如果说有区别也就是看谁更高、更快、更强、更美。

生日过后，你就要正式开始读书了，一切都是全新的开始，全新的触觉，也会遇到许多难题和挑战，都需要你独自去面对、去克服。只要坚定执着地走过去，前方肯定是一片明丽的天空。

除夕那一天，你在视频里用一首真挚而动听的歌曲，向亲人表达新春的祝福。我也想起了学生时代很喜爱的一首诗歌，以此祝愿你的生日和全新的开始吧，那就是王蒙的《青春万岁》。你远隔重洋，不妨放声朗诵吧，一定会充满奔放和欢快，充满激情和遐想，拥有青春的力量。

（写于 2009 年易忆十六岁生日之际）

附：

心　声

大家好，我是 FM88 堪城之声广播电台的主播——，很高兴能在这里和大家见面，分享我的故事，走进我眼中的堪城之声。

距离刚出国已经有比较长的一段时间了，过着每天学校、车站、家——三点一线的生活，虽然生活平静得不起一丝波纹，却也找不到一丝归属感，生活似乎稳定，却很盲目。

想起中国，这个文化博大精深、源远流长的国家，这个曾经盛行诗词歌赋，风吟雅颂的国度，这个拥有五千年动人历史的国家，这个在岁月的长河里留下无数动人篇章的国度，总觉得缺少了什么，却又说不出究竟是什么。

直到生日时爸爸的信件上一句话写着："……在学习西方文化，接受西方文明的同时，学习和掌握优秀传统文化也特别重要。……开放包容的优秀传统文化是人类先进文化的一脉。由此观之，中西结合的文化是完美的，中西融合的人格是完善的。所以，在留学的岁月里，也能适当补习一些祖国文化，这是人格之源、人文之根，肯定有益无害。"宛若一道惊雷，使我终于知道自己一直所寻找的东西，那些由我出生起便扎根在我骨髓中的东西——瑰丽而璀璨的中华文化！

于是，我一直希望能够从事与中文相关的一些工作，作为自己短期或者长期的事业。我曾经尝试着去成为一名中文老师，不过事与愿违，我在很长的一段时间里都是持续着这三点一线的生活——那安详的不存在一丝波纹的生活。

就这样，四月的悄然来临，给空气带来了一丝凉意。

无意中，听说堪培拉刚成立中文电台，并且正在招募主播的消息。我怀着激动的心情递交了简历，在忐忑不安中，等到了我被录取的消息。

也许从那一刻起，平静的湖面，开始泛起了粼粼波光。生活仿佛从那一刻起，开始在阳光下熠熠生辉。

第一次走进电台，看到电台的大家，虽然兴奋，却也带着一丝迷茫。一起工作的大家都充满着热情与朝气。

当然，在一开始，我们也是手忙脚乱的。大家在 Bamboo 老大的带领下，一起学习播音的技巧，每天坚持不懈地练习。最终，声音由青涩转为成熟，由断断续续转为行云流水。

当我们第一次坐在播音室，打开麦克风，听到自己清晰的吐字从电波中传出时，内心的自豪与激动，所有汗水与泪水在那一瞬间变得那么珍贵和值得。那一刻，我在心里默念，即使身在海外，也能尽自己的努力填补自己和在海外的华人，心里的那份空虚。

怀着这份信念，我走进了《美文共赏》的世界。"这里有生活的橄榄，这里有情感的玫瑰；知书达理，晓中华文化之精"。五千年的浩瀚，不仅让我叹为观止，更激发了我做好这一档节目的热情。平时注重积累，对生活需要更多的观察和感受，方才能体会字里行间蕴含的，深刻的寓意。为此，我通过各方面渠道不停地阅读、汲取知识，私底下也偷偷和一起奋斗的同事们讨论对文字的理解，生活的感受。电台的大家都很乐意一起分享自己的感受，这也是让我受益匪浅的一点。集思广益，方成一文。

就这样，我们的电台——堪城之声在不断地成熟。而我，也随着电台不断地成长着，大国的文化是一方面，沟通与传播是另一方面。我期待着自己的不断进步，也希望中华文明、故国文化，能够顺着电波，逸入您的耳畔！（易忆）

（刊登于 2009 年 9 月 25 日堪培拉《东方都市报》"FN88 主持人大公开"栏目）

长长的目光……

亲爱的老爸

你还记得吗？

那年我离家的脚步

身后，是你长长的目光

现在的我在异乡

遥望故乡的眼神

老爸

记得否？

于是我背起行囊

在异乡的求学路上

挥洒年轻的热情

却时刻不敢忘记老爸

你因岁月而愈加有形的脸庞

老爸今天是你的生日

没啥能送的

就送你一首诗

在阳光下的农夫山泉

在月光下你给我讲的故事

我伟大的老爸……

在异乡我总能把你想起

昨晚，易忆发自千万里外特别的生日礼物，打破了几天来的宁静，不禁心潮起伏，长夜难眠。这是精心制作的一份厚礼：一首真挚的诗，一段悠扬的乐曲，还有来自国内外的同学，特别是堪城之声广播电台"同事"们的真诚祝愿，一时颇感温馨，无比欣慰。

真觉得女儿长大了。十六岁的花季，正是还可以在父母怀里撒娇的时候，却早早离开父母的呵护，远渡重洋，去追寻心中的梦想。作为父母遥想的便只有"长长的目光"。而且身在异乡，心里仍"遥望故乡的眼神"，作为心灵的慰藉，激励的动力，前进的方向。

忘不了去年那个深秋的夜晚，在机场送别女儿，踏上人生新路。虽有妈妈的伴随，可目送着女儿渐行渐远的并未长大的身影，一种不舍的情怀，担忧的情绪涌动心间，即化为满眶的热泪，留给女儿的就是这一直印在心里的"长长的目光"。

自然，这热泪不再，因为化成了一个个平安的消息，特别是较快适应读书生活的安慰。可是这"长长的目光"仍是一种热切的守望，伴随着女儿离开后的日日夜夜。

感谢积夫叔叔和逸蓉阿姨的热情关怀和倾情爱护，还有慈爱的外公外婆，聪明可爱的邢家三兄妹，为女儿易忆提供了一个适应期般的条件，过渡期般的环境，让尚未长大的女儿在异国他乡时时体会到归家似的温暖和关爱。这叔叔和阿姨，就是我那"长长的目光"的延伸，女儿身旁的"故乡的眼神"。

忘不了女儿带回的一个个佳音，诉说的一次次奇遇，让这"长长的目光"充满喜悦，感到欣然。女儿很快适应了学习，融入了群体，而且每一次考试都是优秀，包括对国际学生来说难度甚大的高中法律、经济等课程也尽力攻读，获得老师们的好评。女儿保持了自小养成的自觉学习的良好习惯，每一次作业、考核和考试总是精心准备，认真应对，即使面临困难，总是积极去克服，从不叹苦怨累，怨天尤人。女儿能主动与人交流，积极交往，从不自我封闭。认识了红艳阿姨一家，熟识了不少老师和同学，参加了不少的活动和聚会。这一些都是成长中的重要课堂，因为"三人行，必有我师焉"，一定增长了许多见识，也会获得许多教益。

特别感谢女儿在澳洲的第二课堂——FM88 堪城之声广播电台。从电台负责人竹凝特别的贺信里，觉得这就是另一视角下的"长长的目光"。在热情洋溢的祝语里，字里行里显现着对女儿的赞美之意。虽明白女儿还没有到达"杰出"的境界，但竹凝所说的"出落得如此大方稳重"和"表现出远远超越年龄本身的成熟"。却以为基本符合实情，特别觉得不到一年的留学生涯，女儿适应很快，成长也快，在这第二课堂里，获得了肯定和褒扬。应感谢 FM88 堪城之声，给了女儿一个学习锻炼的平台，也赞赏竹凝等海外学子们以非凡的胆识、过人的才智搭建了这一促进中澳文化交流的平台。自然，自创办的第一天开始，我们就成为 FM88 堪城之声的忠实听众，守候在电脑前收听体现中澳友谊，传播两国文化的精彩节目，已成为生活的重要组成部分。更赞叹这一群海外学子的赤子之心和执着追求，虽是初创时期，但已显现出蓬勃的生命力。坚信"自古英雄出少年"，相信这一新生的电台如春苗一般，一定会在春风化雨中茁壮成长，在中澳文化交流史上写下华彩篇章。

这"长长的目光"总时时飞过高山，跨过海洋，注视着远在海外的女儿，伴随着女儿不断成长。感谢积夫一家给予女儿家一般的温暖；感谢少华等老师的教导；感谢 saber 和严帅等同学的友爱；感谢竹凝等哥哥姐姐们的爱护，因为你们都是我那"长长的目光"的无限延长。

（写于 2009. 10. 06）

成长之中

　　十二月二十九日，在冬日的暖阳里，十五的月光下，易忆又飞越大洋，返回澳洲，继续着高中学业。这一次回家是属于放暑假、过新年，一晃度过了长长的五十天。易忆的归家带来了许多欢乐，更觉得在不断成长。

　　觉得易忆长大了，是因为长了身高。一直以来，并不担心易忆不会长个儿，因为从零岁开始，就如春笋般地疯长着。总是比一些同龄的女孩高出不少，读书时总是坐在最后一排。离家时已长到一米六十有七。感觉这次回来，又有长高。量了身高后，说是到了一米六十九。希望中的身高只要一米七十，别再长高，可现提前达到了这个标准。

　　觉得易忆长大了，也是因为长了知识。一年半载的海外读书生涯，带回的是知识的长进，视野的拓宽。虽各科知识不及绍兴一中读书时的深奥，也不必一中学子般的苦读，但还是有不少的收获。因为知识宽度更广，结构也更合理。选择一个序列的课程，加上学分制考核，与读大学能较好地接轨，也有益于发挥学生的个体特长。所以学业也不是极端的艰难。因而，有余力在这个第一课堂外，进入第二课堂——堪城电台主持节目，传播中国文化。同时，也有利于丰富阅历和增长知识。从几件小事中，可感觉到知识和能力的提升。如走访文理学院何仲生教授和著名节目主持人李玲老师，还有 738 早新闻主持人吴晓萍阿姨，他们对易忆的感悟能力大加赞赏，以为彼此间已有专业方面的"共同语言"。再如希望参加普通活水平测试，在两位国家级测试员文理学院屠国平教授和区台办卢秋萍主任的帮助下，获得了去杭州市教育局测试的机会。在吴毅颖老师的悉心指导下，虽匆促上阵，只有一个星期的准备时间，也顺利地通过了测试，说明语言基础还较为扎实，接受能力也比较强。再如在平时的交流中，能注意语言的规范和雅致，这可能与在电台所承担的节目"美文共赏""心灵驿站"节目有关。特别是一些较难认的词汇，如"耄耋老人""饕餮大餐"之类，均能脱口而出，当然也会说一些时尚的网络语言。更能代表增长知识的是从澳洲寄来的一份成绩报告单。一位教育部门的负责人在阅读了成绩报告单后这样写道："祝贺你在这一年取得的好成绩。我将期待你在十一、十二年级有更好表现。你要继续保持对学习的热情，将会获得更出色的成果，并获得奖励。"

觉得易忆长大了，还因为更懂事了。虽因接近年底，忙于公务，与易忆相处多在夜间和双休时光。可从点滴的细节中，时时体味到易忆的通情达理，尊敬师长，时时体现山尊老爱幼的情怀。回家不久，就即去拜访小学、初中和高中的老师，向老师报告在澳的学习生活情况和收获。如北海小学的董建奋、俞建栋等老师，元培中学的车敏、诸荣、丁丽娟等老师，一中的言利水老师。也会关心更年少的孩子，如对一起回国的积夫叔叔的二儿子邢霓极其爱护。在邢霓来绍兴、去南京的日子里，时时展现着"姐姐"的形象。在五十天的假期里，一边读书，一边休整，不时体现着"润物细无声"般的对人的关爱，对事的思考。如家中二哥住院动手术，在一个双休里去探望，临行前，见我手里没带物品，就提醒："要不带上补品?"圣诞节的清晨，下楼时，发现一张贺卡放在桌上。写着"圣诞快乐!"画着二朵玫瑰，又点缀着数颗用纸织成的小星星。这是易忆自制的，而且是在寒冷的冬夜里的作品，给我们一份祝愿，也是一份惊喜。特别是在送别易忆之后，返回时，又发现易忆打理得整洁的房内，特意把一本年历放在书桌上，仔细一看，原来是在新春佳节这一个日子（二月十四日）里，写着：祝春节快乐、情人节快乐! 会想你们的! 顿时，似有一股暖流从心间流过，颇感欣慰。那一个晚上，文理学院张理明教授和傅支伟阿姨特意设宴招待易忆，这位傅阿姨是改革开放后绍兴第一代日语翻译。一直看着易忆长大的傅阿姨称赞易忆的话是：易忆真的在迅速成长……

是的，易忆在成长中，向着成熟的方向。当然不满十八岁，还是个孩子。如穿衣打扮上，会有不少的主意；夜间会与国内外的同学聊上很长的时间，不太在意劳逸结合；有时也会丢三落四的，一时找不着物品。一次上街，经过人民路口的斑马线时，让小偷摸去了钱包也没有发觉，可能在小偷眼里，易忆仍是一个孩子。因此，还需要努力学习，不断成长。要在少华等老师的教导下勤奋学习，在竹凝等哥姐们的帮助下不断提高，更在积夫叔叔、逸蓉阿姨的爱护下健康成长。因为，现在仍只是一个开端，更新更美的人生画卷，仍有待于用更精彩的笔墨去抒写、去画就。

（写于2010.01.31）

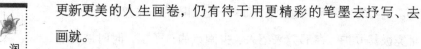

写给青春的信

——致易忆（之二）

　　元月的最后一天，恰是正月里难逢的一个晴日，你又辞别亲人，背起行囊，飞越大洋，回到澳洲，开始新的求学之路。望着日渐长大的背影，心头涌动着浓浓的不舍，更满怀着希冀和热望。

　　一晃三年过去了，那一年的秋夜里，在机场第一次送你远行，觉得仍如昨天。三年前，一个小小少年，怀着青春的梦想，只身飞赴异国他乡，开始了求学之路。你很快适应了环境融入了学校，又很快地脱颖而出，成为一名优秀学子。虽遇到过不少难题，但你总能积极面对，努力克服，带给我们的不是困难和忧伤，而是一份份让人满意的答卷，和一个个令人欣慰的喜讯。你特别有自理能力，煮饭、洗衣、购物，把学习生活打理得井井有条，让近乎苛刻的房东也表示赞许。你有着很好的自控能力，会把每天和每个双休和每个阶段的学习作出合理安排，从不逃课，总是天天到校；从不拖欠作业，总是高质量去完成。你更有良好的自学习惯，作业之外会安排预习，遇到难题时会研读，有时还会借助网络，连线在读硕、博士的哥和姐们。在学期结束的考试前夕，你更投入地去复习迎考，从不懈怠，也从不自满。你也会合理安排业余时间，去拓展知识和视野。你以一个中学生的身份，成为"堪城之声"中文电台的主持人，自编自播"美文共赏"节目，增长了知识和才干，也有益心智成长。在每一个假日里，你不放弃学习知识和技能，会制定周密的假日学习计划，学日语、读名著、学器乐、参加普通话考级等等，丰富多彩，不一而足。业余的学习也会有用武之地。去年有一个日本中学生代表团访问考普兰中学，因为日本中学生不熟谙英语，而你有英语和日语特长，一时成了最受日本中学生追随的人。前些时候，你与旭日绵轴承有限公司仁见先生在一起，你们用日语在交流，让仁见先生吃惊不小，深感意外。

梅花香自苦寒来。我们见到的是你的成绩或成果，当然知道收获背后的刻苦和勤奋，但很少听你诉说困难和辛苦。在我们的思念和牵挂中，在积夫叔叔、逸蓉阿姨的厚护下，你在不断成长，即将进入大学生涯。

令人难忘的是你在学校毕业典礼上的精彩瞬间。

那一个夜晚，妈妈飞赴堪培拉参加你的毕业典礼，为接你回家更为见证你的收获。同赴毕业典礼的还有积夫叔叔，你的友人S和W等。这是一年一度学校的盛典，师生的节日。整个体育馆内嘉宾、师生和家人济济一堂，座无虚席。积夫叔叔随带了相机，准备为你记录这一美好时光。毕业典礼开始了，先有教育局长、校长的致词，还有学生的倾情弹唱，重点却是颁奖和领取毕业证书，全场关注的焦点却是颁奖，模式与国内电影金鸡、百花奖颁奖庆典相似，获奖谜底也在现场揭开，让学生和家长充满着期待。

颁奖开始了。第一项奖是最佳音乐奖，获得者是刚才那位边弹边唱的音乐奇才，一位当地的英俊男生，家长和师生们报之以热烈掌声。第二项是由澳洲物理教研所颁发最佳物理奖。你文理科比较均衡，物理成绩也不错，妈妈对之充满期待，可又觉得学校人才济济，获奖者不太可能是你。正在忐忑之中，听到主持人报出的名字是："YIYI MA"！让妈妈十分惊喜，果然是你。在众目睽睽之下，你兴奋地走上台去，脸上写满了灿烂的笑容。物理研究所的专家在颁奖时对你说，作为一位女生，能拿到这个奖实属不易。第三个奖项是由中澳友协颁发最佳中文奖，这让妈妈心头一热，觉得凭你的中文成绩和水平，你有条件获得这一奖项，可是刚才获得物理奖已很幸运，怎么可能还会有第二个呢？可是，主持人宣布的获奖者是："YIYI MA"，又是你。你和妈妈十分意外又欣喜不已。你把最佳物理奖牌往妈妈手上一放，又信步走上台去，师生和家长们全是赞许的目光。妈妈目送着你走上台去，心头却似畅饮琼浆，美妙无比。为你颁奖的是中澳友协的官员，他们表扬你的中文水平，更勉励你继续为汉语推广做更多的工作。积夫叔叔为你摄下了这一美好的瞬间。

在你与妈妈和同学分享着喜获二个奖项的时候，校长把学习成绩优秀奖和最佳数学奖颁给了总分比你高出二分的"包头妹"，一个阿拉伯血统的优秀女孩。你也为这位四季包着头巾的同窗获得此奖表示祝贺。接下的一个奖项是为表彰非澳籍学生而设立的国际学生奖。妈妈知道你是优秀学生，但觉得你和"包头妹"都各拿了两个奖，按常理不可能获得多个奖项。可是，主持人宣布的获奖者啊，又是你"YIYI MA"，说明你在国际学生中确是最棒的，家人知道，学校也明白，获此奖项出乎意外，也在情理之中，当然更可喜可贺。

紧接着的奖项是分量最重的最佳综合素质奖。三奖在手的妈妈早已笑逐颜开，自忖乘坐十多个小时的航班出席这次毕业典礼不虚此行，旅途劳顿之苦早已烟消云散，身心爽朗无比。这个时候，妈妈与你一起以轻松观望的心态静听着主持人报出获奖者是哪一个？因为建校三十二年来，这综合素质奖都由澳洲籍学生获此殊荣，不在妈妈期待的范围内。可是主持人播报的获奖者是："YIYI MA"，这让全场大出所料，十分意外，沉静一二秒之后，掌声响起，更让你和妈妈喜出望外。你又一次在全场的注目礼和赞扬声中从容而昂扬地走上台去，又从校长手里接过了这一沉甸甸的奖牌。校长亲切地对你说："这是我校三十二年来，第一次把综合素质奖颁给一名国际学生，祝贺你！"此时，全场掌声雷动，经久不息。

当你走到妈妈身旁，看见了妈妈兴奋的泪花儿，还有积夫叔叔格外自豪的神情。而好戏还没有结束，最后一个奖项是颁给学习成绩连续两年 80% 科目为 A 的学生，上台领奖的共有六名学生，你自然在其中之列。这个时候，在妈妈心中，这是锦上添花的奖励，而在全场师生和家人的心目中，这个夜晚，这场盛会你是最耀眼的明星。依学校的惯例，你的英文名字"YIYI MA"将镌刻在学校的石牌上，成为学生的榜样。

这个晚上，你领到了毕业证书，还获得五块奖牌，让妈妈好激动、好兴奋，也好感慨，为你的长大，为你的收获而深感自豪。你的中文、物理老师还有专程出席典礼的老校长沙仑也为你的精彩而欣喜、而骄傲，也让许多老师和亲友为你喝彩，寄予厚望。你的中文教师少华女士对妈妈说，如果像易忆这样的学生更多一些，中国留学生的形象会更好。一直厚护你，这一夜更为你摄下一个个美妙瞬间的积夫叔叔连夜发给我一个邮件："有易忆这样优秀的女儿，高兴得睡不着觉了吧？今晚她是学校的明星！"

一分耕耘，一分收获。你在毕业典礼的精彩一幕让我们心潮澎湃，激情飞扬，带来的是无比的快乐和甜美。当然，在喜庆之余，我们更要保持清醒的头脑和沉静的心态。成绩只能说明过去三年，在高中阶段获得了不小的收获，取得了一定的成就，只是代表过去，不能说明将来。在毕业典礼后，你回家休假的日子里，你如愿地被录取在位于悉尼的新南威尔士大学金融与精算专业，新的挑战和希望又在面前，这意味着既远离家乡，也要离开宁静的堪培拉，和谐的"堪城之声"，特别是亲密无间的积夫叔叔一家，将走进陌生的大都市悉尼，亚太名校新南威尔士。在这儿又将开始三年的大学生涯，你的面前又如展开了一张精美的画纸，这幅画卷还需要你以精深的艺术修养，精巧的艺术构思、精湛的艺术技法去泼墨画就。我们相信，有三年的历练，三年的成长，你将更适应海外留学环境，也能应对新的竞争，破解新的难题。

希望一如既往地保持积极的进取心，乐观向上，从零开始，从现在开始，向着新的人生理想孜孜以求。

希望一如既往地把学习新知识、新文化作为第一大事，在精英集聚的大学里，竞争会更激烈，尤其是国外大学更注重学习的过程，特别是实践能力，教学要求会更高，学习难度会更大，需要付出更多的努力，从现在开始要有足够的心理准备。在学习新理论、新知识、新技能的同时，也要吸收博大精深的中华优秀传统文化，特别是改革开放之后的新文化、新成果。要把传播中华文明、华夏文化作为己任，因为越是民族的，越是世界的，中西文化的交流和融合，也能滋养人格，提升品格。

希望一如既往地大气大度，与人为善，广结友情，多善待长者，多求教智者，见贤思齐，取长补短，不断成长。特别要满怀着一颗中国心，以国际视野、中国立场、人文情怀认识世事，体察风云，日益强大的祖国永远是海外学子的坚强后盾和精神支撑。

希望一如既往地爱护身体，劳逸结合，积极参加健身运动，合理安排作息时间，合理调整膳食结构，既要心态平和，更要身心健康，身在异乡，平安最为重要。

春去秋来，告别了高中生涯，迎来了大学生活。在机场送别后，我们又将开始新的牵挂和遥望，新的祝愿和期待。这一次送别与以往相比，这一回是送你踏上大学的人生旅途。这一次与以前的依恋和不舍相比，这一回增多的是放心和希望。正如积夫叔叔说："易忆现在无论是心理上还是法理上都成人了！"

就让我们和积夫叔叔，还有关心你爱护你的亲友们一起，遥望着你、期待着你，等待着你带回更多的佳音，收获更多的硕果。希望你莫负青春岁月，莫负美好年代，谱写多姿多彩的青春乐章。

（写于 2012. 02. 11）

欢聚时刻

　　易忆求学于海外，带去的是深深的希望，留下的是绵绵的牵挂。虽然，可在视频上常常相见，时时叮嘱。可是，便捷的通讯工具，迅捷的信息传递都不能替代相聚的欢乐和重逢的喜悦。于是，看望易忆了解易忆的读书生活，也是近年的一大心愿。

　　只是这一时刻来得太迟。

　　四年前的那个秋夜，易忆飞越大洋，这一难舍瞬间，仿如昨夜。十六岁的女儿稚气未脱的脸上，张扬着坚定而执着的神情，已永远定格在脑海里。

　　四年间，易忆交出了一份令人惊艳的答卷。易忆的名字被镌刻在学校的石碑上，成为后来者的榜样。而且，同时被国立大学、悉尼大学、新南威尔士大学和墨尔本大学录取。由于易忆选择了新南威尔士大学，于是告别了堪培拉，告别了积夫叔叔一家，来到了悉尼，进入了新的学习天地。

　　四年中，易忆从中学生升为大学生，也进入了绚烂的青春季节。从四处租房至安排生活起居，从克服深奥的功课到业余参加辩论社团，总是积极有为，乐观向上，克服了许多难题，也结识了不少青年才俊。

可是，四年过去了，才飞到易忆身边，真是姗姗来迟。因此，从堪培拉至悉尼，虽处处是青山绿水，白云蓝天，草原羊群，但无心观赏。这并非审美疲劳，只因见女儿心切，只希望早早来到易忆身边，与之欢聚一堂。

暮色里，走近新南威尔士大学别致的校园，看到了在夜风中迎候在路边的女儿。

走进了易忆的家门，一个五人合租的宿舍。

这是一幢简陋的一层小别墅。五位同学各居一室，厨房设施共用。由于处于期终考试期间，每一个房间的物品有些杂乱，唯易忆的小居稍显整洁。此时，脑海里突然闪过："寒窑虽破，能避风雨"、"斯是陋室，唯吾德馨"之类词语，顿觉留学实属不易。由于留学学生增多，悉尼房租飞涨，租住这样的宿舍也算难得。易忆正处在复习迎考阶段，心理负荷增大，近来更睡不好觉，今天还听到几声咳嗽，不禁喟然长叹：海外读书，辛苦异常！

而易忆却笑容灿烂，说："没关系，大家都一样，习惯了。"

父女俩坐落床沿上细聊着，不觉得时光的流逝。窗外，繁星簇拥着半个月亮，夜空宁静而温馨。

易忆邀上同室的另四位学子和其他密友共进晚餐。他们来自祖国不同的地区，在国内不同的学校里，都是出类拔萃的学习尖子。万里之外，都寄托着父母兄弟的遥念和希冀，都有着不同的经历和故事。在我面前，他们起先稍显局促，在话题打开之后，才放松心情，展示了不同的个性风采。在闲聊之中，可以看出，他们就读不同的学校和学历层次，经国外先进教育理念和知识的浸染，视野更为开阔，人格更为独立，心态也更加沉稳。

心想，易忆和这些海外学子们，将来无论在哪儿，从事何种职业，在青春季节里的留学生涯，一定会让他们强化精神历练，增加人生厚度，一定会给他们的多彩人生留下最深刻的影响，最美好的记忆。

美好的时光总嫌短暂，因为又面临考试，就与易忆和同学们告别。易忆坚持要送我回酒店，虽车技并不熟练，但动作并不僵硬，行车也不缓慢，在灿烂星光下，急驰在沉静的街道上。

望着日渐长大的易忆，再目送着远去的车影，内心充溢着的是满满的欣慰，还有深深的祝愿。

写给青春的信

——致易忆（之三）

虽是一个多年未遇的寒冬，却未感冰冷，唯觉时光匆匆，又温馨无比。这一切归于你放假回家，室内外充盈着温暖和甜畅。

暑去冬来，一晃过年了九年。在异国他乡，你从堪培拉到悉尼，升入新南威尔士大学和悉尼大学，读完了本科和硕博课程，从一个满怀梦想的孩子成为学有所成的博士。

这些年间，紧随着你的脚步，这一片陌生而神奇的土地，成了我们关注的焦点；每一个校园内外，成了我们想象的空间。你的每一个坚实的脚印、每一份丰厚的收获，成了我们莫大的慰藉。当然，一个个难题和一次次考试，也让我们魂牵神绕，既怀着信心和希望，又有着几分心疼和不安。

你从考普兰中学毕业进入新南威尔士大学，从地域上看是从首都走进国际化都市，而从学业上说是从快乐时光进入了苦读岁月。由于对国外读大学难度大、淘汰率高略有耳闻，基于你文理科比较均衡状况，只希望你选择一个相对轻松，又符合个人兴趣的专业。而你却怀着青春梦想，为了让自己飞得更高更远，从高从严规划自己的未来，选择了让许多学子望而却步的金融和精算专业。尽管你数学基础扎实，学习态度端正，可学业的艰难程度可想而知。平时，虽然你没有多说书难读、题难解，在每次考试之前要求减少视频对话，便可知时间有多紧迫，迎考有多紧张。这一切给我的印象是：国外读大学犹如国内读高中，压力山大，苦不堪言，人如在苦海里挣扎，在逆流中奋进。事实也是如此，一个精算专业二百余名顶级学子，在每学期都有抱憾出局。至毕业前夕仅余下七十多人，你成了幸运儿之一。我们特意把你的铜制毕业证书端放在客厅里，视为镇家之宝物。它是你智慧和心血的结晶，也是我们自信和自豪的依托，更是你实现青春梦想的见证。

抱着如小鸟儿能飞多高就飞多高的理念和梦想，我们特别支持你进入悉尼大学攻读硕士博士，唯一的愿望是别再有读精算般的艰辛和苦累。可是，你又坚定地选择了法学，开启了新一轮的苦读日子。虽有不少的忧心和煎熬，也有许多的迷惘和困倦，但你从不低头，无怨无悔，朝着既定目标，一往无前。当许多学子考试亮起了红灯，你虽也纠结，如履薄冰，但总是一次次通过。我知道，这归结于一步一个脚印的学习态度，平时用功，应对作业及时而准确，掌握知识全面而扎实，所以考试也只是有惊无险，而且屡创佳绩。

在我的印象里，自新南威尔士大学到悉尼大学，专业不同，层次也不一样，相同的是学习的紧张和辛苦，相似的是你没有忽略提升整体素养。你参加了华语辩论社，又是媒体部部长，在这个青春激扬的舞台上，从校际对抗到洲际比赛，一轮轮的思想碰撞，一次次的观点交锋，传播着中华优秀传统文化，展示着祖国现代化建设的新成就新气象。从中，也展现着自己的才华和风采。在紧张的学习之余，你又操起了尘封已久的大提琴成为艺术团的一员，走进了人们心目中的艺术圣殿——悉尼歌剧院，一时传为美谈。

你也重视学以致用，通过工作实践积累经验，拓展视野。你进入哈曼环球控投公司实习，协助行政事务。你以良好的职业素养和出色的工作才干，赢得了公司员工的赞扬。实习结束时，公司破天荒地为你举办送别晚会。当然，更出彩的是你毛遂自荐，经严格考核进入精英云集的普华永道实习。从开始时的惶恐不安至后来的自信满满，意味着个人心智经磨砺后更加成熟，工作才能在重压下得到递进，整体素质在修炼中得到提升。

我不知道以怎样的话语来描述九年后的女儿。总是觉得，你怀揣着梦想，朝着既定的目标，一直行进在一条准确而快速的轨道上。随着心智的成长、知识的积累和视野的拓宽，你的境界、格局和气度不断得到滋养，获得升华，为人更有底气、定力和包容心，用你自己的话是"拥有一颗大心脏"。而我想说的是，九年前的希望已成为现实，我的梦想版女儿就是当下青春版的你，梦想和你完全吻合，这才是真正意义上的梦想成真。

现在，你又回到学校，去完成最后阶段的学习和实习任务。然后又将面临就业选择。本以为，在海外读书，浸染新理念，接受新知识，掌握新本领，以国际化的视野和优质的知识储备，为正在崛起的祖国奉献智慧和力量，从中实现人生价值。进入新时代，在全球化、信息化的浪潮下，知道要以更加开放包容的理念更新择业观念，选择在国内和国外就业都可以接受，人生都可以出彩。只要怀有一颗中国心，在世界的每一个角落都有着报效祖国的机会，关键在于能够学以致用，获得发挥个人才智的机遇和平台。

随着岁月流逝，你也会进入恋爱季节，步入婚姻殿堂。许多家长会把自己年轻时候的缺憾企求在儿女身上补偿。于是，会把经济条件、社会地位和城乡差别做为婚姻的主要选项，对儿女婚姻干预过多，一代代之间常常陷入一个婚姻怪圈。依我之见，婚姻重在精神文化的融合度和情感沟通的契合度。于是，我认为你的另一半应是一个炎黄子孙，这是务必守护的文化根柢。爱情可遇不可求，虽不作苛求，也应积极寻求。普天之下无尽善尽美之人，于你而言，可寻找一个真心爱你护你的人，一个真心倾听你心声的人，一个真心尊重你的意愿，当你出现可能的偏激又善于纠偏扶正的人。简言之就是一个喜欢你的，大气、真诚、包容和厚实的人。除此以外，其它要素能优则优，不作为重要选项，因为恋爱是两情相悦，婚姻是人生的新起点，更新更美的人生画卷需要浓墨重彩，更需要合力同心，风雨同舟。

当我正值青春年华时，父母已进入人生的中老年。当你步入青春岁月里，我们也加入了中年的行列。青春是一树花开，一首绚丽诗篇，一段华彩乐章；青春是一串串轻盈足迹，一个个浪漫故事，一幕幕难忘记忆。青春不可复制，也不会重来，但在有限的人生历程中，可以永远积极向上，永远充满激情和梦想。美国作家塞缪尔·厄尔曼在《青春》里这样写道："青春不是年龄，而是心境。青春不是桃面、丹唇、柔膝。他是坚强的意志，是恢宏的想象，是充沛的情感，即使到了八十岁，如果我的心灵的天线，依然愿意接受美好、愉悦、乐观、进取的电波，那么，你将永远青春焕发。"

以此作为我们永远的共勉吧。

（写于 2018. 02. 08）

长寿之村

小崀地势高峻，山环水绕，风光旖旎，气候宜人，民风淳朴，宛若桃源仙境，既是旅游胜地、避暑山庄，也是长寿之乡。在小崀村，70多岁老人都健步如飞，80多岁老人常荷锄下地，90多岁老人仍耳聪目明，百岁老人能生活自理也不甚稀奇，历代出现了许多长寿老人。2003—2010年，全村80岁以上老人101人，是一个名副其实的"长寿村"。

小崀确实有着得天独厚的使人益寿延年的自然和人文环境。

小崀气候宜人，恰如一个天然大氧吧。村庄处于西白山腹地，海拔500米以上。村后来龙冈、村前棕榈尖和村右西白山主峰海拔都在1000米以上，村庄日出迟、落山早，气温比平原地区低3摄氏度以上。高温时节，清风徐徐，夜无蚊子侵扰，无须挂床帐，不必购空调。天晴时，蓝天上白云飞渡；雨日里，漫山间云雾飘游，空气清新、洁净，有利于人体身心健康的负氧离子含量很高。受地势、植被和流水的作用，小崀雷阵雨天数较多，雷阵雨后，天色更加蔚蓝，山色更为青翠，负氧离子浓度更高。总之，小崑极利于养身。村民马樟喜，两次被县和省属医院诊断为绝症，回村休养一段时间后，病灶竟意外消失，神奇地转危为安。上海铁路局职工宋宝根年轻时生病，上海名医治疗无甚效果，来到小崑休养三个夏季，身体得到完全康复。今年夏，年近九旬的他，又一次走进山村，感念小山村人的深情厚谊。

小崑人劳逸结合，有着平和的生活方式。小崑开门见高山，出门走山路。一般长寿老人都从小从事体力劳动，一直到七八十岁仍不肯放弃钟爱的田地，有的到九十岁仍可做一些家务和农活。村民钱富仙老人在 101 岁时仍耳聪目明，还能穿针引线，在煤油灯下做针线活。小崑依山而建，道路多是石阶，少有平路。老人们早上踩石阶出门，中午拾级归家，午后再离家，傍晚再返回，每一次都相当于登山锻炼，既悦心，又健身。一般长寿老人心态平和，乐观开朗，乐善好施，热心公益，身心健康。如九十三岁的郑梅姑老人一辈子从事拥军事业，深受村民爱戴；老党员马宗梅在九十三岁时，第一个为四川汶川地震捐款，奉献一片爱心；八十四岁老人马金祥义务修路的事迹感人至深。

小崑人常吃绿色食物，有着平衡的膳食结构。村民特别是长寿者的饮食有"五低"（低热量、低脂肪、低动物蛋白、低盐、低糖）和"二高"（高维生素、高纤维）的特点，食物随季节变化，保持着新鲜、多样、可口的特征。村民喝的是源于西白山湖塘塍的高山泉水。湖塘塍一带土质肥沃、清泉涌流，水质清澄有甜味。众多的山泉水冬季直冒热气，夏天特别清冽，含有锌、镁、锰等较多的微量元素。村民泡的茶是西白山珠茶和西白龙井茶，属于真正的高山云雾茶；吃的珍果是西白山香榧、板栗和柿子等。西白山物产丰富，四季有野果可采集，如春有"格公"

（似草莓），夏有山楂、斑楂，秋有"芦荠顶"（覆盆子）、"藤梨"（野生猕猴桃）、"毛栗"（野生板栗）等，冬有"毛头肉"（"寒女"）等，不胜枚举。村民四季能吃上野果，平时又吃着自己种植的无污染水稻、玉米、高山蔬菜，而堪称人参的高山萝卜，酷如虫草的小崑笋干，也是村民春夏时节的美味佳肴。小崑人以素食为主，偶尔吃上荤菜，也是家养的猪和鸡鸭。

小崑人尊敬长辈，有着良好的尊老传统。村民尊老传统代代沿袭，蔚然成风。村民对年长者都十分敬重，家家户户都有许多孝子贤孙，以敬老为荣。正是在这样浓郁的尊老氛围下，老人们心情舒畅，得以颐养天年。

（写于 2011. 12. 05）

寻觅风情

　　曾有朋友这样说，小崀之特色在于山川秀异，生态宜居，更在于弥散在山水之间、村落内外的奇特风情。此后，我常在思量、寻觅这一"小崀特色"是如何滥觞，汇聚成丰厚底蕴，焕发出迷人的神采？

　　偶尔翻阅幸存的谱牒，有云："元时德安公游太白山，爱山水之胜，因家焉。以山仍剡水滥觞，犹河之于昆仑，遂名其地为小崀……"此说道破了小崀立村的渊薮。谱牒中有许多倾情描写小崀风情的篇章和段落，其中有云："山川秀异，峰峦环列，云霞缥缈，树木檽槮，流水蜿蜒，井壤交错，地则瘠而不贫，人则朴而有礼，素称醇厚之族。"可见，先辈们爱山水、爱家园，极其眷恋而自信。他们依靠不倦的劳作和非凡的才智，不断垦殖，奋力建构，勾勒出底蕴深厚、摇曳多姿的格局和风采。

　　在农耕时代，小崀地理位置优越，可谓得天独厚。马嵩从马踏石迁居小崀山，将村基定位于来龙冈下，画图山前，又有源自高山湖塘塍和九菊坑的两条清溪在村前合流，外围还有牛头、马头长岗和狮子岩石镇守门户，山环水绕，层峦叠嶂，目之所及，何其舒畅；出行劳作，汲水洗涤，何其便捷。而且，以村为中心至周边山野，路程大致相等，构成辐射之状，便于村民出行开垦和耕种。由于山高水长，腹地宽广，便于按气候变化和季节更替进行播种、收获，基本可实现自足自给。为何周边的村庄建村更早而未能成为大村，归结于流水之长短，腹地之宽狭，山林之多寡。

近八百年来，小崑除咸丰辛酉年太平天国军队进村蒙受不小损失以外，虽时遇旱涝灾害，但未曾遭受特别严重的毁损。一代代小崑人吃苦耐劳、奋发有为，又仗义疏财、和衷共济，促进了工地开发和村庄建构，推动着小崑渐趋兴旺，成为剡西名村。每当踩在坚实的石板路上，或跨过一座座彩虹般的石桥，或走进一幢幢别致的古宅，或进入葱郁的千年香榧林，或登上山巅，四望层层叠叠的高山梯田和连绵起伏的绿色茶园，无不对祖辈的勤劳、智慧和坚韧顿生无比崇敬之情，无不对村庄形似一幅悬挂于山的中国地图而感到无比兴奋、自豪。

一方水土养一方人，小崑地灵人杰，又耕读传家，极其重视教化，从而英才辈出，各领风骚。历代小崑人培养了不少太学生、国学生，出现了不少饱学之士，他们耕云播雨，歌山吟水，留下了诸多诗文名篇和文化遗存。新中国成立后，特别是改革开放以来，又涌现了众多大中专毕业生以及硕士和博士，在不同领域取得了不凡业绩。他们身处他乡，却心系故土，力所能及地为家乡奉献智慧和力量。近八百年间，一代代志士仁人立德立功，造桥修路，构建堂宇，泽被后世；一任任村干部深谋远虑，不负使命，带领村民治山治水，筑路造田，兴办教育、保护资源，成为建设美丽村庄的领头雁。

小崀处于深山幽谷，若世外桃源。由于出山便是邢、钱、周氏族居的剡西几大村落，小崀人往返其间，与之交往结友或通婚结亲，思想观念和风俗习惯深受这些名村的影响，因而小崀人从未落后于时代的脚步。特别是民国以来，许多小崀儿女远赴上海、杭州等地务工，最后立足沪杭等地。于是，小山村与大都市的互动不断增多。城市文明影响着小崀人的理念、视野和习性，使悠久的农耕文化揉合了工业文明元素，从而使小崀的历史文化之底蕴添加了现代文明之光亮，小崀人处处呈现出非同寻常之视野，追求卓越之创意，引领风气之先之时尚，令人赞叹、惊诧和感慨。于是，徜徉于石径、桥畔和密林深处，在领略山川之秀以外，更有着一种目之所及皆有韵致，又不可名状的奇特感触流淌在心间，令众多诗人骚客不惜笔墨，歌之咏之。

"历史是一堆灰烬，但灰烬深处有余温。"（黑格尔语）打量小崀近八百年的历史演变轨迹，这旖旎多姿的小崀风情便是厚重历史文化积淀而后的"余温"，是一代代小崀人创造的形而上之气象。而今，以现代意识去映照，用当代情怀去触摸，这"余温"仍可升温，这气象还可升华，成为驱动建设美丽乡村的内在支撑，实现美好愿景的不竭动力。

（写于 2009.08.09）

台门史话

　　小时候，每当询问父亲村里最好的台门是哪一幢时，父亲总是毫不犹豫地回答："老屋台门。"

　　老屋台门是我家的祖居，可是与我家的新楼相比，它墙面斑驳，门窗破旧，如一位老态龙钟的老人。我家的新居却粉墙黛瓦、宽敞明亮，像健硕而伟岸的小伙。好多年间，我们不太理解父亲对老屋台门的特殊情结。近些年来，随着对台门了解的加深，渐渐理解了父亲这老屋台门的独特情缘。

　　史籍上虽无明确记载，但从有限的资料和仍居住在老屋台门的后代去追本溯源，可得出台门为成豹及儿子祖瑞、祖瑛、祖环建造。现在的老屋台门人都自称是"自家人"，即本是同根生，都是成豹的二子祖瑛、幼子祖环的第八、九代裔孙。有《成豹公传》云："少壮时有志举子业，无如数奇，屡试不售，遂弃诗书而打操家政。兄弟怡怡，合力同心，共事家计。至天置田宅、构堂宇，镃基即已，稍就越数载，而膏腴日扩，生齿日繁，规模广大，遂甲科一乡矣。"可见胸怀大志的成豹在科举考试屡次失败之后，将自己的聪明才智发挥在操持家业上，构建堂宇，田地增多，人丁兴旺，成为"甲科一乡"之家。虽处于康乾盛世，但一般家庭仍无构建堂宇之实力，只有"甲科一乡"之家才有建造台门的胆识和气魄。于是从"置田宅、构堂宇"中可认定老屋台门、高台门和新屋台门（横台门）为成豹及子女所建。所建时间虽无明确记载，但大致可推测在成豹的中年时期。如果认定成豹在五十岁左右主持建造三个台门，老屋台门建于1760年左右。大概在三五年之后，又在老屋台门的左侧兴建面积和施工难度更大的高台门。这时候，祖瑞长大成人，扛起了建房大业。从现今居住的后人看，高台门均为祖瑞的后代。至于在老屋台门之后背建造新屋台门，则可推测为成豹在三个儿子分立门户之后，由居住在老屋台门的祖瑛和祖环合力建造。时间上三个台门可认定：老屋台门在1760年左右，高台门在1765年左右，新屋台门在1770年左右。自此，在乾隆时期，以老屋台门为核心的三幢辉煌壮观的大楼屹立在村庄的中心地段，提升了村庄的形象，也增添了村庄的底蕴。

成豹是饱学之士，在规划设计上煞费苦心。他在来龙岗下察看地形，又登上画图山眺望山势，心中便有了主意。最后他选择的地基背依来龙冈，前有画图山色相映，右有西白清溪环流，地势也相对平缓，便于建成台门。成豹选择良辰吉日率领子女动土兴建。在当时这是村里最为轰动的事件，也是史无前例的巨大工程。成豹请来了各路能工巧匠，借助全村劳力大兴土木。如营建梯田要砌田坎一样，山村建房首先要砌抱坎，以增加地基宽度。由于地势相对平缓，台门只须砌成二米高的抱坎，就做平了地基。这也是村里所有台门中最低的抱坎，足见成豹在选址上独具慧眼。在山村习惯于夯泥墙建房，而成豹为了百年大计，让子孙族居一处，建窑烧制砖瓦，采用砖木结构营建台门。台门属庭院式结构，门前广场地面用鹅卵细石铺成。格局为五开间加两边厢房和附房，共三十一间，开设左中右三扇大门，大门经前厅正对正堂，左右边门连接厢房。前厅与正厅和厢房之间为长方形天井。天井四边的沿界石光滑平整，石门槛也由原石打磨而成，体现了较高的工艺水平。台门除外墙采用自制的砖块砌成以外，楼内屋柱、房梁、板壁、楼板用料精良，全是硬度强的古木。花格门窗制作考究，木雕工艺十分精致，人物形象栩栩如生，图案内容丰富，各具寓意，美不胜收。柱与梁之间的雕塑玲珑剔透，十分传神。为了防地面潮湿，影响生活起居，成豹将设定作为卧室的房间地面垫高，然后铺上木地板，这也许是农村最早的木地板房。漫步台门内外，可以感受到耕读人家的古朴、清幽和安宁的意蕴。

当台门外墙粉刷完毕，一幢规模宏大，气度不凡的高大台门屹立在古木掩映的来龙冈下、画图山前。这在当今可能算不上什么，但在当时有着开创性的意义。在老屋台门的引领下，村里兴起了建造台门的热潮。不光是成豹接连在老屋台门周围建造了更为宏大的高台门和横台门。其他村民或后辈奋力建造形态不一的台门。如稍后由二房裔孙祖铨建成"二房台门"；第一位太学生祖烈建成富丽堂皇的花屋台门；积盛建成朝南台门等。到了民国时期，大小台门如雨后春笋般纷纷崛起，居住台门成了村民安居乐业的一个重要标志。即使与领近山乡相比，老屋台门也有着独特的地位。当时的村民常常穿越在东、西白山之间，都知道西白山下有老屋台门、高台门和横台门，而东白山下的斯宅有斯元儒建造的千柱屋。成豹所建的三个台门合起来远不及千柱屋的恢宏壮观，气象万千，但成豹的三个台门特别是老屋台门早建千柱屋三十多年。也许当时的成豹也有建更大台门的考虑，只是受制于缺乏地基才采用了一分为三的建设规划。如此，老屋台门这位历史老人，已足以让我们致以深深的敬意了。

成豹为后代提供安居之外，更重在教化。他倡导的耕读传家、积德行善的品格，成为台门的人文意蕴，不断积淀，代代相传。如果把成豹作为老屋台门的第一代，按辈分排列，台门中人已至第十三代。二百多年间，老屋台门人丁兴旺，人才辈出。

老屋台门涌现了不少德才兼备、受人景仰的人物。成豹次子祖瑛，为郡乡宾，是当时远近闻名的"一乡之善士"，也是一名长寿老人。嘉庆九年（1804 年）被授予"盛世耆英"的匾额，许多年来悬挂于台门堂前，代代以此为荣。

成豹的孙子在斌是当时的风云人物，有着"固闾里之端人，亦斯世之表率"之美誉。在斌以卓越的领导才能和个人魅力与当时的几位有识志士祖圣，两位堂兄弟在贤、在笃在嘉庆时一度修葺马氏家庙。此外，在斌禀母亲周太君之命与堂兄在耀捐建彩虹卧波般的昆源桥，这也是通向山外的第一座石拱桥。在斌等先贤以建桥之义举而名垂青史。

不知是得益于马嵩开创的村风，还是承传了成豹的家风，台门人天赋极高又勤奋好学。在斌不仅乐善好施，也极其重视教育。他的五个儿子中，积文学养深厚，还是丹青妙手。积乐才华横溢，不仅诗文俱佳，还是当时的名医，有"医有华陀之术，相有蒯彻之良"之誉。积章智商最高，本可成大器，可叹苦读成疾，少年早逝，令人痛惜。从积文的《济川积章公叙》中可得知二弟积章"六岁就学，即锐志不辍，故数年间诗文俱已明通。丁丑岁，婺东李斐然先生讲学于嘤鸣书屋，益友十有余人，未尝视其茅塞无如苦吟勤读，卒以敝精劳神，当府试临场，匆得呕血疾，以殒天年。呜呼，以弟之才，固吾家千里驹也……"积文的子孙也受过良好教育，如孙子光灿、光燮兄弟二次参与修宗谱并撰写序文，受人传诵。

台门里还有一道十分亮丽的风景线，那就是涌现了一个个杰出的女性。她们娴淑善良、吃苦耐劳，更奋力担当、义薄云天。台门女杰首推成豹淑配周祖母，她秉性温柔，勤纺织、操井臼，成为成豹成就老屋台门建设大业的贤内助，有"里之姬姜"之誉，她是台门女性的典范。

台门中影响最大的女性是在斌母亲周太君。因祖环在在斌三岁时溘然早逝，留下年幼的一子二女，家庭重担全压在马母周太君肩上。周太君天生丽质，胆识过人。为了儿女健康成长，她毅然用炽烈的火钳自毁美貌，发誓不再改嫁。她清晨杵臼，长夜机丝，操家以俭，教子以严，呕心沥血，培养了德才兼备的太学生在斌。在斌成年后，她力挺儿子捐建昆源桥，可见既刚烈执着，又深明大义。吏部右侍郎杜公闻其节孝，给匾而旌表之额曰"节励松筠"，意谓对有松竹之节操者应予勉励与褒奖。

在危难时候，苦撑危局的女性还有光月之妻钱孺人。因光月见义勇为，跳入长乐江中协助抓小偷而意外成疾，不久离世。此年，长子尚在褓褓，次犹在腹，马母钱孺人青年丧夫，在农耕时代可谓塌天之殇。忧煎欲绝之时，钱孺人擦干眼泪，立下回天之志，寝苦茹苦，为妇兼且为夫，早作夜思，治内并以治外，又且课二子以耕读，完二子以配偶。使这个面临崩溃的贫寒之家，化忧为喜，转危为安。马母钱孺人笃志守节，誉满乡里。

老屋台门涌现了不少仁义之人，也传诵着不少动人的故事。台门人相处和睦，亲如一家，不忘先祖的恩德，在每年除夕，保留着集体在堂前间祭祖的传统。台门人精诚团结，嫉恶如仇。宗全与村里一大户人家因宅基地发生冲突，对方恃强凌弱，宗全遭受一顿暴打。台门人闻讯之后个个义愤填膺，族人挺身而出，一面捐钱治伤，一面奔走告官，终于使正义战胜了邪恶。老屋台门人慈悲为怀，乐于助人。有一年，一位在村里卖布的商贩，突然发病而有家难归。宗晖夫妇伸出援手，悉心照顾，两个月后，卖布人得以康复回家。台门人更追求正义，向往美好。铁血男儿尚祥在国难当头，毅然从军抗战。在与日寇血战中，他们深陷重围，凭着不屈的意志和非凡的勇气，在弹尽粮绝的情况下，用刺刀与日寇作殊死搏杀，最后千人官兵幸存几十人，尚祥和他们的战友们以他们的英雄壮举，谱写了一曲可歌可泣、气吞山河的英雄赞歌！在抗战进入最困难时期，一支浙东"三五支队"小分队，在一个春节前的冬夜里，冒着刺骨的寒风从西白山上下山摸进老屋台门。台门人热情接待这批不速之客，纷纷搬来一捆捆稻草为他们安顿住宿。第二天清晨，台门人只见这批冰山来客把堂前间打扫得干干净净，被借用的稻草已捆成团，整齐地摆放着，让台门人颇感意外："从没有见过这样的队伍！"这支特殊的队伍，在这个冬夜里的举止言行，赢得了台门人的信赖，也激起了台门人摆脱苦寒岁月，向往美好生活的希望。

积善之家，必有余庆。写到此时，明白了一向目光敏锐、视野开阔的父亲为什么总将老屋台门视为最好的台门。父亲的回答包蕴着对祖先非凡胆识的崇敬，对历代先贤的敬仰和对台门精神的感悟，还有对台门后人继往开来、自强不息的信心和希望。信步闲庭，仰望蓝天，环顾庭院，古老的台门虽已人去楼空，盛况不再，但寻思前后，顿生无比崇敬。这一幢古宅犹如一位饱经沧桑的历史老人，在细说旧事，也启迪未来。

（写于 2014. 01. 30）

丰　碑

　　浙东剡西，长乐西北，那一个身处西白山怀抱里的秀丽村庄，是我们可爱的家乡——长乐镇小崑村。

　　南宋末年，剡北马村青年才俊马嵩慕名登临西白山巅。山川之美，让这位名门之后应接不暇，流连忘返。在马踏石的家园痛遭元兵焚毁之后，马嵩毅然举家乔迁小崑山，在峰峦环列、云霞缥缈、古木参天、双涧合流的来龙冈下、画图山前安家立业。自此，马嵩和他的子孙们在这宽厚而秀异的西白山上开天辟地、耕读传家、瓜瓞延绵、人才辈出，村庄渐趋兴旺。历经八百年的垦殖和建构，小崑村以其秀丽的自然风光、丰富的物产和浓郁的人文风情闻名遐迩，成为剡西名村。

　　小崑人耕读传家，既有着吃苦耐劳、勤俭持家的品格，更有着积德行善、热心公益的美德。这种精神品质代代传承，不断积淀、升华，促进了这一片土地的开发，也促进了小崑的兴旺发达。那一幢幢古朴而精致的台门和庙宇，一座座坚固又别致的桥梁，一层层形态众多的高山梯田，一片片起伏绵延的生态茶园，

RUN WU WU SHENG

109

一棵棵枝繁叶茂的香榧树，一条条纵横交错的石板路，无不是小崐人勤劳和智慧的结晶。特别是小崐人较早利用水力发电实现机器加工粮食、用电灯解决夜间照明，又实现自来水进入家门，公路通到村口的夙愿，加之实现养老、医疗和最低生活保障的全覆盖，使小崐人老有所养、病有所医、困有所助的愿望成为现实，彰显着世代小崐人向往幸福生活，共建美好家园的追求和梦想，让人倍感崇敬和景仰。

西白山钟灵毓秀，小崐人禀赋聪慧，又重视教育，以文化人，八百年来，英才辈出。历代培养了许多太学生、国学生、大中专生和硕士、博士生，也产生了诸多能工巧匠、创业人士、教育专家、科技精英、艺术名家、党政干部和先进模范，更涌现了不少视野开阔、胆识过人的村级干部，带领小崐人紧跟时代步伐，治山治水、筑路造田、开发茶园、保护资源、为民造福，建立了不朽的功勋。

小崐人虽族居于深山腹地，却有着海纳百川的胸襟和气度，善于借鉴和吸收先进文化。清时，外姓人氏不断迁入小崐，世居小崐的崐山马氏与外姓人氏不断融合，和谐共处，外姓人氏成为小崐村开发和发展的一支重要力量。小崐人更有着走出大山的勇气和抱负。民国以后，小崐儿女走进城镇，特别是远赴上海、杭州等地经商务工日渐增多，使小崐人深受现代文明的熏陶和滋养，影响着小崐人不断更新人生观念和生活方式。"小上海"之美誉，既是褒扬小崐村之美丽而富饶，更是赞美小崐人之先进理念和执着追求。特别是在改革开放以后，小崐人紧随时代大潮纷纷走出大山，走进城镇、都市，及至港澳地区及欧美发达国家，或务工、或求学、或创业，足迹遍及全国和世界各地，创造了不凡的业绩。

八世纪沧桑砥砺，八百年春华秋实。小崑村的每一座山峰、每一方田野、每一块巨石、每一幢古宅、每一条小径，都饱经岁月，见证历史。这些静态的物象同历数不尽的志士仁人与恒久流传的美丽传说一道，织就一幅底蕴丰厚的人文历史画卷。2002年，在马谷中、马尚骥、马梅初诸长辈的倡导下，村领导班子顺应民意，认真筹划、组织编纂《小崑村志》。2010年，再次启动编纂工程，组建了以马小增为主编的编纂团队。他们不辱使命、不负重托，攻克诸多难题，完成了既追寻八百余年的沧桑变迁，更突出新中国成立后六十多年的新面貌、新成就，内容丰富，史料翔实，结构严谨，叙述规范，可读性强的《小崑村志》。这是继晚清秀才郭汰公1938年主修《崑山马氏宗谱》之后，小崑村文化建设史上的又一丰硕成果，成绩来之不易，可喜可贺！

西白巍峨，溪水长流，马嵩之风，山高水长。村志既是记载历史，总结过去，更在于启迪后人，迈向未来。小崑村历经近八百年的积淀，凝聚成独特的神韵与气质，并渗透于小崑人为人处世和创业之中，激励着小崑人为建设美好家园和美丽村庄而不懈奋斗。只要是小崑人，无论在何时何地，只要翻开这部村志，定会领略到家乡的独特魅力，从中汲取精神力量，获得前行的动力；无论是否相识，定会以村志为纽带，情同手足，亲如一家；无论是现在和将来，定会更加富有凝聚力和创造力，励志笃行，创新求实，让我们可爱的家乡变得更加富强、更加文明、更加美丽。

（写于2013.04.22）

奇　遇

　　妈妈虽记忆减退，有点健忘，但对一些特别的经历却记忆犹新，念念不忘。

　　妈妈说，十三岁那年，在临近除夕的一个夜晚，北风呼啸，气温骤降，台门内的多数人家已早早地熄灯安睡，只有爷爷一家因请师傅"打糖"（用糯米制作而成）临近深夜仍在忙碌着。忽然，寂静的台门外传来几声狗吠，随着一阵稳健而整齐的脚步声由远而近，只见一群陌生人入门而来。他们个个背着一个背包和一支钢枪，大多数穿着灰色的单薄军衣，也有个别穿着便衣，看上去军服不很统一，但个个精神抖擞，也很亲和。他们自称是一支活动在西白山一带的浙东"三五支队"小分队。由于突然降温，可能要下大雪，他们没有足够的被服御寒，坚守在高山之上有被冻死的危险。于是，冒着刺骨的寒风下山摸进村来，希望能在台门里借宿一夜。他们还说不用住在房间里，只要借些稻草作垫，住在台门的堂前（正堂间）就行，天亮就会离开。

　　明白了他们的来意后，爷爷奶奶连忙叫醒台门内的同宗兄弟。他们都知道"三五支队"是共产党领导的为百姓作主的抗日队伍，纷纷搬来一捆捆稻草，为他们安顿住宿。爷爷还给他们吃新制的白糖，但被婉言谢绝了，又热情地招呼他们吃晚饭，他们也坚辞不肯，说有随带的干粮。妈妈怀着好奇心一直注视着这批寒夜里的不速之客。他们进门后的一言一行让母亲对他们产生了好感。一位像带队首长模样的人走到我妈妈跟前，和蔼地询问妈妈几岁了？家里有几口人？有多少亩地？妈妈一一作答，告诉这位首长，村对面那高高的山岗下，毛竹山边的几分贫瘠的旱地就是一家八口的全部土地。家里靠租种大户人家的田地，还有爷爷翻山越岭去诸暨挑石灰贩卖，冒险去余姚挑私盐换钱，以此解决一家人的温饱。妈妈习惯了贫寒的生活，说着这些话，也是挂着一脸笑容，而这位带队首长听着妈妈的诉说，神情变得坚毅而刚强，对妈妈说："我们不仅要把日寇赶出去，还要实现耕者有其田。我们要让你家这样人多地少的贫苦人家获得更多的土地，过上不愁吃和穿的好日子……"

这闻所未闻的一番话语，让妈妈好惊奇，更兴奋，久久没有睡去。

第二天清晨，冬日暖阳映照着古老的台门，也照亮了妈妈床边的窗户。一夜少睡的妈妈醒来，急忙忙起来，兴冲冲地跑到堂前，还希望再见到昨晚与她说话的这位可敬的首长和这批陌生又亲切的游击队员。可是，长辈们说，这支小分队天刚亮就上山去了。只见偌大的堂前已被他们打扫得干干净净，他们借用的稻草已捆成团，整整齐齐地摆放着。老屋台门人都在啧啧称赞："从没有见过这样的队伍！"早起的亲人们还告诉妈妈，这支小分队临走之前在台门外列队，齐声唱着"起来，起来……"的歌

（《义勇军进行曲》），然后迈着整齐的步伐向着高山进发。

此时，妈妈感到很失望，跑到台门外，仰望高山峻岭，但见冬日的阳光照耀着高耸的西白群峰，白皑皑的寒山之间，难以见到这支一路前行的队伍。

可是，在这个冬夜里的冰山来客，他们的举止言行，赢得了妈妈和众乡亲的信赖，也成为妈妈摆脱苦寒岁月，向往美好生活的启蒙者。

妈妈说，这一少年时代的奇遇，让她终生难忘，七十年过去，仿如昨天。

于是，我也从中找到了妈妈在八十多年来的人生历程中，为什么总是热情洋溢，满怀爱心，即使风雨侵袭，也百折不挠的一个缘由。

这位首长的预言在妈妈的青年时代变成了现实。一家人分到了土地，真正实现了耕者有其田的梦想。

妈妈历尽苦寒，十分珍惜拥有土地。不识一字的妈妈脸上总是挂着欣慰的笑容，少有忧患和困惑，逢人会说："这个社会真好！"她的肺腑之言正是农家人对耕者有其田的真诚感恩，也是对步入小康社会的由衷赞美。因此，妈妈不会忘怀七十年前那个隆冬之夜的一次意外奇遇，那个清晨照耀在老屋台门上的那一抹温暖阳光。

（写于 2013.02.06 春节）

马伯乐其人其事

上学以后，学校里有一副"洋鼓洋号"（西洋乐器）、一架音乐教学风琴，听说是一位叫马伯乐的长辈给学校的赠品。后来，又耳闻许多关于马伯乐的善举。近读马伯乐之子、高级工程师马立成提供的珍贵资料后，一个鲜活的爱国爱乡、才智超群、执着于研发新产品的纺织实业专家形象深印在脑海里。

马伯乐（1899—1967），名尚年，字象耕，号崇德，又号伯乐。他少小离家到杭州边打工边读书。由于天智聪颖，又好学不倦，考上了浙江大学丝绸学院。依靠半工半读和获取奖学金，他于1919年完成学业，成为小崑废除科举制度后的第一位大学生。

马伯乐深受新文化影响，胸怀实业救国理想。但旧中国外受列强欺侮，内受军阀割据，内忧外患，民不聊生，马伯乐大学毕业后一时难以获得就业机会。后经人介绍进入杭州丝绸作坊当学徒，得以勉强维持生计。为了寻求更好发展，他与好友一起去上海闯荡。1925年，他进入由留美华侨蔡辛伯创办的美亚绸厂打零工。后来厂方发现他有技术特长，就换成织绸挡车工、机修工、保养工等。蔡辛伯发现他处事老练、工作勤快，又有管理才能和专业特长，遂提拔为车间主任。当蔡辛伯又了解到他是丝绸学院毕业的高材生后，任命他为美亚绸厂四分厂厂长。这样，马伯乐拥有了一个发挥专业优势，获得创造发明的平台。十五年间，他的创造发明为绸厂创造了巨额财富，赢得了巨大声誉。

马伯乐在丝绸领域有着许多的发明创造，开发了国内首创的丝绸新设备、新工艺和新产品。他在国内首先利用机械计算技术原理，发明机械数位自动化的新工艺，代替了传统的采用人工绣花生产的花样丝绸织品的旧工艺，使丝绸生产效率提高了上千倍。马伯乐还根据蔡辛伯的建议，研发属于国际先进水平的丝绒。当时，这种新产品价格极其昂贵，在美国也是少数几家实力雄厚的公司刚研发成功的新品种，属于绝密技术。马伯乐把研究室移至家里，经过潜心研究，反复实验，破解了一个个设备和工艺上的难题，织出了光亮洁白耀眼的丝绒，产品质量完全能与美国的同类产品相媲美。对此蔡辛伯兴奋不已，却没有发给一分钱的奖金，只是制作了一块八寸大小，用红木框架镶边的银牌作为对马伯乐的奖赏。

此后，马伯乐研发新产品一发而不可收。在成功研发丝绒之后，又开发出如烤花丝绒、蓝花丝绒等花样繁多的新品种，畅销全国，还出口到东南亚、印度、美洲和欧洲等很多国家和地区。蔡辛伯的美亚绸厂规模也因此得到迅速扩展，几年间成为发展到全国几大城市，拥有数十家工厂的集团公司。

正值马伯乐事业如日中天的时候，不知是同行妒忌，还是另有原因，有人暗告蔡辛伯："马伯乐兄弟俩是共产党人。"精明乖巧的蔡辛伯生怕引火烧身，就婉言辞退了马伯乐。这给马伯乐打击很大，他虽有诸多发明创新，但一直只享受车间主任的待遇，全家十二口，又有五六个孩子在上学，平时也无多少积蓄，一下子陷入了窘境。后来，在好友帮助下，马伯乐依靠自己的管理和技术优势创办伟达织绸厂，开始拥有了自己的实业，一家人也因此逐渐摆脱困境。其实，马伯乐早在1925年就秘密加入了中国共产党。在白色恐怖中，他经常参加并资助党的事业，关心和保护党的战士。在抗战时期，曾将在小沙渡路的一处空房借给地下党员李白居住。李白妻子的两个哥哥均在伟达绸厂做工。李白便是影片《永不消逝的电波》中李侠的原型之一。

新中国成立后，马伯乐仍保持着旺盛的创新热情，又在国内首先开发灯芯绒新产品。他那科学的管理水平和非凡的创新能力得到了党和政府的充分肯定，成为上海工商界的著名实业家。1956年，国家实行公私合营，伟达织绸厂被兼并到美文绸厂。后来，马伯乐调至安徽芜湖棉纺厂任总工程师，被选为芜湖市人民代表，直至1963年退休。

马伯乐心系故土，情牵家乡。早在抗战时期，他把伟达织绸厂部分设备转移到小崀村，在村里建厂房办实业。当时，马伯乐在万安桥畔兴建厂房，招收村民务工。后来，大部分厂房被突发山洪冲毁。目前，颇有西洋建筑特色的厂房"东校"尚存。听母亲说，在十六七岁时，曾在这家绸厂里做工，因母亲心灵手巧，不久就担任了管理人员，不识一字的母亲在这家企业里接受了工业文明的启蒙。抗战结束后，工厂迁回上海。在不同时期，有许多青年男女被招至伟达绸厂或在其它厂家做工，给小崀人的思想意识、生活方式带来很大影响，"小上海"之美誉由此而来。

马伯乐为家乡作贡献最集中的时间段还是在退休之后。虽然身体虚弱，仍倾尽心智，辅佐年富力强的村支部书记马海成及一班人。书记马海成与专家马伯乐之间，一个因缺思路、资金和技术对山村建设发展一筹莫展；一个有新思想、新思路和丰富的人脉资源，更有回报故乡的无限赤诚。所以，马伯乐对马海成而言，便是不用"三顾茅庐"不请自到的诸葛亮。两人的彻夜长谈也如刘备首见诸葛孔明时的"隆中对"。年轻的书记与年长的乡贤满怀赤子之心，一起谋划兴建水力发电综合加工厂、建造通村公路、以机器代替手工制茶的愿景，这是何等的富有远见卓识，又是何等的振奋人心。在 1963 年开始，书记马海成及一班人带领村民开始兴建水力发电厂，由马伯乐负责核心技术的设计和设备的引进。可以想象，这在当时是一项宏大的建设工程。马伯乐既是这个工程的顾问，也是资助者、参与者。听说，电厂设计的动力依靠水力发电，为节省资金，马伯乐约请木工马财见依照图纸设定的水力驱动原理制作模具，经反复试验终获成功。然后依模具联系制造厂制造水轮机，从而节省了大量资金。马伯乐还承担了主要设备的采购任务。海成书记派遣善于沟通的马水金作为马伯乐的助手，一起赴无锡采购铁制涵管。听说，长长的涵管从无锡运至太平村，然后由村里的大力士们抬到村里。见多识广的太平村民们见状也惊奇万分，以为小崀村民们抬着的是长长的炮管。于是，小崀要建炮兵阵地的消息不胫而走，一时仍成为笑谈。

在两年的建设期间，为引小崀江水，建设者们从村后的上坂砌石坝截流，沿着西水山腰砌石坎建造引水渠，然后再建造由宽到深的蓄水池。正方形蓄水池底部连接两支铁制涵管，直通下方水电厂房内的水轮发电机，落差在几十米，从底部向上观望，如两条巨大黑龙斜卧山坡，非常神奇。安装着水轮发电机的厂房呈一字形，建筑材料有就地取材的石块、砖瓦，更用水泥铺地，显得十分平整而光滑。厂房外观简洁明快，富有现代气息。水电厂的建成在当时影响深远，有"西白山夜明珠"之誉。对小崑村而言，水电厂的建成是重修马氏家庙以后的又一项宏大工程。家庙的功效在于提供了祭祀和集会的场所，给族人以归属感，满足人的精神需求。而水电厂的功绩在于现代科技给山民带来福祉，提升了村民的现代文明意识，更提高了村民的生活质量。这一重大建设至少实现了二大夙愿：一个是解决了电灯照明问题。爱迪生于1879年10月21日发明了电灯。在八十六年后，小崑人以自己的勤劳和智慧，通过水力发电点亮山村，永远告别了松明、竹篾、蜡烛、煤油灯，在嵊州山区最早将电灯引进山村，终于征服了建村近八百年的漫漫黑夜，使整个村庄天上星光与地上灯火交相辉映，蔚为壮观。当全村家家户户电灯亮起的时刻，是全村人的一个盛大节日，一个狂欢之夜。听说，那一天，一向勤劳而节俭的马根见以为可借灯光取火，就口含烟杆用烟斗去灯泡上取火，可怎么用力吸也点不着烟火。也有机灵的小伙子变着戏法似地去忽悠一些老年人。小伙子们一边手按着开关，嘴对着灯泡方向，一边哄骗老人说，有办法吹一口气，就能熄灭灯火，吸一口气就能点亮电灯。这让老人们连连称奇，信以为真。再一个是解决了粮食加工问题。山村种植业比较发达，农作物众多。但粮食加工主要依靠手工磨和脚踏碓，而水碓已是比较先进的加工工具。自昆山水电综合加工厂建成后，当碾米机等机器设备采购安装完毕，小崑人又告别了主要依靠人力、水力加工粮食的历史，从人力到电力的飞跃，在粮食加工史上也是一个巨大的进步。机器的轰鸣声，打破了山村的宁静，也在改变着小崮人的发展观念，提高着山村人的生活品质，这不能不归功于马伯乐的思想启蒙、文明传播和身体力行。

电厂建成后，他不顾体弱多病，赴各地学习机器制茶经验，准备在小崮大力开发制茶产业，这又是造福村民的一大好事。可是，史无前例的浩劫，对国家是一场劫难，给小山村也带来深重灾难。不仅停止了发展，也扭曲了人心。壮志未酬的马海成不再担任支部书记，壮心不已的马伯乐身心也受很大打击。对此，让深怀感恩之情的父老乡亲痛心疾首，忧思无限。据说，马伯乐怀着忧虑、拖着病体多次去外地学习机械制茶技术，仍准备在小崮开发制茶产业。不幸的是在途中因疲劳、虚弱引发脑溢血，晕倒在杭州火车站，医治无效而撒手尘寰，一代乡贤就这样匆匆地画上了人生的句号，特别令善良的父老乡亲非常痛惜，也让小崮人实现机械制茶技术，将公路修到村口的夙愿延迟了三十年。

马伯乐把毕生精力献给了钟爱的纺织事业，成为卓有成就的纺织科技专家。同时，他情系故土，成为家乡现代文明的传播者和引领者，使可爱的故乡在古朴而宁静之外，增添了开放而激越的现代文明的元素，也使有"小上海"之称的小山村没有落后于时代的脚步。

（感谢马伯乐幼子马立成提供珍贵资料）

（写于 2010. 07. 27）

人见人敬的长者

在台门内，她是一位人见人敬的长辈。她是我们小学时的班主任功联老师的母亲，也是与我妈妈在台门里一起长大又一起养育儿女的台门姐妹，因而有着异乎寻常的情缘。

这一家子与我爷爷奶奶隔着天井遥对而居，祖孙三代，人丁兴旺，其乐融融。站在爷爷奶奶家门前的走廊上，时闻欢声笑语，常见宾客盈门。最忙碌的当然是这位叫芹花的母亲，总是殚精竭虑，昼夜劳作，既要操持一家三代十几人的家务，还要不间断地招待各路亲友，迎来送往，络绎不绝，成为台门里一道引人瞩目的风景。许多年间，这位母亲既是一家子的内当家，也曾是一村子的贤内助，其待人接物，广受称道；胸次胆略，享誉台门内外。

幼时，我很少踏进这一亮堂堂的家门。即使在台门外遇见这位一脸慈祥的长者也不敢靠近搭话。直到功联老师成为班主任后，才多次走进门内。第一次拉开摇门跨进门槛时，这位围着胸爿的母亲笑容可掬，亲切可人，热情招呼我就坐，使我顿消局促不安之窘态。后来，还穿过后门踩着陡而窄的楼梯进入楼上房内，俨然成了里外熟悉可随意进出的小客人。

真正时常出入这一家门是在功联老师读师范前后。那时我也是在校生，每临寒暑假，便成了这一家的常客。只是小学生已成高校学子，见到这位和蔼可亲的长辈也不再局促不安，而是亲切坦然，谈笑风生。在每一个寒暑假里，我不知有多少个日夜在这里度过？白天帮父亲上山劳作，晚餐过后就直往台门里跑。如有亲友找我，妈妈定会指向台门或直奔这个家门，定能找到我。在夏夜里，常常跨过溪江在功联老师的新房门外纳凉。此处可见灿烂星辰与万家灯火交相辉映，可倾听溪水潺潺，享受清风送爽，在天南海北，说长道短之中不知度过了多少个夜晚。有时遇村外亲友到来，还有许多老师造访，这位母亲凭着慧心巧手，不经意间赶制出一桌丰盛的家宴，盛情款待远道而来的老师和亲友。这个时候，这位母亲定要我留下吃饭。按理，同村而居无理由留下，如让很少批评子女的妈妈知道也会表示不妥。可是，这位嗓门不高，语调平和的母亲，那温婉、亲和的话语，让我感到有一种无形的力量，一时无法婉拒，只能答应留下。而且一发不可收拾，每遇到有客到来，我成了陪伴的常客，有时午餐之后连接晚宴。这让妈妈从几句提醒变为几分责怪。我自知不妥，可还是无法拒绝这位母亲的真意，仍一次次留下。后来妈妈也不再责怪，可能是理解了我的选择，更可能是基于两家之间的深长情谊。

在相处的点滴时光里，这位母亲有时坐在竹椅子上，边干着细碎的家务活，边闲聊些家长里短，语调轻柔平缓，娓娓道来。她会讲述许多发生在台门内外的故事，也会作出评点，时显真知灼见，有着一种与众不同的胆识和格局。听妈妈说，这位母亲娘家虽是寺西苑村，实际上是沃基村的一位台门闺秀。她自幼聪明能干，特别有主见，里外一把手，待人很和气，处事也公正，又肯帮人不会害人，台门人都很信任很服帖。

我常想，人有大格局大度量是延年益寿的重要因素。这一念想在这位母亲身上得到了印证。她年过九旬仍心宽体健，思路清晰，从容不迫，一直是一家之长，一门之精神支柱。每一个节假日，整个大家庭总会聚集在老母亲身边，四世同堂，载笑载言，温馨无比。老母亲以厚德和至爱养育儿女，子孙后代以爱戴和孝道报答恩情。日复一日，他们轮流照料日渐衰弱的母亲。特别是老母亲发病和病重之后，一家人中，无论年逾七旬还是时尚少年；几代人里，无论儿孙女婿还是媳妇，都争先恐后，昼夜守护在母亲的病榻前，尽心护理，给老母亲莫大的安慰和信心。

我常常慨叹这一家儿女的孝顺之心。究其缘由，首先归功积善之家，一家儿女真心报答母亲的养育之恩。这样理解似过于苍白，不够贴切。然后以为是教师之家，一门十多位教师因为知书达礼，尊老爱幼，因而举全家之力尽心孝敬年迈的母亲。这样判断仍失之肤浅，不够精确。近来，我渐渐意识到老母亲的人格、境界和情怀才是涵养儿女情愫又反哺母亲的真正动因。母亲深明大义之风范，豁达大度之胸怀，外柔内刚之风骨，从容淡定之气度，作为家庭文化之基因，默化为一种恒久的精神气质，滋润着每一个家庭成员，形成了独特的家风。因此，老母亲让子孙儿女人人敬爱，个个贴心。母亲与他们之间息息相通，生死相依。子孙儿女心中的老母亲永远是他们情感之依托、精神之支撑。因此，子孙儿女以为较之老母亲的深情厚爱，涌泉之恩，他们只以滴水报答，微不足道。

我想，这位母亲不仅是一家之长、一门之魂，也是台门之姬姜。她的精神气质、人格魅力已融化在子孙的血脉里，也朗照着台门内外，必将代代传承，永放光芒。

（写于2018.01.18夜）

一位兄长

意外地收到了金水大哥的信。

当下，人们习惯于使用电话、手机和网络，已很少用笔写信。这个时候，读到一封纸质的信，显得弥足珍贵。这是我第一次收到金水大哥的信，也是第一次看到他那苍劲而奔放的字体，一气读了几遍，字里行间蕴含着这位大哥的胸襟、神采，特觉得亲切、舒心。

幼小的时候，有一位走村串户给人理发的善华叔叔，他给我们理发从不收一分钱。金水就是这位叔叔的独生儿子。金水与我们兄弟姐妹虽非同胞，却情同手足，在我们心中是一位"大哥大"。记得在一个夏天的晚上，天上繁星闪烁，地上萤火虫飞舞，兄弟姐妹齐集在台门外纳凉。不知是谁出了个课题：谁能站在门槛上，不准踮起脚尖，举手就能碰到门框的顶端？这相当于出了一个比试身高的游戏节目。当时十几位兄弟姐妹正在长着身体，都跃跃欲试，一个接一个地站到石门槛上，伸手去摸高，可一个个都够不着，有的甚至偷偷踮起脚尖，可是仍碰不到门框顶端。

在一阵阵嬉笑声里，谁也没觉得什么，只是惊叹门框太高了。这时候，大哥从大坑溪水里洗脚回来。大家见了，纷纷要求大哥也与门框比试一下。因为大家知道所有兄弟中，大哥身高体壮手臂也长。只见大哥信心满满地一脚跨到门槛上，左手拿着毛巾，右手向上撩去，手指在门框顶上轻轻地拍打了几下，以示超过门框许多。众兄弟发出一阵赞叹声。

大家正在开心地议论着，夜色中走来了一位身材高大的小伙，这就是金水大哥。金水与家中大哥年龄相仿，身高也相近。家中大哥魁伟、豪迈，金水大哥挺拔、俊逸，是一对好朋友、好兄弟。大家嚷嚷着，让金水也与门框比试一下。大哥说，不用了，因为肯定能摸到门框顶端的。

自此，记忆中开始有了一位叫金水的大哥。

金水一家住在离村约四里路的叫"新路廊"的地方。后来才知道这"新路廊"就是"止止亭"，是一处供过路人小憩的地方，还供应茶水，一般是在茶桶里泡上"六月霜"供行人止渴消暑。小时候，随父母兄姐上外婆家，或办别的什么事，每经过这儿，总有事没事地上金水家小坐、闲谈。有时也会留下吃午饭，因为金水一家总是特别的好客。有一年的正月里，金水举行婚礼了，他诚邀全家出席，也包括年幼的我。父母和年长的哥姐们都前去贺喜，因为我年幼没让跟着去，使我感到很失落。妈妈给我的一个补偿是带着我去一趟外婆家。于是，在举办喜宴后的第二天，我随妈妈上路了。不一会儿走近了新路廊，抬头眺望，在温暖的阳光下，竹林掩映下的家门内外，依然喜气洋洋，热闹非凡。忽见善华叔叔送客人下来，看见了我们母子俩，开口就"责怪"妈妈，没有让我参加喜宴。妈妈向叔叔作着解释，说着孩子太小，不懂事，添乱之类话。正说着，英气勃勃的金水和穿着大红棉袄的新娘子也送客来到路旁。妈妈说："叫声嫂子！"我怯生生地叫了声"阿嫂"，嫂子羞涩地点了点头。自此，心里又多了一位贤淑的嫂子。

在太平外婆家住上几天后，母子俩又冒着大雨经过乡主庙去开元姑父家做客，一连五个昼夜，也是儿时随妈妈走亲访友时间最长的一次。返回途中，又踏进了金水的家门。因为新婚，室内外仍充盈着浓浓的喜气，还上楼参观了大红罗帐为主体的简朴新房。金水幼小丧母，新婚的嫂子即成了家中的主人，里外张罗着、忙碌着。嫂子操持的这桌午餐非常丰盛，仍有着浓浓的年味，更像是一桌喜宴，心里乐滋滋的，没有参加婚礼的缺憾顿时烟消云散。

记忆中，父母对金水十分爱护，金水对父母也是满怀敬意。平日里，父亲每看到金水远远走来，总是乐呵呵的，高声呼唤着金水的名字。走在一起了，总会说长道短，从农务到家事，一一细聊着，特别的亲切，似一对亲密无间的忘年交。平时，妈妈常会念叨着金水一家待人接物如何的通人情、讲礼节。当金水登门时，母亲总是喜形于色，极喜欢金水踏进家门来。兄弟姐妹视金水为自家亲人，如与金水在一起，都不会见外，不用客套、不必掩饰，家中的事和心里的想法都可以与金水大哥诉说。金水总是大仁大义，善解人意，让全家人充满信任。在家中遭受劫难之时，金水就是真正的患难之交，雪中送炭之人，给一家人带来许多的温暖和慰藉。特别是父亲病重期间，金水更是忧心如焚，倾心关怀。每一个夜晚，总是急匆匆地赶来，陪护在父亲的病床边，给病危的父亲带来莫大的安慰。

　　总以为西白山水钟灵毓秀、人杰地灵。包括我的许多亲友，各有着不同的特长，过人的才干。这位金水大哥也才思不凡，富有涵养。以前听说给女儿取名，以"蔚"和"葩"字为名，就觉得非同寻常。现在，读着来信更觉得伴随我们长大的金水大哥，不仅真诚坦荡，义薄云天，而且，感悟精深，大气睿智。如信中说"看了你的《后记》，给女儿的信，《记住爷爷》和文言解读。联想十多年前马骏的刊入小学生优秀作文选的《爷爷的手》，觉得真了不起，均为佳作杰篇。立群之甥周航的《外公一生》，村谱中的桥记和亭碑等篇篇都是美文。"寥寥数语，点评极为精到，既可看出金水对家人的了解有多深刻，更体现出他对《解读家世》为文之用心的领悟是何等的精妙，顿觉他就是一位知音、一个智者。

　　这就是我们的金水大哥。

（写于 2009. 11. 17）

神奇的香榧树

二哥通过邮路寄来"西白峰"香榧，拿在手里沉甸甸的。这是从自家香榧树上采摘下来，又经特别炒制后的香榧。当即打开尝了几粒，脆脆甜甜的，满口留香，心也是暖暖的，觉得格外亲切而温馨。

香榧是小崑四大名产之一，香榧树更是西白山的一大奇观。小崑依仗独特的高山气候、土壤和地理条件，产生茶叶、萝卜、白术和香榧四大特产。而香榧较之于茶叶、萝卜和白术显得更加神奇。茶叶、萝卜和白术需要有较大的种植面积，有着很强的季节性。如从前茶叶分春、夏、秋三季采摘。这个时候，男女老少齐出动，是采摘的旺季，称之"茶叶市"。萝卜本是秋季种植的蔬菜，因为千米高山湖塘塍海拔高、气温凉，加之香灰土土质优，在夏季就可种植。萝卜成熟后，村民们挑着萝卜担起早摸黑、翻山越岭出售给平原地区，或嵊县、诸暨县城，于是这反季节蔬菜"小崑萝卜"声名远播。白术是健脾益气的药材，有"北参南术"之称，也是西白山传统的经济作物，从开垦荒山、育籽养仔，到栽种和成熟，包括收获和昼夜熏白术，最后熏成成品，需要两年的周期，付出艰辛的劳动。在采摘三个季节的茶叶，种植反季的高山萝卜，栽种两年周期的白术体现着一方水土的特殊土质和气候条件，更记录着山村人勤劳而坚韧的品格。可是这香榧树却与这三种特产所有不同。它的出身似乎很贫贱，因为不是栽在田地里，而是长在地角边、村前屋后，小崑村周围的许多香榧树都出现在荒地里、石浪上。似乎土地不需要多少肥沃，地面不需要多么宽阔，只要给一撮泥土就能生根长枝吐绿叶。不知是因为香榧树的品质真不需要肥沃的土质，还是因为先民由于爱惜粮食，才没有将香榧树栽种在有限的田地里。这是心中未解的一个迷团，也是香榧树的神奇之处。

许多人可能品尝过珍贵的香榧，但不一定见到过奇特的香榧树。走近小崑举目四望，云雾缭绕着的山岗、田野、茶园之间，那随处可见的一棵棵墨绿色的高大老树就是香榧树。榧树树干挺拔，枝繁叶茂，风姿绰约，特别是细叶婆娑，如同杉树叶，可更显得硬而尖。小崑面积最大的香榧林在连头湾，那榧林吐纳着云雾，装点着山野，显得沉静而古朴。那棵最大的香榧树长在一处地坎间，只见参天大树遮天蔽日，傲视群树，树冠投影超过一个篮球场，每年可摘下一千多斤的青果，成为"香榧之王"。最高的榧树在海拔约七百多米处，那傲立在溪边石缝间的几棵榧树高处不畏寒，斗霜傲雪，独领风骚。榧树又分雌树和雄树，只是雄树只开花不结子，只有雌树才有可能硕果累累。当然，香榧树结籽更加奇特，十分有趣。每年四五月左右香榧树开出许多小白花，不久便结出了像米粒大小的香榧子，它们长到第二年也只有黄豆大小。这时候，又有一些小花儿开了，又结了一些米粒大小的香榧子。直到第三年，原来黄豆般大小的香榧子才一下子长得像橄榄的大小。这时候，在同一棵香榧树上长着三种大小不同的香榧子：前年的像橄榄大小的香榧子，到白露时节就可以收获了；去年结的香榧子像黄豆一样，到明年秋天才成熟；今年结的香榧子只有米粒般大，到后年才能采摘。所以香榧子又有一个有趣的名字——千年榧树三代果，呈现着三代同树的独特奇观。

香榧树的奇妙还在于从树身到果实都是宝。香榧树身纹理通直，硬度适中，既耐水湿又不易变形，是制作家具的优质板材。香榧青果在每年的白露时节从树上摘下以后，经烂皮、清洗、晾干、炒制等复杂程序后才可品尝。果子松脆可口，深受人们喜爱，被苏东坡誉之为："彼美玉山果，餐为盘中实"。但品尝香榧也很有诀窍，每颗香榧顶上有两只泪滴状的"眼睛"，吃时无需用嘴咬开果壳，只要用拇指和食指轻按"眼睛"，硬壳便立即开裂，再刮去一层黑色细沙，露出黄色的香榧果仁，便可细品其味。香榧也可入药，据说有化痰、止渴、清肺润肠、消痔等功效。

香榧树的奇特还在于在独特的地理环境中孕育生长，而且又是造福后人之常青树。香榧树不长在平地，也不长在高原，普天之下，独生长在会稽山上。闻名于世的枫桥香榧，近来声名鹊起的谷来香榧、稽东香榧，还有东阳香榧，产地都分布在会稽山周围。而小崑位于会稽山的屋脊——西白山腹地，这里地势高峻，群峰环抱，流水潺潺，村周围一带海拔 500 米左右，种植香榧树可谓得天独厚。据说小崑树龄在几百年的香榧树有三千多株。这一棵棵果实累累的榧树，也是典型的子孙树，从种植到产出长达三十年左右，就是爷爷种树，孙子摘果，彰显着"前人栽树，后人乘凉"的胸襟，也是小崐先民不断造福后人，使小崐生生不息、源远流长的一个见证。据说在 1963 年，当时的嵊县政府下达小崐香榧派购任务 1250 公斤，可见小崐生产香榧历史早、质量好。改革开放以后，随着人们日渐富裕，生活品质不断提高，香榧日益成为品尝的珍品，馈赠亲友的厚礼。村民也是更加重视香榧的栽培，村里组织香榧专业技术培训，通过引进花粉，普遍采用人工授粉方法，并精心管理，使香榧每年获得好收成。2007 年，嵊州新闻网上刊登了一则充满喜悦，富有抒情笔调的报道《小崐村的香榧开摘了》："2007 年 9 月 5 日，小崐村的香榧开摘了。今年香榧又是一个丰收年，产量比去年提高了 20% 左右。瞧，农民的脸上多开心啊！那是榧树么，不，那是真正的摇钱树，树上挂满的分明是一颗颗的珍珠玛瑙。一个榧农感慨地说：'养一个儿子还不如种一颗榧树啊！'"还在 2005 年，小崐申报注册"西白峰"香榧品牌。由于西白峰香榧外壳特薄、肉质特脆、含有甜味，更留余香，在省农博会上一亮相，样品就被民众争相购买，于是"西白峰"香榧日益走俏上海、杭州、宁波等地。

"西白峰"香榧作为小崐的四大名产之一，它不同于茶叶有个采摘的繁忙季节，也不同于种植高山萝卜和白术，需要付出繁重的体力劳动。栽培香榧更重要的是为了子孙造福，平时管理也不能说十分的辛劳，爬树采摘虽有一定风险，但也不能算十分凶险。一般家庭获得的香榧收入可基本保障一个家庭的基本生活。这是前人给后世造就的最大福祉。

静坐在桌前，品味着香榧，思绪仍在放纵着。西白山川滋养着的香榧树是一种常青树，它不仅四季常绿，而且历经几百年风雨仍朝气蓬勃，特别是随着对香榧保健功能研究的深化，这吮吸着西白山精华的香榧越将显示其延年益寿的独特功效。这香榧树更是村民的摇钱树，使家家户户拥有了一个稳定的收入源。这香榧树也定将成为一种观景树，这片片香榧林必将成为一道独特的乡村旅游风景线。这香榧树还是小崑的文化树，一棵棵千百年的香榧树，与一座座古老的台门相映衬，也与一级级不断延伸着的石板路相连接，积淀着深厚的历史文化意蕴，见证了丰富的人世沧桑。当我们伫立在神奇的香榧树下，仰望着历史老人般的香榧树，都会怀着一颗十分虔诚的心。

（写于 2011.02.10）

锦麟桥畔

　　一位英国摄影家在锦麟桥上拍摄的老照片，使这座名不见经传的小桥一时名声大振。走近这座沉默不语的小桥，踩着桥面上块块光滑的石板，寻思前后，觉得这简朴的小桥确也非同寻常，它不仅记录着岁月的印痕，也承载着厚重的历史，见证了诸多先贤的迷人风采和非凡业绩。

　　穿越时间隧道，回到百年前后那个咫尺往来皆须舟楫的年代里，这绍兴城西环山河上的锦麟桥也是一处交通要津。桥南黄花弄与卧龙山相依，桥北与西小路相接，黄花弄与龙山后街在此处交汇。蜿蜒的环山河更是出入古城的主要水道。就在这桥上行人往来不断，桥下船只穿梭不绝的小桥边，飘扬着缕缕书香，也响起了琅琅书声，成为古城绍兴的一道独特风景。

　　百年前后，西学东渐，维新日盛，赋闲在家的兵部郎中徐树兰深受维新思想的影响，在锦麟桥附近捐资创办绍郡中西学堂，推行新式教育，开启了绍兴乃至浙江近代教育之先河。学界太斗蔡元培年轻时曾在徐氏家中校刊图书，颇得徐氏的赏识和器重，这时又被徐氏聘为绍郡中西学堂总理兼总校。在蔡元培的努力下，学堂成为当时国内一流的新式学堂。历史学家范文澜和数学家陈建功曾是这所学堂的优秀学子。此外，徐树兰这位藏书大家又在此出资建成著名的古越藏书楼，并捐献私人藏书七万余卷。这是中国近代第一座具有公共图书馆性质的藏书楼，为当时的好学之士提供了阅读益智的场所。著名语言文字学家钱玄同曾在这座书楼里孜孜不倦地攻读，后又与徐树兰的孙女徐琯贞喜结连理，成为书楼衍生出的一段佳话。

　　而在绍郡中西学堂和古越藏书楼之间，曾留学日本的革命团体光复会成员徐锡麟、陶成章在此建立大通学堂，作为培养训练军事骨干的一所学校，同时也作为光复会在浙江活动的大本营。于是锦麟桥畔在浓郁的书香之外，回荡着志士们的浩然正气。他们的豪情壮举也吸引着与大通学堂一河之隔的范家台门里的兄弟二人，哥哥范文济成为大通学堂的学生，弟弟范文澜常和一群小伙伴在河岸上看着学员们的军事操练。范文澜很喜爱看着秋瑾穿男装骑马过街的英姿，特别是亲眼看见了秋瑾被捕走过锦麟桥的一幕：秋瑾穿着白汗衫，双手反缚，被一个兵推着走，前面有几个兵开路，又有几个兵紧跟在后面，他们都端着上刺刀的枪，冲锋似地奔过范家门旁的锦麟桥，向绍兴知府衙门的路上奔去……鉴湖女侠舍生取义，血荐轩辕的风采，让范文澜刻骨铭心。

　　锦麟桥边还闪耀着慈善之光。绍兴的开明士绅和箔业同仁捐助重金，将在锦麟桥南东面的一处道观改建为蔚为壮观的凌霄社，并设立药材齐全的中药房。越中名医每旬安排半天在凌霄社轮值义诊。自此，锦麟桥上多了一些因病接受凌霄社施医、施药帮助的贫民身影。

时间可消磨许多记忆，而发生在锦麟桥畔的这些陈年旧事虽历经百年，却并没有尘封于历史。虽然，除大通学堂之外，原谈笑有鸿儒，往来无白丁的古越藏书楼，只存一幢临街门楼；原绍郡中西学堂几经迁徙和发展，成为绍兴一中的前身；原来楼阁台榭，穷尽雕丽的凌霄社已成为古朴典雅的绍兴饭店的一部分；有"清白世家"之誉的范家台门也只留正堂和东西厢房。然而，这些志士仁人引领的新潮流、开启的新气象已收获了丰硕成果。无论是蔡元培、钱玄同，还是范文澜、陈建功以及所有的莘莘学子，从他们超凡的胸襟和才智，以及在不同领域取得的辉煌成就中，都可以窥见青少年时代在锦麟桥边这片沃土里获得滋养的印记。

锦麟桥边虽不再是水陆交通要道，也难寻英国摄影家照片中呈现的小桥、流水、人家的独特景象。但徐树兰、徐锡麟等众多志士仁人在锦麟桥边高扬着的崇学向善的情怀，开放求新、敢为人先的非凡胆识和壮怀激烈、忧忡为国的精神气度不断得到传承和发扬，也必将成为当代绍兴人继续前行，实现梦想的动力和支撑。

（写于 2013. 05. 19）

漫游国清寺

平时鲜有兴趣走进寺院，如偶尔前往兴致多在院门之外。曾到过海天佛国普陀山，在意的是观赏浩瀚的大海和惊涛拍岸，白浪追逐沙滩的神奇风光。也曾进入嵩山幽谷，在乎的是探寻这天下驰名的武术故乡特有的神秘风采。而对天台山国清寺却是例外，二十年间，沿着著名的浙东唐诗之路走进了三次，而且每一次见闻各有着不同的领悟，也有着不同的感慨。

还在学校期间，当时学校里的学术氛围十分浓厚，经常邀请一些著名专家、学者来绍讲学。有一次，华东师大的钱谷融教授应邀来绍。讲学后，系主任鲍贤伦交给我一项重要任务：陪同钱老考察天台国清寺。当时鲍老师兼任市文联副主席，他从文化系统借来一辆面包车，又对我叮嘱了一番。第二天清晨，迎着淅沥的春雨，我们上路了。钱老戴着一顶贝雷帽，穿着一身便装，睿智的目光、和善的面容，显得宁静而淡泊，更像是家中一位和蔼可亲的长辈。从绍兴到天台是"浙东唐诗之路"的中心地带。一般理解的浙东唐诗之路是从钱塘江的西兴出发，经萧山到绍兴鉴湖，沿浙东运河至曹娥江，然后沿江而行入剡溪，再经新昌天姥山，最后抵天台石梁飞瀑的一条唐代诗人的"旅游热线"。当时，绍兴到天台还没有高速公路。车行两个小时后进入新昌，然后行进在曲折崎岖的会墅岭上，翻越著名的天姥山。年逾七旬的钱老既有大家风范，更有长者风度，十分平易近人。他一路谈笑风生，讲述着师大校园的趣闻，一些著名学者的逸事，讲者侃侃而谈，听者津津有味，收获的完全是一种"倾听一席言，胜读十年书"的教益，使我忽略了道路的坎坷，车辆的颠簸带来的疲惫和不适。又两个小时后，汽车翻越了天姥山，进入天台境内的平原地带，再穿过天台那座标志性的渡槽，不一会儿就来到了国清寺。

当时，国清寺外的配套服务远没有现在的规模和档次。那时，可直接在山门外停车，直接进山门开始参观。在熙熙攘攘的游客眼里，老少俩完全是儿子陪伴父亲春游的情状。钱老兴致勃勃地走上丰干桥，观赏"双溪迥澜"的清幽风光。在凝神欣赏照壁上飘逸的"隋代古刹"之后，钱老信步入寺参观。我问钱老，要不要请个讲解员？钱老说不需要，只要走走看看，再请摄影师在寺内留个影作为纪念就可。我就放下心来，随同钱老走在依山而建，前低后高的一座座殿宇里。第一个是弥勒殿，然后是雨花殿，再拾级而上走进大雄宝殿。从大雄宝殿的东侧观赏千年隋梅之后，又健步走过数十级台阶，驻足在三座著名的塔碑前，细读着赵朴初撰写的碑文。最后，钱老在观音殿纵目远眺，那国清寺五峰环抱、层林染翠之景观，古塔迎宾、檐牙高啄之胜状，清幽深邃、风光旖旎之优美尽收眼底。钱老没有烧香拜佛，只是凝神观赏或精确点评，仿佛只是旧地重游，温故知新。

此时，我才明白钱老不要导游讲解的原因，因为这样的文化大学者肯定知道这千年古刹既是中国佛教天台宗祖庭，也是日本佛教天台宗祖庭这一崇高地位；知道国清寺名称的来历，特别是开山祖师智者大师为建寺立下的不朽功勋；知道国清寺的千年兴衰历史；知道国清寺内颇具特色的佛教建筑和重要文物的来历……看钱老眺望着古朴的隋塔，静观那枝繁叶茂的千年隋梅，伫立于独特的鹅字碑前，实可印证"外行看热闹，内行看门道"的俗语，学者自有非凡的修养和雅量，独特的胸襟和视野。

一个小时之后，我随同钱老从寺内出来，加上司机三人在天台县城马路边的一处小饭店里用餐。这是当时标准的马路餐厅，如按现在的标准去衡量，实在是简陋不堪。可钱老之意不在吃，在于领悟天台山水之间含蕴丰富的文化内质和风土人情。由于路途遥远，饭后就匆匆上路，又翻越天姥山，返回到绍兴。此时夜色朦胧，古城万家灯火，而钱老精神焕发，毫无倦色。久候在酒店里的鲍贤伦老师看见我们平安返回，焦急的心情立即化为欣慰的神情。这是二十年前，我第一次走进国清寺，因为与钱老同行，留下了难忘的记忆。

五年前，又是一个春雨潇潇的日子。因为兼任工会主席，春天里必须组织职工春游。此前，由于交通不便，一般只能在市内作一日游。此时，随着上三（上虞至三门）高速公路的建成，工会活动的半径也随之扩大到市外，而天台山成了首选之地。当时，吕斌局长即将赴任市人大常委会副主任，这次活动在职工的心目中更具特殊的意义，出勤率奇高，几乎是全员参加。清晨，四十多名职工乘坐一辆大巴出发，虽是雨中，但大家兴致不减，一路欢歌笑语，恰如小学生的春游。我自然想起了十五年前与钱谷融教授同行的美好记忆，还有从唐宋诗词里读到的有关浙东唐诗之路的许多精彩故事和优美篇章。这一行，走的是高速公路，不必再翻越险峻的会墅岭，不必再在天姥山上迂回盘旋，不必因看见悬崖峭壁而心惊肉跳，不必遇路面的坑坑洼洼而翻肠倒胃。那沿途的桥梁和隧道，路边的高山和深谷，两旁古朴的村庄、绿色的田野和青翠的山林，这一切让李白特别向往的山水风光，让白居易倾情描摹的自然情状，让诸多唐宋诗人流连忘返，留下不朽诗篇的田园景色，也让我的同事们喜出望外，兴奋不已。车程不再需要四个小时，车在飞驰，人在畅想，移步换景之中，不到两个小时，抬眼又望见那高高的渡槽，到天台县城了。

春雨中，我们在十五年前还没有建成的大型停车场下车。然后走在用一块块青石板铺成的路面上，向着国清寺的方向行进。青石板路的下方是一条从国清寺方向顺流而下的小溪，溪水清清，哗哗远去。小河对岸农家门前的梯田上，满是稠密的紫云英和烂漫的油菜花儿，国清寺外春色正浓。石板路尽头便是体现着古时建寺独特匠心的国清寺之山门。它一反常规，将山门朝东开而不朝南开设。山门两边古树参天，浓荫蔽日，但见一古樟树有标明树龄 800 年的标牌，让人对此树此地肃然起敬。转过弯道，又来到了熟悉的丰干桥上，又见到写着"隋代古刹"的照壁，又与吕斌局长和同事们随着讲解员进入弥勒殿参观。一切都觉得特别熟悉，因为十五年前与钱老结伴同行如在目前；一切又觉得十分陌生，因为寺院规模更为宏大，香火更为兴旺。午餐之后，我们又驱车翻越天台山，参观浙东"唐诗之路"的一处精华所在——石梁飞瀑。

然后折回天台山间，从山上向下行走，在崇山翠谷之中，但见春水奔流，奇峰纷呈，怪石错列，沿着清澈的溪流，直到山脚后，才知此溪称为灵溪，此景乃"琼台仙谷"，是天台新开发的一处景区。

参观了三处著名景区，发现天台山与天姥山山川之灵秀极为相似，宛如浙东唐诗之路上的一朵姐妹花。同时，还以为越州和台州，特别是天台与新昌人文历史尤其相通，可谓是唐诗之路上的一对亲兄弟。可是五年过去了，这朵姐妹花如仍养在深闺里，这对亲兄弟之间仍视若路人。特别是第三次来到国清寺的时候，没有了喜悦，更多的是困惑和失落。

在今年的阳春三月里，与杨子在灯下闲聊，言笑晏晏之中，又提及国清寺。意外的是杨子走过了许多国家，却从未到过天台国清寺。于是，与杨子商定，在五一小长假时去国清寺观光。

长假的第一天，一个风雨过后的清晨，我驱车带上家人从新建的绍诸高速并入上三高速，又向着天台山方向捷进。二十年前陪同钱谷融教授赴国清寺，因为交通不便，把大部分时间耗在路途中；五年前交通已大为改善，可把更多的时间花在四处转悠之中。又有五年过去了，心想现今交通一定更为便捷，景区一定服务更优、品位更高吧？带着这样的怀想，领略着剡溪两岸的绿野，翻过了桥梁、隧道和村庄相连的天姥山，又看见了天台城郊那座高耸的渡槽。下了高速之后，沿着宽阔的大道，又来到了景区外的停车场。我当司机，也兼导游，伴随着家人又行进在进山门的石板路上。暮春时光，溪水对岸梯田里的油菜儿早已谢去，饱满的油菜籽挂满枝头，村民耕田耕地正忙，紫云英也成为绿肥，随着犁耙被翻入泥土里。杨子只见过犁耙耕地，却没见过犁田后的耙地，但见一壮年村民脚踩在铁耙上，一边吆喝着老黄牛，一边抖动着牛绳，远远望去十分的威武。望着国清寺外这幅难得一见的春耕图，杨子用手机按下了许多快门。她又突发思古之幽思，以为这片梯田可能是古时国清寺僧人的粮食之源。因为在农耕时代，水田是保证自足自给最重要的粮食来源。我思忖着，虽无考证，却觉得合乎情理。

进寺院只能步行，不得让机动车载客进入。这是对千年古刹的一种保护，也是一种敬仰，与古时官员路经名门或重地须"文人下轿，武官下马"相近。可是，缓步走在石板路上，却不时有高档车辆放肆地按着喇叭急驰而过，全然不顾石板路上信步前行的游客。雨后山色格外娇艳，空气更加清新。可是在国清寺外，却弥漫着一股令人厌恶的汽车尾气味。为什么有这么多的车辆进出？带着这个问号，走过隋塔，走入山门，又上丰干桥，"双溪迥澜"的胜景让杨子一阵惊喜。而原为绍剧名角，近年来在书法艺术大有长进的岳母却对"隋代古刹"的"隋"字写法提出了疑问。

一笑而过之后，一行人走进了弥勒殿，又一次领略了"到眼宛如展画屏"的国清寺奇观。上雨花殿、进大雄宝殿、探古梅、赏碑文，又伫立在观音殿前纵目四望。身临四面环山的世外桃源般景区内，杨子对寺宇依山就势，既有佛教建筑严整对称，又具灵动多姿特征赞叹不已，进入国清寺既观赏自然景观，又可感悟历史文化，实可谓不虚此行。只是乘兴向寺外走过时，又见诸多豪车停留在寺院内外，更有大小车辆络绎不绝。走出寺院大门，见一指示牌，说是再深入一百米即为天台宾馆。我们信步前往，但见位于国清寺东侧，与寺一溪之隔的天台宾馆，俨然挤占了国清寺古幽清奇的领地。于是，进出国清寺车水马龙的盛况似有了答案。这飞驰的名车，有部分是特权车，一些人不必在石板路上步行，可以不守规矩，以车代步，在山门内下车直接进入国清寺。有部分是以会议活动或住宿用餐的名义，不必步行，也不必乘电瓶车，可长驱直入天台宾馆，自由进出。因此，这千年古刹、佛都圣地不再具有"石上清泉松间明月，山光鸟性潭影人心"清幽之境。

离开别致的山门，仰望着这一棵棵历尽沧桑的参天古树；走在石板路上，注视着寺院外梯田上世代耕耘着的那犁那牛那农家，再四望着这山这水这天地，一种困惑和失望的情绪涌动在心头。这本由国清寺独享的"五峰层叠郁苍绕，双涧回环锁佛寮"的桃源仙境，而今却由天台宾馆以小溪为界，与之分享四面环山的清幽风光。于是，这溪水不再清澈，这幽谷不再静谧。建宾馆于佛教圣地不能算是创意，只能说是败笔，而疯狂的车流肆无忌惮地辗磨着青青的石板路，随意进出，随便停留，更是对灵山的践踏，对佛门的冒犯，对古刹的藐视。

如果这一次又是陪同年逾九旬的钱谷融教授重游国清寺，钱老可能也会心生困惑。或者这一回又是与同事出行重访千年古刹，同事们也定颇有微词。如果少一点从经济的角度考虑创收和开发，多一点从文化的视角思量国清寺在佛教中的独特地位和影响，更从浙东唐诗之路的视野去感悟天台山，特别是国清寺的博大精深的文化积淀。如此，一定不会在古刹幽谷间出现诸多短视之举。因为天台山国清寺深厚的文化内涵不仅是属于天台的，也是浙江的，更是国际的。如有朝一日，确实能摒弃区域之别和门户之见，系统地研究开发浙东唐诗之路，让天姥山和天台山不必试比高下，让越州和台州兄弟在文化旅游上携手共进，此乃为政之良策，文化之盛举。

（写于 2012. 05. 08）

飞雪迎春

　　春晚，正在观赏着王菲演绎的一曲新歌《传奇》。舞台上没有华丽的伴舞者，更没有富丽的装饰，只有旋转舞台上呈现着一个浩瀚的星空，烘托着天后空灵的歌声。这个时候，窗外的夜空，意外地飘洒着纷纷扬扬的雪花，下雪了！

　　雪，静静地飞扬着。

　　大雪无声，却似有言，挥洒的雪花，便是那无声的语言，抒发着无比博大的胸臆。

　　大雪无求，却似有形，宽广的大地，披上了洁白的外衣，彰显着无比深厚的赤诚。

　　突然觉得，这除夕深夜的雪花儿，就如一种胸怀，更如一份心意，是那样的无私、纯真、博大，包容一切。

　　在冬季到来之时，一般都不太希望寒流侵袭，也不太希望风雨来临，只希望有更多的阳光灿烂的日子。当然，也希望飞雪迎春，不是雨雪交加的景象，而是在一个宁静的夜里，飞雪飘然而至，如润物细无声的春雨，悄然到来，给人以无比的惊喜和无限的畅想，如"忽如一夜春风来，千树万树梨花开"般的喜出望外。

一场期待着的冬雪意外来临。一夜过去，这除夕飞雪终成蔚为大观。打开窗户，呈现的是一个银色的世界。在团聚的节日里，点缀了几分浪漫，荡漾着几许温馨。这个时候，这厚实的积雪、洁白的形象、圣洁的感觉，装满心间。

真想，簇拥着家人和众多亲友走进林海雪原，踏雪欢歌，观赏玉树琼花，白雪皑皑。一起捧起洁白的雪花，融化在手掌上，让身心感受到一份水晶般的纯真和舒畅。

太阳出来了，"看红装素裹，分外妖娆。"天色也清朗起来，走在路上，风轻轻的，空气也愈加清新、爽朗。只是意外的夜雪，路上的树枝被压断了许多，人行道上，全是残枝落叶，似可听到小树在呻吟的声音，一夜大雪让小树们受伤不轻。不过，没有关系，等到春天来临，小树定会在温暖的春风里，灿烂的阳光下，吐翠长叶，催发新枝，茁壮成长。

瑞雪兆丰年。在新春的第一天，满怀着祝愿和畅想。新春伊始，把美好的心愿怀在心上，始于足下，融化在点点滴滴的细节里。祝尊敬的长辈、亲爱的家人，老师、同学和同事拥有健康快乐、轻松如意、幸福美好。在这样的时候，让我与你们一起分享，恰如王菲在《传奇》中唱的：我一直在你身边，从未走远……

（草于2010年春节）

守　望

2001年6月26日，那是一个载入绍兴就业史册的日子。

这一天，绍兴就业服务人向建党八十周年奉献上了一份特殊的礼物——人力资源市场举行了落成仪式。

这一天，新落成的人力资源市场披上了节日的盛装，彩旗飘扬，歌声嘹亮。市场内外，群贤毕至、嘉宾咸集，汇聚成快乐的海洋。远道而来的嘉宾和我们一起，集聚在门前的广场上，共同见证这一辉煌时刻。这个时候，六月的晴空突然变脸，意外下起了大雨。我们撑着崭新的雨伞，可小小的雨伞怎能遮挡住突如其来的滂沱大雨。大雨淋湿了我们的衣衫，积水浸湿了脚上的皮鞋。可是，我们依然保持着整齐的队形，绽放着快乐的笑容。我们以歌声和微笑祝愿我们的新家园、百姓求职的新场所、就业服务事业的新平台，风调雨顺，蒸蒸日上。

十年来，我们豪情满怀，意气风发，在一流的人力资源市场上与时俱进，开拓创新。我们拓宽视野，最早将劳动力市场改称为人力资源市场，并集聚民办职介机构一起为民服务；我们拓展功能，最早将信息网络覆盖到县（市）、街道，把就业服务延伸到社区、农村；我们开拓创新，最早在人力资源市场内建立中高级人才服务中心，建立大中专毕业生见习培训制度；我们提升服务，最早建立人力资源招聘周市、月市和季节性大型洽谈会这样的服务平台，最早建成校企合作技能人才网上交流平台，推出"大篷车"下乡招聘、"一柜通"受理办事、"一二三"承诺服务这样的便民举措。这一切，展现着我们在新的服务平台上，有着改革创新的精神、不懈追求的气质、服务民生的情怀，也成为我们事业发展中的特色和亮点。

十年间，我们执着追求，无怨无悔，不断展示出就业服务人独特的风采。

我们有着吃苦耐劳的风尚。每一年的春节后总是我们最早上班，因为人力资源市场需要提前开张，需要接待急于招工和求职的单位和员工；每一年，总是我们最早出发，因为每一个春节之后，需要带领难于招工的企业飞向偏远边疆；每一年，也是我们最早下乡，因为每一年的元宵未过，我们要将"就业大篷车"开到农村镇乡。

我们有着团结协作的风范。每一次重大活动或每一个重要事项，都会心往一处想、劲往一处使，无论年长或年少，都会尽心尽责，努力做到尽善尽美，让党和政府放心，让企业和群众满意。

我们有着积极向上的风貌。我们敬业爱岗、乐于奉献、风正气清，是一个大系统内唯一的省级文明单位。涌现了下乡"大篷车"这样的优秀团队，出现了服务"一柜通"这样的先进班组，还有一批为就业服务事业默默奉献三十年的"老黄牛"。我们人人都怀着促进就业、服务民生的崇高使命，在保障和改善民生中展示自身价值，实现人生理想。

十年中，我们以德育人、以文化人、以情感人，就业服务事业人才辈出，后继有人。

十年前的中年一群，他们经验丰富、年富力强。他们努力实践、积极创造，又甘当绿叶、愿为人梯。而今他们离开了工作岗位，但他们敬业奉献、艰苦创业的精神，必将薪火相传，永放光芒。

十年前的年轻一族，他们不断磨砺、迅速成长。有的成了中层干部或是业务骨干，有的成为领导班子一员；有的被输送到更高层次的部门和单位。我们为服务民生事业培养和输送了许多优秀人才，他们在不同的岗位上，为人力社保事业担当着责任和使命、奉献着智慧和力量。

十年间的新生一代，他们朝气蓬勃、奋发向上。在领导和长者的关心爱护下，他们勤学苦练，争先创优，迅速成长。"青年文明岗"，"巾帼示范岗"，一面面鲜艳的旌旗、一张张满意的笑脸、一句句赞美的话语，诠释着"金杯银杯不如百姓口碑"的真谛。

十年来，我们经历了许多风雨，更承载了很多的辉煌；我们历经了不少考验，更收获了丰硕成果。十年后的这个六月，又是一个多雨的时节，在庆祝建党九十周年的美好时刻，我们又欢聚一堂，豪情满怀，激情飞扬，共同回顾过去，又一起畅想未来。

我们将告别多雨的六月，走进如火如荼的七月；我们将告别风雨同舟的十年，走进更加灿烂辉煌的明天。我们即将建成国内一流，更加科学化、现代化、人性化的新的人力资源市场，那是我们新的平台、新的形象、新的希望。让我们在在鲜红的党旗下，在庆祝建党九十周年的精神激励下，从积淀深厚的越城时代，昂首走向充满希望的镜湖时代，以博大的胸怀、执着的精神、务实的作风，创业创新、走在前列、再铸辉煌，谱写促进就业服务民生的华彩乐章！

（写于 2011.06.30 晨）

话新闻

当前，是新闻宣传可以大干快上，能够大有作为的最好时期，也是新闻工作者可以发挥聪明才智，能够大显身手的最佳时机。如何提高新闻宣传的公信力、感染力和影响力，这是摆在每一个新闻工作者面前的一个重大课题，需要认真研究，积极探索，自觉践行。

新闻工作者要以良好的学风，坚持以科学理论武装头脑，指导实践。学风是思想方法、精神状态的具体体现。新闻工作者肩负着深入学习宣传和贯彻党的理论和路线方针政策的重任，一定要端正学风，以身作则，带头认真学习、深刻领会，做到真学、真懂、真信、真用。所谓真学，就是要让科学理论入脑，深刻理解党关于新闻工作的新思路、新观点、新论述；所谓真懂，就是要让科学理论入神，学深悟透，融会贯通，推动工作；所谓真信，就是要让科学理论入心，做到理论清醒、政治坚定、行动自觉；所谓真用，就是要做到学进脑、信入心、践于行，积极探索新闻宣传的改进和创新。特别是要正确把握，深刻领会党中央提出的"牢牢掌握意识形态工作领导权和主导权,坚持正确导向,提高引导能力,壮大主流思想舆论。"这一重大决策的精神实质,坚持理论联系实际,更新新闻传播理念,创新新闻报道的新途径和新方式,进一步肩负起宣传科学理论、传播先进文化、塑造美好心灵、弘扬社会正气的重大使命。

新闻工作者要以扎实的作风,把"走转改"活动引向深入,努力取得新的成效。开展走基层、转作风、改文风活动是创新新闻宣传工作,提升队伍素质的重要途径。要在深化"走转改"活动中,加强主题宣传,丰富报道内容、提升思想含量;要在深化"走转改"中拓宽报道视野,深入基层和群众,写出更多生动鲜活,情感饱满,为人民群众喜闻乐见的佳作,展示群众绚丽多彩的创新创造,描绘社会发展的生动画卷;要在"走转改"中增进群众感情,强化职业精神和职业道德;要在深化"走转改"中探索新闻宣传规律,准确把握新闻宣传的新课题和新要求,更好地指导新闻工作实践,更好地推动新闻事业发展。

新闻工作者要以清新的文风,增强新闻报道的可读性、影响力和感染力。文如其人,文风是一个人思想修养、学风作风和思维方式的体现。新闻报道虽归位于公文,信奉真实可信,客观公正,也应满怀真诚,担当责任,善于我手写我心。一定要写得真,要倡导以所见所闻,所思所感,真切反映社会生活,回应社会关切,以小切口中,小场面评述大社会,大主题,努力涌现出一大批生活鲜活,感人至深的新闻精品,使群众关注的突出问题得到正确及时的报道,将正能量,好声音传递到千家万户。一定要写得实,传统媒体虽无新媒体的反应迅捷,但有着新媒体无法企及的报道深度和公信力。采写新闻报道,坚持正确导向,不居高临下，装腔作势，追求简洁明快，言之有物，清楚明白，努力以情感人，以理服人，为人民抒写，为时代放歌。一定要写得美，善于吸收各种文体的表达优点，化为采写新闻的最佳方式，诗化的情感，散文的笔调，杂文的笔力，也能增强新闻报道的丰富性和多样化。精美的摄影作品既是最有表现力的新闻报道，也是纸质媒体吸引读者的重要手段。一定要多出人才，创新培养机制，努力造就一批名编辑、名记者，为新闻宣传提供优秀的人才支撑，努力使新闻队伍建设取得新的成效，使新闻宣传工作呈现新的气象，有新的作为。

（写于 2013.01）

领略爱丁堡

这就是英国吗？

是的，这白色的人种、欧式的建筑、整洁的街景，就是教科书上说的大不列颠及北爱尔兰联合王国。

这里是爱丁堡，有 60 万人口，一个与绍兴相仿的历史文化名城。它在 15 世纪时成为苏格兰的首都。在 1707 年，被英格兰占领后，就成了苏格兰的省会。与绍兴不同的是，它没有一座现代化的高大建筑物，历史遗迹保存完好。因此，成了观光者向往的北方城市。城中有一条王子街，把城市分为老城和新城。街心公园草木葱郁，鲜花盛开。公园的斜坡上，有一座花坛钟，以鲜花构成了一个巨大的钟面，非常别致。

走在街上，冷漠的风中，看爱丁堡人有的英俊潇洒，有的雍容华贵，虽是隆冬时节，只穿着长长的大衣、薄薄的白衬衫，或加一条点缀性的围巾，似乎天生就特别耐得住寒冷，挺得直腰脚。平和、自然、清静的氛围里，哪里会想到这个城市曾经受到外敌的侵犯，最后被占领，成为失败者。

走进了"爱丁堡",才深深感觉到,这平和中的不屈,自然中的抑郁,清静中的激越。

"爱丁堡"才是这个城市最雄伟的建筑,也是英国最古老的王室建筑标志。这个城堡,原是防御英格兰入侵的堡垒,后又建成了宫殿。阴雨中登上城堡四望,长长河流,茫茫北海,以及市内风光尽收眼底。城堡外,有打败拿破仑的英雄纪念塔。城堡内,有为国捐躯死难烈士的名册,被侵略者占领的油画,还陈列着抗击外敌入侵的刀、剑、戟、炮。让人自然联想起军民前仆后继,奋勇抗击入侵者的惨烈场面。忽然觉得,这个城堡又是一个爱国主义的"教育基地",似在告诫着什么,昭示着什么。

大概英王室觉察到了什么,知道需要安抚人心。于是,王室娶一苏格兰贵族女孩为妻,就是查尔斯王子的祖母。这与中国文成公主入藏相仿,在中国古代叫和亲政策。在王子大街的尽头,有一座叫霍利鲁德豪斯宫,这原是苏格兰的王宫,后来成了英女皇夏天避暑的行宫,与中国古代皇帝的安抚政策也极为相似。

由此看来,民族矛盾总是一根极易引起纷争神经。然而,人总是希望平和,崇尚自然,向往美好。

离开爱丁堡,去约克的途中,从瞌睡中醒来,睁开惺忪的眼睛,眺望车窗外,即被窗外的景象吸引住了。苏格兰盛产羊毛,那就得养羊,养羊就得有草原。草原牧场成了苏格兰乡村的最大特色。纵目四望,蓝天白云之下,高低错落的山坡上,如铺上了一张巨大的绿色地毯,那密密的树林、汩汩的小河、洁白的羊群,就是地毯上绣着的精美图案。只是这张地毯是有活力的,这个图案是流动着的。这个时候就会意识到,苏格兰人自然、热情、奔放的个性,一定受到地域文化的浸染,潜移默化地影响着苏格兰人的个性生成。一方水土养一方人确是至理名言。曾到过新疆，那里的草原牧场原始、荒凉、神秘，边疆人既要与自然搏斗，又要为生存而挣扎，日而久之，铸就了边疆人勤劳、坚韧、粗犷的个性。而苏格兰草原自然宁静，如诗如画。放牧羊群，既为了生存，内心也是十分欢悦。

此时此刻，想起大和民族本该是平和、善良的。欣赏日本的民间小调，是那样的悠扬、婉转、悦耳。那"亭亭白桦，悠悠碧空……"的歌谣，那樱花绽放的美好时节，何等的平静、何等的自在，哪会想到这一民族中的许多人，成了张牙舞爪、无恶不作，高举着屠刀的"鬼子"。

于是得出这样的结论：自然、地域影响着民族的精神文化品格，熔铸着民族的个性生成。但不是唯一的缘由，还受到许多外在的因素影响，特别是在利益集团的野心和阴谋驱使下，舆论发生偏激、教育造成误导，以及生存环境和生活状态的恶化等。于是，对英国人、日本人，还有美国人，为什么会成为侵略者、掠夺者找到了答案。也理解了苏格兰人在国家危亡时，为了保卫爱丁堡宁愿血洒城堡，也不愿做亡国奴隶的血性。同样，也更明白了中华民族到了最危急的时候，黄河岸边的船夫，为何也会发出愤怒的吼声了。

（写于当地时间 2005.12.02 约克途中）

打量约克

走进约克，给人的印象是如穿越了时间长廊、历史时空，走进了中世纪的欧洲。

这儿没有现代都市的繁华和喧嚣，只有中世纪时的古朴和悠闲。约克最大的特色就是保存着富有诗意的中古街道。每一条街道、每一堵墙、每一个角落都被打理得十分精致；每一个山坡、每一棵大树、每一块草坪都梳理得十分整洁。令人好奇的是这里的鹅卵石行人街道，被称之为石头街。石头街保留了许多中古时代的建筑，同时也是约克购物区的主要街道。每一家商店都有独特的建筑风格。非但如此，街道上巡逻的警察也是骑着高头大马的英武女子。与其说是在巡逻，还不是说是城市的一种点缀，一道别致的风景，哪会想到这样古朴而平静的城市，还有暴力和血腥？当然，这不是所有的城市都能做到的，是实力使然，理念使然，文化使然。

当然，来到约克一定不能错过参观约克大教堂。这是英国最大，也是欧洲阿尔卑斯山以北最大的哥特式教堂，据说光是建造时间就花了 250 年，凝聚着几代人的智慧和汗水。这是我第一次参观教堂，第一次见识如此恢宏的建筑物。教堂非常宏大、精美、壮观，尤其外墙四周的雕塑，极其精致、逼真，不禁暗暗称奇。

据说，参观教堂最佳时机是在傍晚举行晚祷时，在唱诗班优美歌声和管风琴映衬下，更添庄严恢宏之气象。因昨天到达时已过晚祷时间，所以只能早上进入教堂参观。

天空仍是阴沉沉的，下着小雨，据引导者介绍，最令人惊叹的是圣坛后方，那教堂东面一整片的彩色玻璃，面积几乎相当于一个网球场的大小，是全世界最大的中世纪彩色玻璃窗。玻璃窗由 100 多个图景组合而成，充分展示中世纪玻璃染色、切割、组合的绝妙工艺。而以大面积玻璃支撑东面墙壁的建筑功力也让人叹为观止。教堂北边，有一扇门，只是虚掩着。从门缝里看去，里边还有一个大堂，上面悬挂着一个金色的十字架。导游说里边是不让人进入的。这个时候，好像心有不甘。于是，在其他人在别处转悠的时候，我悄然推开了这扇门走进内堂。霎时，内生一种庄严和神圣，体会到了一种圣洁和宁静，仿佛内心也更加纯洁而虔诚，没有一丝的杂念和幻想。

走出教堂，感到异常的快慰、轻松。进门时的雨，此时也停了，天空变得明亮起来。

（写于当地时间 2005.12.03 约克到剑桥的途中）

玩味剑桥

在时断时续的雨中，四个小时以后，车在一片白桦林前停下。放眼望去，远处一排排古朴而壮丽的欧式建筑就是梦中的剑桥了。

其实，剑桥只是一个小镇。大学以小镇命名，小镇因大学而扬名于世。这座古城以融喧闹的公共场所与幽静的乡村田园于一体，向世人展现着欧洲各种各样的古老建筑，绚丽而迷人。

剑桥大学有近800年的历史，目前有31个学院，除了3个学院只收女生外，其他男女皆收。我们逐一走进国王学院、三一学院、圣约翰学院。国王学院是剑桥大学最负盛名的学院，取名国王学院是因为这学院是在亨利六世的鼎力支持下才得以成立。学院草地中央即为亨利六世的青铜纪念像。圣约翰学院是剑桥大学第二大学院。国王学院气势宏大，圣约翰学院曲折幽深，而内心最仰慕的还是优雅的三一学院。

三一学院不仅是剑桥大学最大的学院，而且人才辈出。历届杰出校友中，包括二十多位诺贝尔得主、六位英国首相，以及数学、自然哲学家牛顿，著名哲学、文学家培根等，还有包括查尔斯王子在内的多位皇室贵族。此外，更令人向往的还是可以寻找徐志摩的踪影。

沿着圣约翰学院，经过正门、前庭、礼拜堂、中庭后，一条小河横亘在前面，这便是闻名于世的康河了。徐志摩把剑桥与康河从读音和词义相融合，就成了他心中的"康桥"（Cambridge）。在三一学院与康河之间的一块大草坪上，有一把长长的椅子，是当年志摩坐在椅子上看水看山看云彩，勃发诗情的地方。经过圣约翰学院来到这把长椅上时，原来细密的雨突然停了，天空变得清澈、高远，片片白云飘荡，在阳光照耀下，如镶上了金色的花边，绚丽多彩。这是到英国以后，天空第一次放晴，第一次看到蔚蓝色的天空。康河上许多学生坐上小船，荡起了双桨，欢笑着、嬉闹着，那不就是志摩当年熟悉的诗化情景？

原来，志摩在剑桥的每一天，在河畔、在桥边，看河里的波光，看河边的杨柳，看天边的夕阳晚霞，非常眷恋，非常沉醉。他心中的康桥，就是一座似真似幻飞架在波光艳影上的彩虹之桥，寄寓了诗人最柔软的心房和恋人最甜蜜的誓约，是他的"彩虹似的梦"。

我端坐在这把长椅上，感悟着诗人的心境，追忆着他的诗意人生，仿佛七十八年前的诗人就坐在身旁。身临其境之中，深切地体会到《再别康桥》并非只是诗人的梦，而是他心中的歌。在康河边，再来吟诵一下这首不朽的诗作吧：

轻轻的我走了，

> 正如我轻轻的来；
>
> 我轻轻的招手，
>
> 作别西天的云彩……

　　"康桥情结"贯穿在徐志摩一生的诗文中。1928 年 11 月，诗人在归途中的南中国海上吟成了这首传世之作。叶嘉莹先生认为："对诗歌之欣赏实在当具备两方面的条件，其一是要由客观之理性对作品有所了解，其二是要由主观之联想对作品有所感受。"感悟志摩的诗，觉得不像中国的一些传统诗作，没有束缚和概念，只有感觉和真情，或者说只有爱、自由和唯美。想起了闻一多的话，大概意思是诗要音乐美、绘画美、建筑美。这首诗抑扬顿挫，朗朗上口，优美的节奏像康河的涟漪轻轻荡漾，既是这位虔诚的学子寻梦的心音，又契合诗人感情的潮起潮落，浸染着一种凄美的感觉。

　　徜徉在康河岸边，自然会联想诗人在剑桥生活中，与林徽因的爱情故事。他在伦敦与林徽因初识，便一见钟情，很快坠入爱河。遇到林徽因到外地写生的时候，剑桥便是他的人间天堂。他们并肩在康河畔漫步，林徽因扬起脸倾听他滔滔不绝地谈文学、谈抱负，石径上弥漫着三叶草和蔷薇花的芳香，远方教堂的钟声悠扬地敲响，他们是世间最圣洁的恋人。我想，林徽因在徐志摩心目中的形象始终不灭，早已超越了对林徽因单纯的爱，而是蕴藏着志摩心中至纯至美之大爱。

　　我们也要作别剑桥了，这时候更意识到徐志摩的诗心和诗情是剑桥铸就的，而剑桥精神也是这样的剑桥人支撑起来的。不禁

又一次吟咏起这首不朽的诗作：轻轻的我走了，正如我轻轻的
来……

夜幕降临，没有感到一丝的疲劳，而是十分的欣悦和舒畅。

因为走进了梦想之中的康桥。

（写于当地时间 2005. 12. 03 在伦敦晚上和第二天早晨）

伦敦印象

今天是星期日，在伦敦。

白金汉宫的典雅，议会大厦的恢宏，大笨钟的古朴，温莎堡的富丽，海德公园的悠闲，塞纳河的宁静，塔桥的雄伟，街道的秩序井然，行人行色匆匆又风度翩翩，不禁为这历史文化与现代文明相交织的大都市赞叹不已。

伦敦历史悠久。由于最早完成了工业革命，英国成了当时最发达的资本主义国家，又是殖民地最多的国家，成为"不落的太阳"，而伦敦就是这个不落的太阳的中心。从古老的建筑，窄小的街道依稀可见逝去的辉煌。

伦敦历经战火洗礼。第二次世界大战时，希特勒把战火东烧至前苏联，西直指英伦三岛。当时的苏联和英国成了反击法西斯的最后阵地。当时的英国首相丘吉尔是反法西斯的决策者之一，在伦敦的地下室里运筹帷幄，最后实现战略反攻。在此期间，伦敦遭受着纳粹飞机几番番的轰炸，包括丘吉尔的地下室周围。战后，英国没有如美国那样建造成群的摩天大楼，而是尊重历史文化传统，所做的只是恢复原貌的工作，城市建筑仍然显现凝重、端庄、整齐的欧式风格。走过落叶铺满小径和草坪的街心公园，如不是看到二战死难烈士纪念碑，哪会想到这里曾历经血与火的考验。

在伦敦，让人感到这个国度骨子里似乎仍蕴含着过去辉煌时的傲慢，唯我独尊。如城市的汽车，驾驶室设在车的右侧，而不是像其他国家设在左侧。行车也是向路的左侧行驶，与国内正好相反。在中国香港地区、在一些英属殖民地国家，都是这种模式。大概英国人也不想改变这一逆世界潮流的状况。即使不能与世界并轨，与欧洲一体化也不想接壤。欧洲一体化进程势不可挡，统一市场，统一货币为大多数欧洲国家所接受。但英国却不然，西欧国家都统一使用欧元了，英国还是固守着英镑。

伦敦人崇尚自由自在。每个人都可自由地选择去干什么，或不干什么，人与人之间也不用计较什么，只要看谁能力更强，更胜任职业。每个人可以自由表达自己的观点，可自由地评说。在伦敦海德公园一角，可以发表自己的主张。就在议会大厦的门前，首相的必经之处，排放着一块块反战者的标语和横幅。伦敦人又极为休闲，如伦敦的星期日，公务人员获得休息，商场必须停业。

伦敦的每一条街、一段路、一条河，处处体现着一种人文关怀，有着一种古典的质感和唯美的意蕴。每一个公共卫生间，极其清洁、舒适，还有热水龙头。特别是设置了两道门，残疾人、婴儿也有自己的空间。大多数人遵守行为规范，行人走在人行道，汽车肯定礼让行人；每一个人购物付款，肯定排着整齐的队伍；随便向每一个人询问求教，也肯定能见到友善的微笑。

伦敦人追慕一种优雅的生活。皇家音乐院、歌剧院，都是艺术的殿堂，人们热衷于欣赏音乐、观赏歌剧、交响乐、芭蕾舞，以此作为自己的艺术消费。一个个街心公园，没有异样的建筑，只有大树和绿草，还有从树上飘下来的片片叶子铺满了小路。走在街上的行人，总是彬彬有礼，穿着也整齐而随意，不失优雅大方。

几年前，北京为申办一届成功的奥运会，提出了绿色、人文、科技的理念。走进伦敦处处闪耀着绿色、人文、科技的灵光。心想如有诗朋驴友来到此地，一定会认同这样的格局和气象。

（写于当地时间 2005.12.04 夜和第二天早晨）

浪漫巴黎

离开科隆，沿途观赏莱茵河风光和比利时乡村之后，来到了巴黎，一个想象中极其浪漫的城市。

巴黎是个文化之都、商贸之都，更是个浪漫之都。临近巴黎，看田园风光、欧式建筑和如潮人流，与欧洲其它城市别无二致。走进巴黎，那沉稳的建筑群、雄伟的凯旋门、凝重的巴黎圣母院，哪有丝毫的浪漫情？浪漫声名何从谈起？在缓步行进之中，努力寻觅着这举世闻名的浪漫痕迹。

走进了卢浮宫，好像拿到了打开浪漫之都的金钥匙。这是世界上最大的艺术宝库之一，是举世瞩目的艺术殿堂和万宝之宫。如果说，大英博物馆收藏着的是英帝国时代，世界各地的奇珍异宝，见证的是英帝国肆意掠夺的历史，如把古埃及的神庙整座搬来，把木乃伊整个抢来，把中国古宅中的雕刻也整块拆来，一一陈列于馆，还宣称没有一件是"假货"，那么，罗浮宫便是一座宏大的艺术殿堂，其收藏的绘画和雕刻都是世上独有的珍品。那绘画馆所收藏的绘画之全面和珍贵世界上任何艺术馆都无法相提并论。如有拉斐尔的《美丽的园丁》、路易·达维德的《拿破仑一世在巴黎圣母院加冕大典》、德拉克鲁瓦的《肖邦像》等。在所有绘画作品中，最受人瞩目的当然是达·芬奇的不朽杰作《蒙娜丽莎》。《蒙娜丽莎》被放置在卢浮宫二楼中间的一个大厅中，外面用玻璃罩着。玻璃罩周围射出的柔和灯光，足以使观众看清画面的各个细节。《蒙娜丽莎》又称《永恒的微笑》，被认为是西欧画史上首幅侧重心理描写的作品。蒙娜丽莎端庄俊秀，脸上含着深沉、温和的微笑。那微笑有时让你觉得温文尔雅，令人陶醉；有时仿佛内含哀愁，似显凄楚；有时又略呈揶揄之状，虽则美丽动人却又有点不可接近……更奇妙之处在于，站立在这幅名画之前，不论你从哪个角度看，她那温和的目光总是微笑地注视着你，生动异常，仿佛她就在你身边。

人们最熟悉的是雕塑中的维纳斯。她是希腊的美神，不知倾倒了多少崇拜者，她的周围每天挤满了观众。她半裸着身躯，极为端庄、自然，被认为是表现女性美的最杰出的作品。

这些大多在欧洲文艺复兴时期的艺术作品，张扬着人性的光芒。裸露的躯体，显示着强悍的体魄和刚毅的个性；这里的圣母形象也不再是神，而成了一个平民母亲一般亲切的微笑；拿破仑加冕，夸张地表现着张扬自我，蔑视神权的理想；维纳斯展示的也是一种唯美的情调；蒙娜丽莎神秘的笑容，似乎也昭示人们，人就是这个世界的主宰。这一切，似乎都在淋漓尽致地表现着如何冲破神的束缚、打破神的桎梏，树立以人为本的理念；如何追求个性自由、尊重独立人格、向往美好人生。于是，在这个欧洲的大都市里，奏响了激情和浪漫的主旋律。

徜徉巴黎街头，移步换景之间，时见别出心裁的构思和如神来之笔的创意，时显浪漫的个性、浪漫的才情、浪漫的品格。

在欧式建筑风格居主导地位的欧洲，埃菲尔铁塔显得别具一格，或者称之特别的另类。为庆祝法国大革命胜利 100 周年，花 19 个月就搭建了这样一个用钢构材料，四个巨型支架撑起的铁塔。远远看去，整个塔像一个巨"人"高高站立，俯瞰着巴黎全景。铁塔别致的材料、别致的造型，让一些人愤愤不平，而更多的人则津津乐道。最后，铁塔没有被拆除，一直保留了下来。大概比较符合以人为本的追求，符合法国人奔放的个性，不拘一格的想象力。于是，这个有点另类的临时建筑，变成了永久性建筑，成为法国的标志之一。

巴黎人在设计建造蓬皮杜艺术中心时又突发奇想，把这一建筑所有的应埋在地下，或掩藏于墙内的管道，全裸露于大楼表面。特别地把一到顶层的楼梯从西南角逐一上升，一直到东北角的顶层。整个楼梯像一条盘绕的长蛇，人就在蛇身随自动楼梯一层一层上楼，直到顶层。这与传统的建筑风格大相径庭，极其另类。许多人难以理解，纷纷表示反对，认为像一家"化工厂"。也有许多人表示认可，至今没有被拆除和封杀。大概是因为这样裸露的构思，也是与法国人无拘无束，随意挥洒的个性密切相关。

在巴黎街头，一座座酒吧，故意设置在临街的窗前，成为巴黎特有的风景。多数人或小聚、或小酌，总喜爱选择一个清静的地方，即所谓雅座。而巴黎人却故意选在临街的窗前，喜欢看别人，也愿意让别人看见。

浪漫不仅显现在建筑中、街市里，也呈现在人群中，尤其是在巴黎的青春女子身上。如果说，英国的女孩在冬天里喜欢穿长长的风衣，体现出一种优雅。那么法国的女孩们更爱着短短的大衣，表现的是一种活力。英国女性中有许多臃肿的，再也不可能瘦下来的人；而法国女孩如天生便是模特儿，瘦削的脸庞、颀长的身躯、轻盈的步履，不矫情、不忸怩，颇具浪漫风采。

再细细地寻找，发现浪漫似乎处处依稀可见。

那香榭丽舍大街，白天貌不惊人，但夜间的灯火，色彩斑斓、多姿多彩，何其浪漫乃尔。

那建成不久的戴高乐机场，其开放的格局、流畅的线条、明丽的色彩，何其奔放，何其浪漫。

浪漫是一种情调、一种精神、一种气质、一种形象。一个国家充满着浪漫，就会更具活力；一个城市洋溢着浪漫，就会更有魅力；一个人拥有着浪漫，就会更有才情、更具风采。

（写于当地时间 2005.12.08 晚和第二天早晨）

差　距

　　在海外，感觉中国游客与发达国家的民众在文明修养方面确实仍有不小的差距。这绝不是崇洋媚外，揭短露丑，长他人威风，降自己威仪。

　　大凡行走海外的人，大都是有一定的身份，或者是先富阶层，或是文化体育团队人士。这部分人与依靠打工挣钱养家糊口，还无条件出国观光之族相比，或拥有地位、财富，或身怀绝技，拥有较高知名度，也算是有文化、有教养的人。

　　但在海外，不少国人暴露出教养上的缺憾，有时让人忍无可忍。他们走路散漫，随便横穿马路；或成群结队，挡住人行道；或偷偷地拿出香烟，猛吸几口后立即扔掉；或吃饭时高声喧哗，热衷饮酒劝酒……

　　这方面，他们不像许多外国人，走路总是走自己的路，优雅地走在人行道上；开车总是见红灯就停，见行人就让；吃饭总是轻声细语、细嚼慢饮，绝不影响别人；说话总是和颜悦色、亲切自然；服饰总是简洁大方，随意又突出个性、亮出精神气质。街市上许多人行色匆匆，有的雍容华贵，气度高雅；有的热情奔放，青春亮丽；有的清纯自然，精致典雅。

当然，这种差距不是一朝一夕便可改观，可怕的是自己不觉得有这种差距，或许还以为自己高贵得体。因为一些人习惯于颐指气使，唯我独尊，自命不凡。许多人的行为习惯和思维方式，似乎早已根深蒂固，一时难以改变。

因此，向先进国家看齐，还是应该驰而不息。早年许多老一辈革命家留学欧美，他们向西方寻找真理，以此挽救中国、改造中国，改造中国人的灵魂，使神州大地"焕然一新"。可贵的是知不足而思进取，可恨的是不知不足而又乐在其中，这确实是一种悲哀和无奈。

当然，纵横全球却有失礼仪的人，只在少数人身上发生，不代表中国人的品行和修养。许多中国人自信自强、兼收并蓄、博采众长，既有着国际视野、现代理念，又传承华夏民族优秀传统文化之精华，高贵儒雅，不亢不卑，在世界各地处处展示着中国风采，东方神韵。

（写于巴黎当地时间 2005.12.08 早晨）

水和太阳

深夜里飞临威尼斯，这是闻名遐迩的水城，马可·波罗的故乡。夜空中的月亮从伦敦的形如一叶细眉，到荷兰的宛若一条小船，此时，变成了一片半圆。

早晨，坐着船儿驶向威尼斯，水面宽阔，碧波荡漾，两岸风光旖旎，令人心旷神怡。

城市以水闻名，市民以水城引为自豪。水是生命之源。地球上的人总是选择临水而居，进而发展为村、镇、都市。地球区别于其它星球，也是因为有水，有水才会有生命存在可能。上善若水，水利万物，滋养生命，是人类得以生存的基本条件，于是，人对水也怀着敬畏，寄寓美好。贾宝玉把大观园中的女孩们比作是"水做的骨肉"，寄托的是冰清玉洁的美丽人生。

威尼斯被水浸染着、影响着，他们知道自身与水的关系，所以悉心爱护水质。这里的水是清澈的、明净的，河里没有飘浮着的垃圾，也没有一个人在河边洗刷什么，只有小船儿轻轻地从桥下、门前划过，泛起小小的涟漪。这里的小桥千姿百态，许多人陶醉在水边、桥旁，留连忘返。

可能因为来自东方的"威尼斯"，身临此境没觉得有多奇特，只以为这水和桥似曾相识，十分亲切。因为绍兴同样有着众多的小桥，悠长的小巷，让人沉醉的古城意蕴。

留下更深印象的还是头顶上的这个难见的太阳。

据当地人说，威尼斯多云多雾，很少能见到太阳升起。可是今天，却遇上一个晴朗的冬日，让威尼斯人格外惊喜，他们纷纷戴上墨镜，在一家一户门外或坐或卧，尽情地享受着这难逢的灿烂阳光。

确实，今天的太阳特别亮丽，天上没有一丝云彩，只有一轮太阳高悬在天际。在灿烂阳光下，海面波光粼粼，海鸥在阳光下自由飞翔。这个时候，都会因能够享受温暖阳光而无比欣喜，也会自然联想起那首激情澎湃的歌曲《我的太阳》。

原来，久居水城的威尼斯人，最大的心愿是常常能云开雾散见太阳。于是，就把难逢而美好的爱情也比作平时难遇的太阳，比作太阳出来时的美丽而辉煌。

这当然只是臆想，还是哼唱一下这首不朽的意大利民歌——《我的太阳》。

[写于佛罗伦萨当地时间 2005.12.10（星期六）晚上]

RUN WU WU SHENG

追随“罗马假日”

许多人对罗马视觉上的认识源于电影《罗马假日》。

徜徉在罗马街头，自然会回想着电影的经典情节和迷人场景，也会把这一天当作“罗马假日”。

《罗马假日》的情节简单，影片中的安妮公主与我们行程相似，从英国出访，经荷兰、德国、法国，最后达到罗马。安妮公主因厌烦宫廷礼节，私自出走，巧遇一个囊中羞涩的记者乔，一起在罗马度过了短暂而浪漫的一日。影片将罗马的名胜风光生动地融入剧情之中，将一部浪漫爱情喜剧拍得十分温馨悦目。国产电影《庐山恋》与之接近，也曾轰动一时，但《罗马假日》更为轻松而赏心悦目，更为温馨而富有浪漫情调。

罗马这座历史古城处处散发着浓厚的文化底蕴。我们来到了罗马的象征——大斗兽场。它是为了纪念征服耶路撒冷的胜利，强迫数万名犹太俘虏于一世纪时建造的。随着光阴的流逝，竞技场早已百孔千疮，留下的只是残垣断壁。在竞技场旁边是君士坦丁凯旋门，比法国凯旋门更为古老，但不及法国凯旋门举世闻名。按当时的古罗马城市规划，以威尼斯广场为中心，向四周辐射，构成了古罗马的城市建筑群。

离开斗兽场，走进让安妮公主十分着迷的西班牙广场。傍晚的霞光洒落在一级级的石阶上，仿佛又回到了影片中安妮公主在这里游玩的情景。她坐在这里的台阶上吃上了冰淇淋，还与记者乔一起喝着咖啡。然后，我们来到被称为罗马喷泉之最的"许愿泉"。这里每一个游人都会背向喷泉朝水池中投中一枚硬币，许下心愿。追随安妮公主脚步的最后一站是天使古堡。天使古堡是灰姑娘安妮重新成为公主前的最后一个场景，紧跟在后面的就是那个比较哀伤的结尾了。

行在雨中，一直回味着电影展示的镜头、演绎的情感和传递的理念。身临其境与课堂观赏相比，确有着不同的体验和感悟。

这个世界上，总有些东西堪称永恒，电影《罗马假日》便是其中之一。

电影之所以成为经典，是因为有赫本饰演的安妮公主。如果没有赫本，《罗马假日》不过是一部平庸的二流爱情片。而赫本的安妮公主让世上的女孩们在她的身上看到了自己，她既是灰姑娘，又是公主；她既成熟又天真，让许多男子钟情，又是女人心目中时尚的典范；她不仅提供了一种穿着的品位，更启发了女性对自我形象的尊重。

电影能够成为经典也是由于派克和赫本的珠联璧合。赫本为影坛创造了一个清新、纯洁、优雅的形象。派克的记者谦逊、儒雅、严谨，足以令许多男性肃然起敬，让许多女性念念不忘。他们表现的是在纯真又带些调皮的公主，与善良又有些心计的小记者之间，一种类似童话般的浪漫、纯真的爱情，虽属于一种稍纵即逝的初恋情怀，但显得温馨别致，足以藐视人间烟火。

电影成为经典更是得益于其中出现的精彩画面。看派克和赫本的电影，最爱的还是《罗马假日》，正如公主最后勇敢地说"最爱的还是罗马"。电影中有一组组经典的镜头：乔假装手被石头像吃掉，安妮公主扑倒在乔怀里，无限娇羞和无限关爱；安妮就要回到使馆了，两人不忍别离，安妮要求乔目送她，直到走进馆内，也极其动人；在新闻发布会上，安妮将盈盈泪光锁在眼睛里，临走时那饱含忧伤的回眸一笑，令记者乔失魂落魄，也让观众为之动容。

在圣诞节前夕，信步罗马街头，《罗马假日》就像一张朴素别致的小小圣诞卡，让人深深体味梦幻般的浪漫，它是真挚的、唯美的。

（写于罗马当地时间 2005.12.12 晚）

温哥华印象

　　走进温哥华，似乎并没有飞越大洋，跨出国门，仿佛仍身处国内的某一个滨海城市。在这个华人集聚的都市里，没有多少喧嚣、繁华，唯显得宁静、祥和。

　　温哥华是加拿大西部最大城市，素有"太平洋门户"之称，也是众多的亚裔人聚居之地。走在路上，迎面遇上的大都是黄皮肤黑头发的华人，路旁醒目的广告语，鳞次栉比的商场名，在英文字母下，汉字名称引人瞩目。原因很简单，温哥华 210 万人口中亚洲黄种人约占的 30%，而华裔人口约 40 万人，占温哥华地区人口的 19%，列支文市更是华人的集聚区，80% 是华人，汉语在这个区域内成了通用语，白人在这里似乎成了外人。随意进入商场、餐馆，从掌柜到伙计许多都是华人。在路上，行色匆匆的总是华人，仿佛有使不尽的劲、做不完的事。或快或慢的才是白人。快的是骑跑车健身的，慢的是悠然漫步的。于是，身临其境之中，未有独处异乡的陌生感受，只有似在国内的亲近和自在。

　　细细打量这个城市，可领略其独特魅力。

温哥华气候宜人，城市三面环山，一面傍海，虽处于和中国黑龙江省相近的高纬度，但南面受太平洋季风和暖流影响，东北部有纵贯北美大陆的落基山脉作屏障，气候得天独厚，夏季温度在20℃左右，冬季不常降雪，很少低于零℃，终年温和湿润，多次被联合国评选为全球最宜居城市。

当然，获得最宜居城市，不仅是气候怡人，更在于环境醉人。温哥华给人印象最深的是覆盖冰川的山脚下众岛点缀的海湾，绿树成荫，风景如画。全球最大的城市公园——斯坦利公园古朴而秀丽；那加拿大最长的悬索桥——狮门大桥恰如彩虹卧波；那城市标志性的"五帆"建筑象征着温哥华扬帆起航的生机和活力。温哥华更迷人的是清清菲沙河在城市间的静静流过。菲沙河全长1375公里，在温哥华流入太平洋，是温哥华的母亲河。由于加拿大森林覆盖面积大，菲沙河经过一千多米的长途奔流，途经这个都市时，仍鱼翔浅底，清澈如镜，令人叹为观止。"清凌凌的水，蓝盈盈的天"，在国内一般只能在江河源头才可能呈现在面前，在温哥华却在大河的人海口仍可领略这特有风光。

温哥华崇尚简单而随意，并不刻意追求奢华。走在街道上，城市依地势起伏，远近高低各不相同，建筑不算十分宏伟，街道称不上多少繁华，都市气息也不异常的浓厚。绿树掩映中的城市更具乡村风味，城镇特色。冬奥会开幕式的主体场馆也是在旧体育馆基础上作改造，并不构成辉煌气象。见证各国速滑健儿创造佳绩的速滑馆简单实用，并不富丽堂皇。

温哥华市民生活平和而安闲。她是加拿大西部的工业中心，同时也是北美第三大海港和国际贸易的重要中转站，港口是天然的深水不冻港，是世界主要小麦出口港之一。主要依靠林业资源发展旅游、垂钓和冶金为主要产业。根据产业需要，人们受到良好的职业教育，没有职业歧视，也不崇尚学而优则仕。人均年收入在 3.5 万加币左右，而"蓝领"收入超过了"白领"，技能型人才受人尊重，因为收入待遇相对更高。政府规定劳动者年满 65 周岁可享受养老待遇。其中，在当地就业满十年以上的，政府给予享受年金待遇，满四十年的享受最高的每月 800 加币的年金。由于就业比较稳定，社保比较完善，没有特别多的富豪，以中等收入者居多，除了好逸恶劳者以外，很少有贫困者。所以，城市人群较为安居乐业，富有闲情逸致。这也许是占五分之一人口的华人愿意居住此地的一个重要因素。

是的，这是个华人集聚的城市，华人虽不属于社会主流，却遍布于各个区域、各个行业，成为这个城市的有力支撑。这更是一个宁静安闲、充满活力的都市，如这条穿越城市的母亲河——菲沙河一般，宁静而激越。华人的勤劳、智慧和执着，奏鸣着城市的和谐和辉煌。

（写于当地时间 2010. 06. 22 晨）

赤子心声

在对外交流史上，中国古时候有陆上的丝绸之路，海上的郑和下西洋，中外交往渐成风尚。由于中国人口众多，资源不够丰富，许多华人选择了去国外或谋生或创业或求学。特别是当哥伦布发现了新大陆以后，许多华人又选择参与开发美洲大陆，于是华人遍及地球上的各个地区。改革开放以来，越来越多的华人走出国门，艰苦创业，不断融入当地社会，获得立足之地，拥有良好发展空间。

温哥华的华人便是其中之一，他们在创业或求学的经历中，别有一番滋味在心头。

在走访中，时时可遇上一些华人，或来自祖国大陆，或宝岛台湾。他们会投送亲切友好的目光，或会走上前来攀谈几句。从他们的话语里，在他们的体会中，一个特别的感触是华人在海外的命运与祖国休戚相关。三十多年前，在亚裔人中，日本人在白人心目中地位最高。走向西方国家观光的也是日本人居多，一些品牌商场招纳了不少日本人作为营业员，以应对日本客人旺盛的采购力。改革开放以来，随着中国的崛起，国力的增强，人民的日益富裕，西方民众对中国从歧视转为尊重，甚至赞赏。经过倾力举办北京奥运会，中国在西方民众心目中树立了全新的形象。于是，海外华人由衷地感到身处异国他乡，与三十年前相比，社会地位和心态已有天壤之别。海外赤子因祖国的日益强大而更加自豪和自信，他们不再被白人俯视，甚至被歧视，在自负的白人面前已经挺直了腰板、昂起了头颅。

当然，华人影响的扩大，地位的提升，一个最直接的原因是缘于海外华人的吃苦耐劳，自强不息。与国内中西部许多人才如孔雀东南飞一样，国内许多精英人才飞越高山和大洋，在世界各地或留学或创业。他们从最底层的职业做起，努力适应当地社会，寻求发展空间。几十年过去，他们较好地融入了社会，站稳了脚跟，也有了不少积累和创造，拥有一方崭新的天地。

华人不仅吃苦耐劳，更是聪明好学。在赴温哥华市政府的客轮上，一位来自北京的长者与当地华人在闲聊着著名作家王蒙的趣闻。说是王蒙在被打成右派下放到新疆劳改后，精神意志没有消沉，趁机学习掌握了维吾尔族语言文字。后来从文化部长岗位退下来后又开始学习英语。两年后，在与外国人交流时，已是谈笑风生，不再需要译员的帮助，让旁观者颇为惊讶。再后来，王蒙在年逾花甲之后学习电脑操作，使他的创作效率更高，成果更丰。王蒙如此，在海外的创业者、留学生何尝不是如此。他们大都天资过人，又勤奋好学，所以一般都能很快地适应语言和文化环境，掌握先进知识和技能，并积极进取，把握机遇，寻求发展。在温哥华的华人认为，国外比较完善的社会保障制度有助于保障劳动者的基本生活，提高生活质量，也极易造成好逸恶劳，丧失进取之心。他们认为，猛虎身处深山须自主觅食，才会保持老虎的本性，拥有虎威和虎气。一旦老虎被请进笼子供人观赏，却因接受饲养，就开始享受，于是渐失其本性，不再有虎威和虎气。但华人不会这样，勤劳善良，勤奋好学，智慧过人的华人无论在哪儿，一定是最具有进取心，最拥有危机感，也是最怀有中国心的一个特殊群体。

以前，总铭记着"落后就要挨打"的教训。现在，更明白只有保持积极进取才有可能更加强大。在日趋激烈的竞争面前，贪图安逸，只求享受只会更加落后；安于现状，不思进取只会更加停滞。我们需要的不仅是忧患之心，更需要图强之策，需要海内外每一位赤子无论何时何地，无论年长年少，无论已取得多么辉煌的成就，仍不能懈怠，不可自满，需要奋发有为，自强不息，推进伟大的祖国加速度行进，跨越式发展。如此，中华民族屹立于世界民族之林才不只是梦想。如此，会让炎黄子孙更加壮怀激烈，豪情满怀，也会让海外赤子更加昂首挺胸，吐气扬眉。

（写于当地时间2010.06.22夜）

和谐之都

　　以前对加拿大的印象是国土宽广，比中国更大，而人口稀少，只有三千多万，加上资源丰富，是真正意义上的一个地广人稀、地大物博的国度。而今走进加拿大最大城市多伦多，对当代加拿大有了直观了解和切身体验。

　　在多伦多机场、港口、大街、商场随处可见加拿大的国旗。认识加拿大，了解多伦多可从国旗开始。国旗的构图基本勾勒了加拿大的基本面貌和形象。国旗由红、白两色组成。中间的白底色表示广阔无垠的国土，其间的红色枫叶缘于加拿大境内多枫树，素有"枫叶之国"的美誉。把枫叶作为国旗的组成部分，表示加拿大人民居住在这片富饶土地上。两侧的红色长方形则分别代表加拿大东濒大西洋，西临太平洋的地理位置。红色枫叶与白色底色交接部分构成两位居民额头相依的图案，又喻示着加拿大众多人种之间的和谐相处。

　　当然，了解多伦多仍需要细细体味，方知多伦多的魅力所在。

　　美洲国家都以移民城市为特征，而多伦多更为典型。作为加拿大的第一大城市，在印第安语中，"多伦多"意为"汇集之地"。多伦多约一半的居民是从世界各地移居而来。他们来自一百多个民族，讲一百八十多种语言及方言。在当地，不同人种之间，没有本地人和外地人之分别，互相之间都视为"老外"。有人经过统计，走在多伦多的大街上，每天至少可听到七十种不同的语言。由于华裔人口较多，粤语是加拿大两种官方语言英语和法语之外的第三大语种。这里没有统一的宗教信仰，基督教、天主教、东正教、佛教等相互尊重，各有信徒。这里还有五个唐人街、两个意大利区，还有希腊街、印度城、韩国城等。因此，多伦多的多元文化特质决定其确是一个"微缩的世界城"。

　　多伦多的多元文化特质似乎影响着经济的多元化。多伦多不仅拥有汽车制造、航空航天制造、食品制造、生物技术等产业。还在知识密集型服务业部门，如金融服务业、商务服务业、信息服务业占据一席之地。这儿集中了加拿大最大的银行和证券交易所，号称"加拿大的华尔街"。多伦多又是加拿大重要的文教科研中心。国家通讯社、国家广播公司、国家芭蕾舞团、国家歌剧院和其他一些全国性的自然科学和社会科学研究机构都设在这里。这儿拥有加拿大最大的大学多伦多大学。城西的约克大学还专门成立了白求恩学院，开设了有关中国的课程，表明多伦多与中国的友好渊源。

　　多伦多尽显人与自然的和谐相处。多伦多位于安大略湖西北岸，是加拿大最南的城市之一，四季分明，拥有加拿大最暖和的春季及夏季。城市内外有许多树林、绿地、湖泊，但没有刻意地去加工改造。秩序井然的马路上，有精心种植的草坪，也有自然生长的野草。也不是野草丛生，杂乱无章，而是将野草进行必要修剪，与自然环境相协相和。野鸭成群也是这个城市的特色之一。大野鸭带领一群小野鸭飞入寻常百姓家，是这个城市的又一道风景。但大小野鸭们不用担心被人捕获，成为一道特色野味。多伦多的居民对野鸭进门视为吉祥，总是加倍爱护，真正体现着人与自然和谐共生的理念。此外，附近著名的尼亚加拉大瀑布既是世界著名的景区，更是加拿大特别是多伦多的一张名片。

　　于是，人在多伦多，一个突出的印象是：在多元文化交融的背景下，多伦多是现代的、绿色的，也是人文的、和谐的。

（写于多伦多时间 2010.06.24 夜）

色彩斑斓的都市

从古巴向南飞至巴拿马转机，再向北飞到美国纽约，其实是一种折腾，因为古与美对立，没有开通直航。在哈瓦那见识的是落后面貌，而在纽约感受到的便是繁华景象。心想，如果没有美国的禁运，哈瓦那可能早已是传统文化与现代文明交相辉映的国际大都市。纽约的繁荣让人震撼，哈瓦那的陈旧令人感慨。带上这份复杂的情绪，从美国东部飞临了西部的拉斯维加斯。

这是内华达州最大城市，城市的名称源自西班牙语，意思为"肥沃的青草地"。拉斯维加斯是周围荒凉的沙漠和半沙漠地带唯一有泉水的绿洲。由于有泉水，逐渐成为来往公路的驿站和铁路的中转站。

在十五月亮的朗照之下，拉斯维加斯万家灯火，璀璨辉煌。在清晨仍能望见月亮高挂天际之时，更体会到沙漠城市在烈日烤炙下的炽热。

确实，拉斯维加斯气候十分炎热。她地处内华达沙漠边陲，周围环绕着高山，夏季是典型的沙漠性气候，正午温度常常高达38℃左右，而晚间温度相对凉爽。平时，常常伴有雷阵雨天气。

冬季整体上气候温和适宜，似乎白天无法出门，晚上才是生活的开始。城市周围都是沙漠，因为少雨，空气极为干燥。

拉斯维加斯成为一个赌城后才迅速崛起，成为美国发展最为迅速的城市。以赌博成名，让人觉得包含着罪恶，激不起什么好感。可是从实地感觉到，通过多年的经营和拓展，已成为一个发达的娱乐城市，一个色彩斑斓的世界。在这个城市里，拥有全世界顶尖的度假酒店，世界一流的大型表演及高科技的娱乐设施，可以找到美食、找到艺术、找到娱乐、找到一个多元化城市的所有要素。在这个沙漠环绕的地方，所有的繁华和精彩都集中在拉斯维加斯大道两边。据说世界上十家最大的度假旅馆其中有九家在这里。大道两边充塞着自由女神像、埃菲尔铁塔、摩天大楼、众神雕塑等雄伟模型，模型后矗立着超级豪华的酒店，每一个建筑物都精雕细刻，张扬着这个城市非同一般的奢华。

拉斯维加斯夜景非常炫丽迷人。夜晚从飞机上俯瞰城市，如星海般的灯火非常壮观，十分震撼。夜间眺望城市，霓虹灿烂，玉树琼花，车水马龙，热闹非凡；街市歌舞，音乐喷泉，丰富多彩，确实是一个不夜之城。而白天看城市，却觉得十分平淡，除了拉斯维加斯大道以外，其它街道并不繁华，白天没有夜晚的精彩纷呈，显得十分的简朴而平常，与一般的中小城市别无二致。

这个被高山和沙漠包围着，气候又十分炎热干燥的城市，如果缺乏想象力和创造力，可能至今仍是荒凉的戈壁沙漠。通过娱乐业带动旅游业等诸多产业，以此凝聚人气，促进消费，使这个城市获得意外繁荣，造就意外的精彩。

这也许是拉市给观光者带来的感悟和启迪。

（写于当地时间 2010.07.01 晨）

洛杉矶现象

从火炉般的拉斯维加斯向南跨过沙漠，越过高山，不用一小时，飞机就降临到洛杉矶。这时候，给人感觉是从夏天回到了春天，更是从喧嚣的都市，走进了宁静的乡村。其实，拉斯维加斯只是 200 万人口的小城，而洛杉矶却是美国第二大城市，西部第一大城市。

这闻名于世的洛杉矶看上去是一个个乡村组合而成的规模巨大的集镇，有着浓厚的乡村风貌。

除了城市中心区块有一群高楼大厦以外，整个城市都是以一层建筑为主，包括酒店、商场、医院、办公楼，很少有超过一层的楼房。于是，纵目四望，心目中极为繁华的国际大都市却似鸡犬相闻的一群群村落的集聚，而连接城市各个角落的高速公路，也恰如乡村公路，没有高架绕城公路般的恢宏景象。建筑的低层化，是因为城市处于环太平洋地震带，是个地震多发地带，是防震的需要，加上城市生态保护良好，使整个城市有别于其它城市，呈现着浓郁的乡村特色。

然而，这表面上的乡村特色，却没有掩饰大都市的内质。

现在的洛杉矶，已成为美国石油化工、海洋、航天工业和电子业的最大基地。它是美国科技的主要中心之一，拥有科学家和工程技术人员的数量位居全美第一，著名的硅谷就坐落这里。如雷贯耳的波音公司，爱国者导弹研发中心也在这个城市里。洛杉矶是一个名副其实的科技之城。

近年来，洛杉矶的金融业和商业迅速发展，数百家银行在洛杉矶设有办事处，洛杉矶已成为仅次于纽约的金融中心。

因为地域宽广，人们出门必须依赖汽车，洛杉矶成为美国汽车最多的城市。与之配套的是高速公路与城市街道纵横交错，四通八达，是美国高速公路最发达的城市。

洛杉矶文化教育繁荣，这里有闻名遐迩的"电影王国"好莱坞，引人入胜的迪斯尼乐园，著名的交响乐团，还有歌剧院、音乐厅，以及峰秀地灵的贝佛利山庄，使洛杉矶成为一座举世闻名的文化之都。这里有世界著名的加州理工学院、加利福尼亚大学洛杉矶分校、南加利福尼亚大学。洛杉矶公共图书馆藏书量居全美第三位。因而，这儿也是国内留学生集聚的地方。

洛杉矶还是世界上屈指可数的举办过两届夏季奥运会的城市，足见城市有着雄厚的实力和深厚的底蕴。

这个城市特有的都市内质，集繁华与宁馨于一身，又使城市形象形散而神不散，貌若乡村，质本城市，这也许是这个城市的独特魅力。

（写于当地时间 2010.07.01 晨）

古巴见闻

踏上古巴这片神奇的土地，领略这个加勒比海最大的岛国，仿佛时光倒流了几十年，既感惊奇、惊叹，更觉惊异、惊诧。

如果说当今许多国家的面貌都是一张绚烂多姿的彩色画卷，而古巴仍似一张色调单一的黑白旧照。

这是一个美丽而陈旧的热带岛国。城市和乡村呈现加勒比海迷人的热带风情。风光旖旎，摇曳多姿，阳光、沙滩、海浪、椰林、仙人掌，构成了独特的热带风光，有着"加勒比明珠"的美誉。首都哈瓦那为西印度群岛中最大的城市，哈瓦那老城比较完整地保存了西班牙殖民时代遗留下来的一大批古建筑，是举世闻名的建筑艺术宝库，被联合国教科文组织列为"人类文化遗产"。然而，哈瓦那总体比较陈旧、落后。哈瓦那的国际机场犹如中国某个偏远地区的小机场，非古非今，缺乏特色。老城年久失修，只是记载着逝去的辉煌。大街小道破旧不堪，许多行驶的老爷车只能在一些影视里才可能看到，听说还是古巴独立以前的车辆，只要能启动，就没有报废的概念。中国制造的吉利车被当地人视为豪华车辆。街道上没有霓虹灯、广告牌，偶然出现的也是国家领导人头像或大幅标语。

由于美国对古巴实行长期经济封锁，古巴物资供应匮乏，政府实施食品配给制，以保障国民基本生活。国民一出生可领到一本证，凭证终生享受食品配给，即由国家配给基本食物。"凭证供应"的食品价格低廉，每户每月平均花费不到30比索，即不到两美元。当然配给制满足不了居民的全部需求，不足的部分可以去市场购买，不过价格要高出许多。这配给制其实与一些国家的基本生活保障制度相似。还有一些食品无论配给店还是自由市场，人们都是绝对看不到也买不到的。比如海鲜和牛肉，这些食品十分稀缺，政府也是禁止买卖。古巴实行全民免费医疗制度。住房由国家统一配置。人均收入每月二十五美元左右。

由于面对美国经济封锁、军事威胁和政治文化侵略的强大压力，古巴只能实行有限度的对外开放。于是古巴对国民思想和人身控制比较严格，国内只有四个电视台可以收看，国外访问团在古巴，政府有专门人员负责监督，不准古巴人与外国人在一起。不过，在古巴看不到物资供应和精神文化的不够丰富、不够自由而导致贫困和僵化。他们天性开朗，热情大方，特别是他们的服饰装扮，与理解中的贫穷无关，年轻女子热情奔放，时尚时髦，风情万种，与国际潮流基本同步。

古巴实行全民公费教育制度，只有政府办教育，没有民办教育或私立教育，也是实行九年制义务教育，学制与中国大体相同。大学实行学分制，修读本科约需要四、五年时间。高等教育办学结构较为单一，只设本科生和研究生层次，不设专科层次。古巴450万就业人口中平均每6人就有一人为大学毕业。从幼儿园到大学毕业，全由政府出钱提供教育机会。古巴十四个州均有高校，最著名的是哈瓦那大学。没有高考制度，主要依据学生的平时成绩积累，达到什么水平，就升入相应的高校就读。毕业以后，政府安排就业。如毕业生出国就业，则应该支付所有教育费用。不过，从机场到有关部门和单位，给人印象是古巴人比较自由，也比较散漫，工作积极性不高，效率低下。可能生活上有配给制，不干也能解决温饱问题，也可能工作上吃大锅饭，干多干少、干好干差一个样。也许就业岗位少，就业人数多，工作量小，人浮于事。如在机场过关时，看到站着六七个工作人员，他们神情木然，遇事懒散地应付，无事则聚集在一起闲聊。商店营业和宾馆服务，效率更低，节奏更慢。习惯了国内的快节奏，对此种状态似很不适应。

其实，古巴有着良好的发展潜力，前景极为看好。当然，前提是美国必须尽早解除对古巴的经济封锁。然后，古巴顺应时代潮流，实行改革开放。如此，过不了多少年，一个全新的古巴一定屹立在美丽的加勒比海群岛上。

古巴的发展潜力在于有着特色产业优势。她是世界上主要产糖国之一，被誉为"世界糖罐"。工业以制糖业为主，人均产糖量居世界首位。古巴肥沃的红土，孕育出世界上最好的烟草。来自古巴的手制雪茄，便是独步全球的雪茄极品。古巴农业还有水稻、烟草、柑橘等。如善于经营，勤于劳作，产业优势定将更为突出，经济效益也将更为显著。古巴矿产资源丰富。镍居世界第三位。此外，古巴还拥有铁、铬、钴、锰、铜等资源。

古巴还有着极为丰富的旅游资源。哈瓦那市内的老城拥有各个时期不同风格的建筑，古老的城堡、教堂、老街，海明威的旧居都有着深厚的文化底蕴。如果能够加以修葺，改善服务环境，完善服务设施，这一个被联合国列为"人类文化遗产"的老城将更具魅力，更加引人入胜。在首都以外的海岸线上，明媚的阳光、清澈的海水和白沙海滩等自然风光都是一流的旅游和疗养胜地，一定会给古巴创造更多的外汇，以增强经济实力，改善人民生活。

假以时日，在这一片富饶而神奇的土地上，一定会被古巴人画就成为色彩斑斓、摇曳多姿的精美画卷。这一个享有"加勒比明珠"美誉的岛国，一定会在阳光、海浪、椰林的映衬下，熠熠生辉，风景独好。

（写于当地时间 2010.06.25 晚上）

云中漫步

一连几天，有许多时候端坐在空中客车里，翱翔于蓝天之上，恰似云中漫步，可以仰望天空、俯视大地，可以心骛八极、神游万仞。此时此刻，易突发奇思异想。

特别觉得，同在一个星球上的人，处在同一片蓝天下，共享着同一个太阳和月亮。从蓝天之上透过绚丽多姿的云团，地球上处处有高山大海、江河湖泊、山林田野。人类拥有同一个地球，同享同一缕阳光和雨露，应是平等的、和谐的。

只是由于在漫长的自然历史演变过程中，人类由于所处的自然环境、生存条件的差异，构成了不同的生存状态和生活方式。随着社会历史的演进，人们交往交流的增多和科技的进步，还有掠夺争斗的发生，不同区域的生民在不断地整合、融化着，形成了不同的社会制度、民族特色和文化形态。于是整个世界变得复杂多样，丰富多彩。

人是地球的主宰。生活在地球上的人，都应拥有尊严，获得幸福，得到全面发展。任何社会制度、经济体制和文化精神都不能以维护少数人的集团利益和个人利益为宗旨，应以让最广大的民众提高生活质量、提升精神品质，过上美好生活为目的。所以，作为一个执政国家或主导社会的团体一定要时刻站在时代前列，勇立潮头，顺应民意，不断创造美好生活，努力实现共同富裕，着力为人类文明作出更多贡献。因此，不同国家、不同民族应始终将发展作为治国安邦的第一要务，将全面推进经济、政治、文化、社会、生态文明建设作为最大的责任。一个国家和民族如忽视经济建设只会走向落后，弱化政治建设只会带来纷乱，漠视社会建设只会造成无序，淡化文化建设只会更加愚昧，忽略生态建设只会导致人与自然持续失衡。在地球村的理念驱使下，应以海纳百川的胸襟，包容万物的气度，将一切先进的发展模式和经验加以吸收和创新，为人民带来福祉，真正使国家更加富强、民族更加振兴，人民有更多的获得感和幸福感。否则，不断改善生活，满足合理需求，提高生活品质，让最广大的民众享有更加幸福安康的生活只是空谈。

实现国泰民安，作为一个地方的领导集体一定要加快本地区持续健康发展为己任，始终怀有屈原那样的深广忧思，范仲淹那样的博大胸怀，周恩来那样的忠诚担当，既有真才实学，也能真抓实干，以永不懈怠的精神状态和一往无前的奋斗姿态，勇于变革、勇于创新、永不僵化、永不停滞，紧跟时代潮流，把握时代脉搏，以博采众长、兼济包容的胸怀，吸收和借鉴一切先进理念和模式，破除阻碍发展的一切思想和体制障碍，不断完善适合本地区的发展道路和发展模式，扬长补短，大踏步赶上时代步履。

作为先富阶层，不能小富即安，不思进取，或贪图享受，挥金如土。不能坐井观天，夜郎自大，必须拥有全球视野，积极参与国际竞争，将是否拥有更多的国际知名品牌，是否在华尔街占领一席之地，是否与比尔·盖茨、巴菲特们拉近了距离或超越他们作为追求的目标和努力的方向。还能够抱有仁慈而博大的爱心，积极投资公益领域，投身慈善事业，以为百姓谋福利，普济天下寒士为乐事，将实现共同富裕付之行动，见之实效。

作为弱势群体，必须摒弃绝对平均主义观念，消除吃大锅饭思想，不自暴自弃，怨天尤人。打铁需要自身硬，要苦练内功，淬炼意志，积极主动地迎接挑战，参与竞争，别让他人哀其不幸，怒其不争。一定要变他人目光里的同情者成为赞美者，在市场竞争中，实现价值，赢得尊严。

如此，才有可能为解决不同国家、不同地区、不同领域发展不平衡不充分的问题贡献智慧和方案。一个国家或地区才可能更加繁荣昌盛，社会将更加和谐有序，民族将更加自信坚强。强国之路才会不可阻挡，实现民族的伟大复兴不再是梦想。

（写于 2010.06）

千万里追寻

　　飞越大洋，寻访澳洲，是一个热切的心愿、久存的心结。这不仅是这一片神秘大陆令人向往，也是由于易忆在那儿求学历经四载，从中学生成了大学生，还在于积夫在那里创业二十余年，卓有成就，并多次相邀。而今终于如愿以偿，内心深感欣悦。

　　从上海飞抵澳洲最大城市悉尼，再驱车三百公里至首都堪培拉，这是积夫一家也是易忆最熟悉的行走线路。江南梅雨过后，进入炎热的夏季，而澳洲已是深秋时节。悉尼至堪培拉，蓝天白云之下，广袤的原野上，虽难见高山、大川和深谷，但丘陵与平地如波涛起伏，连绵不绝。汽车疾驰在蜿蜒的公路上，犹如乘风破浪的航船，向着天际飞驰而去。

　　沿途映入眼帘的尽是森林和草地，很少看到城市和村落。森林和草地之间偶显身形的是颇具规模的农庄。农庄四周茂密的桉树林，如国内北方伟岸的白杨，装点着宜人的秋色。树林经过打理，草地经过栽种，绿色的树林里不再杂草丛生，树林和草地在布局上也不再杂乱无章。一路行进，一路四望，秋日里泛黄的草地恰如一方巨大的毛毯铺展在辽阔的原野上，那挺拔的桉树和悠然的牛羊在这一块块巨大的毛毯上织就宁静而灵动的图案。

许多人说，澳洲人十分悠闲自得。这除了偏居南半球，资源丰富，无自然灾害，又有优裕的福利保障，无内忧外患之外，也许这平缓而宽广的地理环境，也是默化成澳洲人平和自在心态的一个重要因素。

一路上，大半路程在新南威尔士区域内。走进堪培拉境内不久，抬眼就望见那高高耸立的国家电视台发射塔，到达堪培拉市区了。

这是一个人口不到四十万的小城，却是一国之都。建都原因颇为离奇。因为悉尼和墨尔本两强相争，互不相让，于是采取了一个折衷办法，在两个名城之间的地带建城设都，至今刚满百年。这一众所周知的故事，早已成为一则趣闻，被世人津津乐道。

这浓密的树林、洁净的街道、宁静的海湾、稀少的行人，就是闻名于世的堪培拉吗？

是的，这就是世界名城堪培拉。这里有堪城标志性建筑，气势宏伟的新国会大厦，还有在蓝天下水光潋滟、碧波荡漾的格里芬湖。在灿烂星空下，走进积夫家门，这一幢在绿树掩映中的别墅，看上去不显豪华而极其实用，并不高大却十分宽敞。走进客厅，见到了逸蓉阿姨、邢蕾妹妹，还有可敬的外公外婆，都是一张张亲切的笑脸。餐桌上已端放了一盘盘精制的佳肴，还有澳洲特有的葡萄美酒。室外虽是零度低温，心暖暖的、情浓浓的，并没觉得身处异国他乡。

月光下，这秋日里美丽而温馨的一天仿佛在梦里。当然更明白这不是梦，因为这一家子亲切的笑容是真的，秋夜里的灿烂星空也是真的。

这一天、这一夜，这千万里的追寻，定将深印在记忆深处。

绿草如茵

　　从澳大利亚至新西兰，那一片片连绵不绝的草地让人叹为观止。而新西兰的草地更加碧绿而宽广。虽时至冬日（北半球刚好是夏日），仍绿草如茵。纵目四望，仿佛有一张巨大的绿地毯铺垫在宽广的丘陵和平原上。

　　新西兰是英属殖民地国家，因为地势平缓，没有高峻的山地、幽深的河谷，只有低矮的丘陵、平坦的坡地，气候条件与英国本土相似，在这儿圈地放牧便成了殖民者的首个选项。于是，殖民者开始烧荒植树种草，为养殖牛羊提供丰富的饲料。这样，新西兰就不再有原生态的山林，只有人工的草地。据说，这牛羊喜爱的食物三叶草和黑素草是英国本土移植过来的。而路边偶见的一片片灌木丛，才是烧荒植草后的幸存者。经长年累月的垦殖，养殖业成了新西兰的第一产业。由于气候温凉，冬不寒冷，夏无酷暑，草地四季常绿，树林常年郁郁葱葱，被视为恐龙主要食物的桫椤在这儿也是随处可见。在骆托罗瓦市的那片壮观的红杉树林是从美洲引进种植的，百年之后，已长成参天大树，成为闻名于世的观光胜地。

可以想象，殖民者进入之后，又经历长期垦殖才有今日田园牧歌式的祥和气象。只是现今的新西兰较之日新月异的现代社会，如偏居于天之涯、地之角的小小村落，牛羊成群，却人烟稀少。特别是许多移民和土著居民因为衣食无忧，保障充分，只图享受，不思进取，于政府而言，背负着巨大的财政支出压力；于社会而言，缺乏开拓创新的活力；于居民而言，缺乏奋发有为的朝气和梦想。

也许这儿的资源不会枯竭而人力资源却难以为继，精神状态也可能每况愈下，经济发展缺乏可持续力，整个社会看似繁荣却并不富强。如此缺乏激情和进取的国度，假以时日，也许在并不遥远的将来，可能会日暮途穷，走向衰落。

身处地球南端，自然会联想到雄踞于世界东方的中国。她虽还不及新西兰的富裕和安逸，也没有新西兰的洁净和宁静，但中国人有着新西兰人无与伦比的创业激情和进取精神，也许遍布世界各地的华人也会看中这儿的资源优势，通过投资兴业，实现梦想。如果有更多的华人在地球上的每一个角落都以卓越的成就，让世人瞩目，也是民族振兴的一个重要标志，才是真正意义上的昂立于世界民族之林。

澳洲掠影

身处异国他乡，时时体味着这个南半球神秘大陆的独特风情和鲜明特色，只觉得陌生又熟悉，平和也奇异。

这儿生态良好。虽有广阔的沙漠，气候干燥，各大著名城市也晴多雨少，但东海岸的悉尼、堪培拉，还是墨尔本、布里斯班个个风光旖旎，生态良好。格里芬设计的堪培拉中心区域的三角形布局，蓝天、碧水、森林浑然一体，逦迤风光，叹为观止。墨尔本更是一个绿色城市，树冠高大、枝叶茂密的参天大树随处可见，整个城市如一个古朴幽深的森林公园。人在澳洲，无论身处何地，虽汽车众多，但汽车尾气似构不成对空气的污染。仰望天空，白天是白云蓝天，夜间更是星汉灿烂、月光皎洁。虽然早晚温差很大，但空气清新、环境洁净。

这儿时显宁静。澳洲地广人稀，国土位居全球第六大国，而人口却与上海差不多。最大城市悉尼仅四百六十多万人，首都堪培拉仅四十二万人。澳洲没有什么不夜城，夜间开放的除了酒吧和博弈，没有歌厅和商场，夜里十点以后城市归于沉静。于是，城市里没有闹市区，没有中国城市的喧闹和繁华，除了车流不见人流。

这里比较安逸。政府注重调节过高收入，保障基本生活，民众的生老病死都有较好的社会保障，贫富差距不大。上班和休假都有明文规定，只要求在固定时间内做好规定的工作，不必加班加点。没有什么应酬，亲友间的聚会也选择在家里开派的。因此，澳洲的超市规模庞大、物品众多，而酒店服务不很发达。民众夜间一般在家看电视或上网，双休日会安排健身或举家外出休闲。因衣食无忧，一些懒散的人因饮食无节制，街头时见肥胖者，成为各城市的一道风景。一些有追求的人，因注重健康生活，公园内、马路上，时遇长跑者飞奔而过。澳洲体育场馆设施都向民众开放，近来利用草坪等场地组织民众做健身操，如中国盛行的排舞，以期减少肥胖者。

这儿崇尚简约。澳洲资源十分丰富，经济比较繁荣，但并不追求豪华和奢侈，处处体现着简单和随意。堪培拉的标志性建筑新国会大厦虽规模宏大，但结构简明，虽建材优质，但装修简洁。ABC 国家电视台和各大城市的机场、车站，包括一些博物馆、展览厅规模都不大，也不很考究。一些街道上的建筑物超过了三十年就只许修缮，不许拆建。因为不缺土地，住宅不必造高楼，别墅也只须二层，重在实用性的设计，简洁化的装饰，居民只须装上窗帘就可入住新居。家用汽车也以中低档品牌为主，没有攀比心理，不以高档为荣。举国上下都崇尚经济、实用、简单、舒适。

人在澳洲，也不感到陌生。在每一城市，随处可遇见华人，听到汉语。他们或是二十多年前在此创业安家的留洋学子，或是近十年求学追逐梦想的青年一代。走进商场酒店，许多营业员和服务员都是华人。除了墨尔本更多的遗存着英国殖民时代的特征，其它城市的建筑和设施都与迅速崛起的国内许多城市别无二致。

当然，崛起只是一种奋起直追的态势，还不具有一览众山小的气派。作为炎黄子孙仍须励志前行，既要追求澳洲那样的天蓝地绿，水清沙明的良好生态，也要克服安于现状，不思进取的强大惰力，既要拿来，也要摒弃，以奋发有为，执着追求的胆识和气度去追逐心中的梦想。

异域的天空

　　人在澳洲，既惊叹于绿色的都市、纯净的空气，更感慨于蔚蓝的天空、多姿的云彩。无论是疾驰在宽广的原野上，还是徜徉在宁静的都市里，总不时会仰望多彩的天空。

　　由于地域宽广，地势平缓，难见高山大川，也少见高楼大厦。俯仰之间，时时觉得天空格外的辽阔，云彩格外的亲近。清空之上，绚丽多姿的白云不时地编织起一个个多彩的造型，灵动的画面：时而如千帆竞渡，鱼翔浅底；时而如羊群奔跑，彩蝶飞舞。等到夕阳西下，更见彩霞满天，气象万千。仿佛天地之间如有一位挥毫泼墨的画圣，在明镜般的蓝天上绘就一幅幅变幻莫测的神奇画卷。而白天的月亮如母亲般亲切的笑容，云朵如在母亲的静观下翩然起舞；夜间的月色又若奶奶般的慈祥面庞，群星如在奶奶的目光里追逐嬉闹。于是觉得澳洲的秋冬并不觉得寒气袭人，虽是寒冬时节，却温馨无限。行人或驻足仰望，或登高远眺，无不顿感心旷神怡，流连忘返。

　　其实，同处一个星球上，虽有着经纬的差别，或海拔的高低，有着寒暑变化的差异。然而在同一个阳光下，应享有着同一片纯净的蓝天，吸纳着同一质清新的空气。而与澳洲相比，国内因空气污染严重，四季雾霾日子增多，除了在夏季特别风雨过后，或在较为偏远的乡村，特别是在未曾开发的边疆、山区等地域，才可能有着近似于澳洲般的清澈天空和灿烂星光。在许多城市的秋冬之时已少见白云蓝天，夜间也罕见璀璨星空。有时虽也能常见时而皎洁，时而朦胧的月色，但很少能遇上"月亮在莲花般云朵里穿行"的迷人夜景，即使在中秋之夜已难现众星托月的辉煌气象。

当然，不是一直以来就是外国的月亮就比中国的更圆更亮。自古以来，虽月有阴晴圆缺，季节有寒暑更替，但以往的天空肯定也有着澳洲般的清丽而多彩。因为千百年来，浩瀚的天空也让历代的迁客骚人充满奇想，他们把酒问天，诗思飞扬，留下了许多流传千古的优美诗章。如被放逐的屈原为破解天上人间的诸多难题和心中的困惑，一篇《天问》以超长的诗行，刻意通过问天求得一个解答，找出一个因果。在一个春天的月夜里，张若虚徘徊江畔，神游万里，遐想联翩，于是有了《春江花月夜》的名篇，有了"江天一色无纤尘，皎皎空中孤月轮"的佳句。李清照一反南渡以后的感伤和愁苦情状，突发神想，以梦游的方式，勾勒出一个"天接云涛连晓雾，星河欲转千帆舞"的壮美景象，与天帝问答，倾述隐衷，寄托情怀。郭沫若也一改雄浑气势，在留学日本的一个夜晚，独自在海边彷徨，仰望星空，豁然开朗，唱出一曲清朗隽美的夜歌——《天上的街市》，如细流、如涟漪，尽情抒发纯真而美好的梦想。

无论是屈原、张若虚、李清照和郭沫若，还是李白、秦观、苏轼和徐志摩等，他们所处不同的时代，遭受不同的境遇，抒写着不同的情怀和感慨，但这些诗情画意都生发在清朗的月下或多彩的清空里。如果是在日月隐晦，星光暗淡，薄雾浓云之中，可能难以有如此脱俗超凡的畅想，这般寄情言志的感悟，诗史上也就可能缺少了这一朵朵绚烂的奇葩。尤其是当今在鳞次栉比的高楼下，坐井观天式的生活状况里，少有人关注天象，缘景寄情，托物言志。虽也曾有温家宝的《仰望星空》，那已属空谷足音，也是大音希声，弥足珍贵。

灿烂阳光，清新空气，加之洁净之水，绿色环境，已成为走向现代文明的重要标志。我们不应该只在海外惊羡异国他乡的月色和绿地；只在夏季的高温下，或在原生态的边疆和深山里，才能领略绚烂天空和享受纯净空气；只依托海风吹来，驱散雾霾，重现阳光和星空。我们更不应停留在对异国的羡慕和以往的怀想，而应执着地向前行进，积极地破解难题，尽快地建设生态文明，使蓝天白云与碧水青山交相辉映，繁华的都市与宁静的田园相映衬，时时天朗气清，处处山明水秀，充满着活力和希望。

古越大地上的一脉文风

——读《走读绍兴》

读罢绍兴本土女作家郑休白的新著《走读绍兴》，深深被作者挥洒自如、诗意盎然的笔墨，思接千载、视通万里般的联想，尤其是对绍兴历史文化的深刻领悟所吸引和折服。赞叹之余，很想写点什么，又担心未体味其真意，领悟其精华，而流于肤浅，所以不敢贸然动笔。但内心又觉得不吐不快，非写不可。于是，斗胆以愚钝之笔点评这部厚实而精美之作。

绍兴作为一座历史悠久的江南历史文化名城，名士之乡，以及水乡、酒乡、桥乡、戏曲之乡、书法之乡的美誉早已名扬四海。作为胆剑精神的发源地，辛亥革命的策源地也万世流芳。而无论是稽山镜水之神奇，名人故里之厚重，唐诗之路之绚丽，那一页页凝重的历史、一个个精彩的故事、一段段动人的传说都是耳熟能详，在许多人眼里视为平常。走读绍兴易成为导游，《走读绍兴》易成为一册旅游导读。而郑休白作为一个文化意识较强，颇具历史感的女作家，发挥其丰富的文史知识、深厚的文化功底，另辟蹊径、巧妙构思，不拘泥于介绍风景名胜，讲述名人传奇，而是俯仰古今、见微知著，从王阳明、杨维桢、鲁迅、蔡元培、秋瑾等一系列令人景仰的名人故里中，从会稽山、天姥山、鉴湖、剡溪等神奇的山水间，在大禹陵、兰亭、沈园、东山、白马湖诸先贤的遗踪里挖掘出深广的文化内涵和精神品质，将历史与文化契合，引起读者的寻思和追问，从而让历史与现实相沟通，哲思与形象相交融。于是，在《走读绍兴》里，作者在绍兴这座没有围墙的博物馆里闲庭信步、解读历史、品味文化、仰慕先贤、歌咏山水，展示了一幅含蕴丰富、色彩斑斓的人文历史画卷，洋溢着绍兴独特的人文内涵和深厚的文化底蕴，读来引人入胜，更耐人寻味。

赏读《走读绍兴》，觉得作者长于叙述，总是努力以人为中心，构建生动而多彩的故事。如《上虞东山贮藏一千六百多年的智慧》在情景交融的语境里，把名士谢安的人生轨迹和"东山再起"的精神脉络演绎得丝丝入扣、荡气回肠。为突现人物形象，作者也注重对细节的精雕镂刻。如《府山俯拾两千五百年的厚重》中勾践投醪入河，出征将士共饮河中酒，以激发士气的场面写得栩栩如生，如在目前；如《徐锡麟故居　百年遥祭》中描写徐锡麟视死如归、慷慨就义的情景更令人动人心魄、肃然起敬。作者还善于采用虚拟性的手法，发挥合理的艺术想象，把一些抽象的史料，予以生动的艺术再现。如《剡溪九曲风流》中把朱熹在吕规叔创建的"鹿门书院"及周围题写"贵门"、"石泉漱玉"诸题词，还有讲述"雪夜访戴"的佳话，读来如有身临其境之感。在《白马湖那一片清幽风流》中，作者伫立在春晖校园外的这排简陋的木屋里，展开想象的翅膀，极传神地描写夏丏尊、丰子恺和朱自清等文化名家在白马湖畔的或独自秉烛夜读，或与师生把酒畅谈，或即兴赋诗作画的情景，艺术地再现了在白马湖的滋润下，那一代文化人的思想碰撞和对真善美的追求。

郑休白长期从事编辑和创作，对文学语言有着很强的领悟力和驾驭能力。在《走读绍兴》里，作者追求的是一种情理交融、雅致而灵动的诗化语言。描写、记叙、抒情与议论水乳交融，充满睿智，富含哲思。这在《走读绍兴》诸篇什中比比皆是，成为全书的又一个鲜明特色。描写祝家庄秀色："远近山峦，浓黛淡烟，荒草野树，蜂飞蝶舞。一条从四明山流下的玉水河，蜿蜒从村前流过。静谧的祝家庄被玉水河一绕，就多出了一份含蓄，多出了一份灵动。"（《祝家庄再见英台》）感悟兰亭真意："在酒香缭绕的萧萧竹吟和淙淙溪语中，凝视千古帝王祖孙手迹，聆听昭陵瑰宝的传达故事，抚摸一肥一瘦的'鹅池''父子碑'、移步驻足间，便有了诗意深邃与浩瀚的对接，一俯一仰间，便有了博大与亘古的横流。"（《兰亭永和的天空》）抒写鉴湖和马臻气质和秉性："马臻是鉴湖的精神内核，鉴湖是马臻的诗意所在。"（《鉴湖马臻的诗意所在》）这些语言很具表现力，更具诗的美感，充满了阅读张力，有助于提升读者的阅读趣味与境界。同时，同时作者还善于综合运用排比、比喻、拟人等多种修辞手法，使语言富有文采，增强了艺术感染力。如"再也不用去欣赏书法的遒劲，所有的遒劲都已被东湖的石壁写尽；再也不用去重温历史的厚重，所有的厚重都已被东湖的层岩镌刻；再也不用去聆听乐曲的雄壮，所有的雄壮都已被东湖的峭崖占有。"（《东湖水与石的咏叹》）又如"杨维桢还没有走远，他的气味、他的喘息，他推窗远眺的身影，他踱步思考的背影，都早已作为一溜云烟、一条石纹、一滴清泉、一叶红枫，留驻在铁崖山上，凭人驻足观望，伫立深思。"(《杨维桢故居　寂寞铁崖山》)多种修辞方法的巧妙运用，增强了文章的气势和厚度。此外，《走读绍兴》中的许多文章都有许多历代诗文的引用，既体现了作者深厚的文学素养，也使每一处景观更具底蕴，更使每一篇文章更添神采。

文章千古事，得失寸心知。在当今读物鱼龙混杂，优劣难辨的情况下，《走读绍兴》无疑是女作家郑休白通过用脚丈量，潜心研读，用心写作，厚积薄发之作，是她在《文化圣旅》之后奉献给读者的又一阅读精品。无论是一名文史爱好者，还是一位观光游客；无论是本地人，或是外来者，都可以从《走读绍兴》中，摄取知识、感悟文化、滋润心灵，领略"鉴湖越台名士乡"的无穷魅力和迷人风采。

（写于 2013. 03. 18）

我读《春梦何时能了》

我与孝平是校友，但一直未曾相识。大概在五年前，我在网上发现有个名为"剡江呆鸢（知足翁）"的博客，虽然曲高和寡，读者寥寥，而对我来说却如饮醇醪，不觉自醉，大呼过瘾。只是好长一段时间内不知道这位知识渊博，学养深厚，语言清雅的"剡江呆鸢"是谁。有一次，我将博文中的信息碎片连缀起来"按图索骥"，询问在镇上工作的二哥：擅长文学创作，曾在我们乡中任教，现任开元中学校长……他是谁？二哥不假思索地回答："肯定是钱孝平。"我才恍然大悟。于是，我与孝平在网上相识，成为文友，常在闲暇时光悦读"剡江呆鸢"，领略他的才情、涵养，体味他的胸襟、气度，惺惺相惜，与之神交。

在我看来，在嵊州作家群中，孝平的文学创作个性鲜明，独树一帜。他是应届考上大学的七八级中文专业学子，在学校期间就酷爱阅读和写作，开始在报刊上发表作品。毕业后从教，后来走上学校领导岗位。期间，曾几次借调广播站当记者，政府机关当秘书，及公司里当伙计经理，等等，都不得志，最后还是回到了教育岗位。这些底层颠簸，成为他写作的富矿。同时，他勤于思考，常常以自己的知识、观念、智慧去感悟人生际遇、社会世象，把对社会对生活的体悟上升到艺术思维，形成他颇具个性和鲜明特色的散文、诗歌和小说。尤其是我与孝平相识这些年，正是他创作渐入佳境，臻于成熟的时期。

《春梦何时能了》共八辑，大部分文章是他近几年散文创作的集萃，是他追寻文学梦想途中收获的沉甸甸硕果。

文集题材比较丰富，文章也长短不一，短则千字，长则万言。"河水洋洋""雨雪霏霏"等多有个人怀旧之作，尽管题材并不重大，无非回忆父母往事、与师长和同事的交往、幼时的小镇和校园生活趣事等。但作者无不以独特的视角和深厚的情感，叙述自己心底的真切感受，文字随意，感情真挚，涉笔成趣，读来备感亲切，唤醒了读者对人生苦乐悲欢的记忆。作者怀着感恩之心，以较多的篇幅回忆周乃光、马尚骥、钱善敬、邢伯煦、张万谷诸师长，回顾与老师的交往，老师的教导和对自己教学人生及创作生涯的影响。作者不惜笔墨倾情回忆父母。如《父亲不傻》铺陈的是在自己心目中的木匠父亲"没有书中或歌中所唱的他人的父亲高大"，言行也无法让人理解，而凸显的是父亲心怀良知，内心有做人的一杆秤，其实不傻。《端午的罗汉豆、小黄鱼及梅子》回味的是儿时端午过节的乐趣，在亲切的语境和轻松的笔调之下，一位勤劳、仁慈、俭朴的母亲跃然纸上。《最忆长乐是老街》描述老街从儿时至今的变迁，对儿时老街作了《清明上河图》般的全景式描摹，更感慨老街古建筑的毁灭性拆除和简单化"复制"。读着一篇篇忆旧的散文，觉得并不是作者倚马而就，随意挥洒出来的篇章，而是如陈年佳酿，在心中慢慢咀嚼发酵，才散发出醇正浓郁的芬芳，不仅具有意象的密度，更有思想的张力，让读者在感受到文章的情感共鸣外，还能获得精神陶冶和审美愉悦。

我与孝平只匆匆见过一面，但见孝平身材伟岸，气度不凡，虽然他肤色黎黑，但质朴中更具文化人的儒雅和书卷气。文如其人，读他的散文就是与他的心灵对话，漫步在他的精神世界里。

辑录在"杨柳依依""蒹葭苍苍"的多篇文章，他以文人特有的敏感，赤诚的心态和灵动的文笔抒写对爱情婚姻和生命真谛的思考。《春梦何时能了》《寻梦石雪坑》是文集中的上佳之作。在众多的博友评论中，其中有一位写道："能充分理解你的晨曦般的初恋！也理解那句话'她第一个给了我一介寒士，非分的荣耀。'天兴谭很美！爱情也很美，即使被埋葬了。"对于那个时代的恋情，我也理解，而孝平能逼真写出了他的心声，及我们那个纯真年代的纯真初恋。

《青青的丝瓜》和《贫穷的无奈》揭示的是爱情婚姻会受到世俗的目光的影响和物质条件制约。《山口村的牌坊》是一篇情趣盎然的游记，但蕴含的却是妻子思乡，丈夫思亲的温馨情怀。《谁见铁流泪》呈现的是作者教育人生中的一段插曲——试图离开教师队伍涉足社会时面对的众生相。《山中芭蕉》也是一篇精致隽永的佳作，读者在不经意间被引入一个精致充实、优雅耐品的诗意氛围之中，又在艺境的体味中自觉认同了作者的情感体验："我似乎明了一个浅浅的道理，任何高雅和低下，都在于人的感受。"《土花坛里的"倒碗破花"》，以花喻人，自比木瑾："默默无闻，不求人，也不欺人。"《烈日下的砖工》在知识分子与砖工的比较之中显现了作者的平民情怀和自省意识。《童心难泯唱酒歌》倡导的是文人之间要心存善意，多一些理解和包容。《工作着是美丽的》是文集中的另类之作，作者一反写人论事沉郁、冷峻之气象，不惜溢美之词，热情讴歌一位老革命战士的崇高品格：执着理想，乐观向上，无私奉献，"铸就出一轮美丽的夕阳。"孝平以真诚的心，抒写所见所闻所感，体现了他对人生价值和生命真谛的思索，从中也可感悟到时代的折光和社会的影像。

孝平酷爱阅读和创作，也长于文史研究。不仅是当地创作上的领军人物，也是地方文史研究的专家。身为武肃王钱镠后裔，又长期学习、生活、工作在古镇长乐这个全国最大的钱氏聚居地，他对研究钱氏文化情有独钟。特别是成为续修《钱氏家谱》的主纂人员之后，他系统研读历史典籍，又常作实地踏勘，对钱氏文化有了更精深的研究。"松柏丸丸"等辑录的不少文化散文，是作者以散文解读历史文化，传递人文精神，既洋溢着强烈的书生锐气，又体现着鲜明的学者本色。《踯躅五王庙》《陌上花开，可缓缓归——武肃王钱镠其人其诗》《帝乡烟雨锁春愁——遥祭我祖钱俶王》《亭亭自喜黯黯悲——剡西长乐钱氏第四代祖宗钱惟演其人及诗》诸多篇什，是作者研究钱氏文化的硕果，也是文化散文中的精品。这些文章视野宏大，篇幅较大，可窥见作者博闻强识，知识面很广，观其落笔也是左右逢源，娓娓道来，叙事说理更是层层深入，曲径通幽，跌宕起伏。文中众多的诗词解读也是深入浅出，引人入胜，突现其深厚的古诗文鉴赏功底。其中《为〈钱氏家训〉纠谬》以文献为据，史实说话，纠正谬误，公开发表后引起了很大反响。其它如赞美长乐八景、琼田八咏，拜谒钱植之墓，探究清水塘和大祠堂，称颂长乐旺玢、太平清风和西白山葛洪等，景仰先贤厚德载物，泽被后世，宁静致远，感叹今人"胸次"和眼界不够开阔，满眼都是不快之景。孝平的文化散文语言凝练，文笔灵动，开合自如，洋溢着诗性之美，既好读又耐品。

如果说，孝平在写人叙事的文字里，已经表现出追索人和事背后意义的倾向，那么，他在一些说理为主的散文里则将这种追索表现得淋漓尽致。他的有关学校教育和针砭社会现象的文章，既有悲天悯人的情怀，又有愤世嫉俗的忧患，也有理性应对的建言，情感充沛，句式简短，节奏明快，时而用接近口语的文字侃侃而谈，有见字如闻声之享受。在"杨柳依依"、"鸟鸣嘤嘤"的不少文章中，多有激扬文字，直抒胸臆之作。《你能为你的教职工编织凉帽吗——论校长的亲和力》是一篇力作，可谓是作者担任校长的实践提炼和理论升华。《夕阳苍凉》《四十迷惑多》流露的是对教育人生的反思和诸多困惑。《读书，你快乐吗》劝导和告诫家长给学生少加些压力，"包括自以为是的约定。"《别了，开元中学》表白对中学的依恋和再创业绩的希冀，掷地有声："我不需人照顾，更不要可怜，但也需要适合自己的工作，并为之再次奋斗。"《初为督学》和《督学的悲哀》剖析从校长转为督学之后的一时不适和众人认识上的误区，建议对督学要适才适用，扬长避短，发挥余热。《哭泣的农转非》《清风何必乱翻书》《"捞尸"为何不应变为"救生"》《到此一游，何必太多怪孩子》等文章，展示了"嬉笑怒骂皆成文章"的风采，不仅有的放矢，而且一针见血，彰显着作者的社会担当和忧患意识。

王国维在《人间词话》里写道："散文易学而难工。"孝平的散文，写人、记事、谈古、说今都是有感而发，说真话、求真相、寻真理，体现出作者独特而有魅力的人格精神。《春梦何时能了》几乎所有篇章都体现着作者的真实心境、真实情感，弥漫着理性的光芒，透射出人文之美，拥有强大的散文张力和精神力量。这样的文章自然能引起读者的思想认同和情感共鸣。从这个意义说，《春梦何时能了》是散文百花苑内绽放的一朵奇葩，是孝平馈赠给读者的一份厚礼。

我想，孝平的追梦不会止步，我也将继续关注他的创作，做他的读者，与之神交。

（写于 2015. 10）

立德树人：从讲台到创作

　　一个业余作者能在学习和工作之余出版一二本专著，已是难能可贵。而一位耄耋老人能在十余年间出版四本散文集，则堪称奇迹。年逾九旬的退休教师马尚骥"不让一天闲过"，生命不息，笔耕不止，继《耕耘集》《长春集》《回眸集》之后，又出版了更为厚重的《耄耋集》，一种景仰之意油然而生。

　　名师总是校园里的一道奇特风景。二十多年前曾就读于长中的学子们，如提及长乐中学或其前身阳山中学定会联想到这位严谨而儒雅的尚骥老师。尚骥老师长期执教于长乐中学，他并非我的班主任或任课老师，记忆中只有一节历史的代课。可是其渊博的历史知识，加上有着旁征博引、信手拈来的功夫，仅一节课就让我终身铭记。他既是一位诲人不倦、学问高深的名师，同时长期掌管教导主任等要务。校长一任接一任地调离，学生一届又一届地毕业，尚骥老师却一直坚守在这所桃李芬芳的名校。在一代又一代的学生心目中，他就是这所名校的形象、名师的代表。

　　三十八年过去，尚骥老师离开钟爱的讲台，涉足多彩的文坛。他淡泊宁静，老当益壮，将三尺讲台延伸到自己的书房，开启了教育人生的第二个春天。他身居陋室，与书为伴，以创作为乐，其丰富的人生阅历，渊博的知识积淀，加之深厚的文学功底，促使他厚积而薄发，这八十万字的四本散文集是他在创作上的丰硕成果。

静心阅读文集中的一篇篇体裁多样的文章，如走进了尚骥老师深广的精神世界。他不作自我标榜，也不无病呻吟，更不自娱自乐，而是紧贴时代脉搏，以炽热的情感，观照历史、关注现实、感悟人生。在《往事回眸》的系列文章里，作者倾情记叙了祖辈的创业历程和个人的风雨人生，得出的结论是："经历过严寒冬天的人，才知道春天的温暖，从旧社会过来的人，已经历过极'左'路线的折腾，饱经沧桑，我感悟到没有共产党就没有新中国的真理。"在《人物春秋》诸篇什里，作者满怀敬爱之心，以赞赏的笔触抒写了一系列人物传记。其中有著名经济学家、人口学家马寅初，抗日中将钱伦体，桥梁专家钱义余，长乐中学校长冯农，嵊县中学校长张寄苔，核能专家钟大辛，画家刘文西，语言学家钱曾怡等。他们大都出生在嵊州特别是长乐镇，不少是作者就读宁波中学或任教长乐中学的师生。在作者笔下，他们德才兼备，爱国爱乡，创造了不凡的业绩，读之令人肃然起敬。《枥畔随笔》《学海钩沉》和《散文随笔》是散文集的重点，实践着作者"用写日记的方式来书写我的晚年生活，记载我在第二个春天里耕耘的印迹"的初衷。这些文章长短不一，内容却非常丰富，反映着作者的所见所闻、所思所感、所读所写，呈现着作者的修养、品位和志趣。在深入浅出，侃侃而谈的语境里展示的是其博古通今，又博闻强记的人文修养和知识储备，传递的是关爱社会、执着人生的博大情怀，促使人积极向上，崇善尚美，彰显着弘扬立德树人的教育理念。即使如在《民俗风情》《诗诗楹联》的许多文章里，作者通过详细解读，对传统文化也是摒弃地域文化之糟粕，选取其精华，为当代人修身养性、促进健康成长提供合理养分。尚骥老师的四本散文集，字数一本比一本增加，分量也一本比一本厚重，可谓是其教育人生的写照，人生精华的浓缩，知识积累的迸发，诠释了作为师者担当的传道、授业、解惑的全部内涵。

尚骥老师的创作生涯，使他的三尺讲台得到了延伸，他的教育人生得到了延长。读罢他的四部散文集，觉得他不再是长中校园里那一个不言自威、可敬可爱的名师，而是一位与学生敞开心扉、促膝而谈、可敬可亲的长者。对这样的师长无论是过去、现在和将来，都应该由衷地表达敬仰之情和爱戴之意。

（写于 2012. 12）

再读《百合花》

　　总以为茹志鹃的《百合花》是当代文学百花园中的奇葩。于是再次阅读这部经典的小说。确实，重读小说有着以前不曾有的滋味，小说是那样的清丽、精致、淡雅，那样的与众不同。

　　作为小说，故事情节非常的简单，以"我"一位文工团战士的所见所闻为线索展开情节，描写的是一个年仅十九岁的入伍仅一年的小通讯员，为了挽救担架队的百姓而献出了年轻的生命；一个刚结婚三天的新媳妇，为抢救伤员，献出了自己唯一的嫁妆——一条绣着百合花的新被子。如果小说仅此而已，只是单纯地描述着战士的英勇无畏和百姓的无私奉献精神，激发不起读者心灵的层层涟漪，因为这样的故事在革命战争年代不胜枚举，精彩处有过之而无不及。《百合花》之所以构成经典的意义，在于发现美、品味美、升华美，为读者刻画了美的人物，抒写了美的情感，营造了美的物象。

　　小说塑造了小通讯员和新媳妇这两个普通人形象。小说没有正面写战争场景，只是撷取了战争生活中的一个侧面，通过通讯员带路、借被，通讯员牺牲后，新媳妇献被和盖被的细节，刻画了有着百合花一样纯洁美好的小通讯员和新媳妇的形象。茹志鹃如一位画家和音乐家一样，既用文字描画人物形象，也以文字传递声音，使笔下的两个人物形象显得生动而逼真，给读者留下美好印象。

这是一个极其可爱的普通战士。天真纯洁，充满朝气，对生活和自然充满爱恋，在即将发起总攻的时刻，还在枪筒上插上几根树枝和野菊花。他憨厚朴实，拘谨腼腆，带路中"他见我挨他坐下，立即张惶起来，好像他身边埋下了一颗定时炸弹，局促不安，掉过脸去不好，不掉过去又不行，想站起来又不好意思。"是那样的质朴、纯真。但他又十分关心人，走走停停，给两个馍馍……刻画了一个腼腆、羞涩、局促而又质朴的小战士形象。在借被中，更看出小通讯员的真诚、憨厚和不善言辞。当他意识到借东西的方式、方法有问题，可能会给新媳妇造成不好影响时，就马上爽爽快快地跟"我"前去解释。而借到被子以后，知道这是人家新婚时惟一的嫁妆，心里又立刻感到不安，又要把被子再送回去。这不是个高大完美的形象，却是个鲜活、真实而可爱的战士形象。

小说对新媳妇形象的刻画也是极其细腻而真切：

我们走进老乡的院子里，只见堂屋里静静的，里面一间房门上，垂着一块蓝布红额的门帘，门框两边还贴着鲜红的对联。我们只得站在外面向里"大姐、大嫂"的喊，喊了几声，不见有人应，但响动是有了。一会，门帘一挑，露出一个年轻媳妇来。这媳妇长得很好看，高高的鼻梁，弯弯的眉，额前一溜蓬松松的刘海。穿的虽是粗布，倒都是新的。我看她头上已硬挠挠的挽了髻，便大嫂长大嫂短的向她道歉，说刚才这个同志来，说话不好别见怪等等。她听着，脸扭向里面，尽咬着嘴唇笑。我说完了，她也不作声，还是低头咬着嘴唇，好像忍了一肚子的笑料没笑完。这一来，我倒有些尴尬了，下面的话怎么说呢！我看通讯员站在一边，眼睛一眨不眨的看着我，好像在看连长做示范动作似的。我只好硬了头皮，讪讪地向她开口借被子了，接着还对她说了一遍共产党的部队，打仗是为了老百姓的道理。这一次，她不笑了，一边听着，一边不断向房里瞅着。我说完了，她看看我，看看通讯员，好像在掂量我刚才那些话的斤两。半晌，她转身进去抱被子了。

通讯员趁这机会，颇不服气地对我说道："我刚才也是说的这几句话，她就是不借，你看怪吧！……"

这样的描写如发生在读者的面前，有身临其境之感，而新媳妇善良、纯洁的形象深印在读者心里。当然，这个人物性格的发展，还通过更震撼人心的盖被这一情节来表现的。刚开始做救护工作时，她害羞腼腆，我跟她说了半天，她才红了脸答应做我的下手。可当看到小通讯员为了保护群众而受重伤时，"她刚才那种忸怩羞涩已经完全消失，只是庄严而虔诚地给他拭着身子……"新媳妇已经知道通讯员牺牲了，可她还是细细密密地缝着那个破洞，其实是在缝进她的一片深情，所以当"我"劝她"不要缝了"时，"她却对我异样地瞟了一眼"，对"我"的不解以示强烈不满。小说通过对新媳妇一系列的动作和细节描写，展示了新媳妇娴静、淳朴、纯真如百合花一样的性格美。

　　小说不仅刻画了两个有着百合花一般美好心灵的人物形象，还真切地抒写了一种百合花般的美好情感。小说用诗意的方式表现了人与人之间真诚相处，同甘共苦，相濡以沫的美好情感。小说中的"我"与小通讯员在路上时，从"我开始对这个通讯员生起气来"到"我不禁对这通讯员发生了兴趣"再到"我立刻对这位同乡，越加亲热起来"，直至一起去借被后"不知怎么的，我已从心底爱上了这个傻乎乎的小同乡。"在这递进式的情感变化里，体现了一种纯朴而真诚的由浅入深的情感交流，具有浓浓的人情味。当然，小说的情感表达由淡而浓，主要体现在新媳妇在包扎所里的言行举止。在包扎所，让新媳妇帮着卫生员给伤员包扎，但仍很害羞，说了半天，她才肯跟在后面打下手。可是，当她看到伤员是那个向她借被子的小战士时，她禁不住短促地"啊"了一声，听说他是为了救其他同志而自己扑向手榴弹时，她又短促地"啊"了一声，一声极度地惊讶，一声极度地敬佩，都是情感自然而然地在流露。她"轻轻移过一盏油灯，解开他的衣服，刚才那种忸怩羞涩已经完全消失，只是庄重而虔诚地给他拭着身子，这位高大而年轻的小通讯员无声地躺在那里……"新媳妇庄重而虔诚的姿态反衬着小通讯员的无比崇高。

　　卫生员让人抬了一口棺材来，动手揭掉他身上的被子，要把他放进棺材去。新媳妇这时脸色发白，劈手夺过被子，自己动手把半条被子平展地铺在棺材底，半条盖在他身上，卫生员为难地说，被子是借老百姓的。"是我的"她气汹汹地嚷了半句，就扭过脸去，月光下，她眼里晶莹发亮，那条百合花的被子，盖上了这位平常的，拖毛竹的青年人的脸。可以想象，新媳妇此刻的心情何等的悲伤。那挂在衣服上的破布片，就是他很害羞地从新媳妇手里抱被子时，不小心被新媳妇家门上的钩子划破的，才多久的时间啊，可是他永远地躺着了。新媳妇心里的悲的感觉甚至还有崇敬的感觉无法言表，她只有很虔诚地为他缝衣服，当"我"实在看不下去了，说不要缝了，因为小战士的手已经冰凉了，可是新媳妇却对我异样地瞟了一眼，低下头，还是一针一针地缝，这异样的一瞟，让我的心为之一颤，这里面包含了太复杂的内容，辛酸、悲痛、爱怜……她的动作虽然简单，却深深地饱含着泪水，透着一份真诚的情感。这份情感也像百合花一样纯洁与美好，也是小通讯员与新媳妇美好品格的升华。

此外，小说为烘托两个美的人物和表达一种美的情感，还营造了一个以百合花为主体的富有象征色彩的美的氛围。小说中，有雨后的秋庄稼，有通讯员步枪筒里稀疏地插着的几根树枝，还有与通讯员分别时，看见他背着的枪筒里不知在什么时候又多了一枝野菊花，有一片绿雾似的竹海，有包扎所周围的许多野草，表现了人与自然的亲近与和谐，也烘托着人物的美好心灵。小说也写到了中秋月色。小说在战斗的残酷环境里，平静地描写了这个中秋，并引领到了作者的故乡，以充满诗意的笔调赞美中秋的美好。然后更富象征意味的笔调描写了战时的宁静月色，营造了一个月光流照，万物生情的意境。当然，小说对物象的象征性描写更体现在百合花上。小说名为百合花，包括着浓重的象征色彩，而小说中只出现了三次，而且都出现在每一段落的结尾，每一次出现都深化着主题，加重着象征的色彩："这原来是一条里外全新的新花被子，被面是假洋缎的，枣红底，上面撒满白色百合花。""我看见她把自己那条白百合花的新被，铺在外面屋檐下的一块门板上。""在月光下，我看见她眼里晶莹发亮，我也看见那条枣红底色上洒满白色百合花的被子，这象征纯洁与感情的花，盖上了这位平常的、拖毛竹的青年人的脸。"百合花纯洁而美丽，象征着对美好爱情、美丽人生的向往，小通讯员与新媳妇的对衬中，也暗示着小通讯员不仅享受着"拖毛竹"般的平静生活，也应享受着美好爱情，但小说以小通讯员被残酷的战争夺去年轻的生命，用"枣红底色上洒满白色百合花的被子"盖上了"盖上了这位平常的、拖毛竹的青年人的脸"，以一种极具震撼力的悲剧美，打动着读者的心灵，产生一种深重的惋惜之情。

因为《百合花》赞美了百合花般的美的心灵、美的情感和美的物象，使作家茹志鹃也在熟知《百合花》的读者心中，也成了那位长得很好看，高高的鼻梁、弯弯的眉，额前一溜蓬松松的刘海的新媳妇一样，深印在读者心里。

（写于 2009. 12）

热望剡西诗社

少时，偶读徐忠耀发表在《剡江文艺》上的诗作，得以认识诗歌这种文体，也意识到诗人就在我们身边。许多年后，意外发现这位诗人在我们的家乡创立剡西诗社，又创办《剡西诗刊》，并经常举办诗会，一时诗友云集，佳作迭出，赋诗作词蔚然成风，成为诗界的一大奇观。

几年来，阅读《剡西诗刊》成为心中的一大快事。无论现代诗还是古体诗，一首首朴素的诗行散发着浓郁的乡土气息和人文情怀，彰显着诗人的涵养、品位和气度，凝聚着诗人的心血、智慧和才华。我常常掩卷寻思，感慨万端，在诗坛相对沉寂的当下，在这远离都市的乡间，仍有这么一群诗人以诗结缘，互相唱和，或独守孤灯赋诗，或少长咸集吟赏，或跋涉山野采风，坚守着诗歌创作的圣地。其实，他们大多属于"草根"，并非出自科班，在这块历史文化底蕴深厚的沃土里，他们生于斯、长于斯，又有着远离尘嚣的宁静与恬淡，因而他们更能以特有的真诚和独特的体验去发现、咏叹历史文化和现实人生中的真善美。

"十步之内，必有芳草"，这儿的一山一水、一村一居、一事一物常常拨动他们的心弦，让他们诗兴勃发，诗思飞扬。于是，在剡西诗人的心中总是有那么多美的吟咏和歌唱，那么多美的意象和诗行，既赏心悦目又意味深长。总是觉得他们对美的认知、感悟和抒发，显得格外执著而坚韧，朴素而自然。在剡西诗人笔下，"生活不只是眼前的苟且，还有诗和远方"得到了最为贴切的诠释。

　　而今，剡西诗社闻名遐迩，诗刊也吸引着八方诗友，更喜老诗人宝刀不老，新生代崭露头角。忠耀先生依然是诗社的精神领袖，一批师长仍处于创作的旺季，一群后辈已成为诗社的中坚力量，更有四面八方的诗友热望诗社，热心呵护，使诗社持续保持着生机和活力。我想，剡西诗人一定会传承文脉，执着前行，守望心中的诗歌梦想。

（写于 2016.05）

音乐盛宴

——观新年音乐会

　　昨晚，绍兴大剧院座无虚席，美国南芝加哥爱乐乐团向观众奉献了一台中西合璧的音乐盛宴——新年音乐会。近两个小时的演出精彩绝伦，典雅优美的乐曲让观众如饮琼浆，陶醉在音乐艺术的海洋里。

　　乐团特别善于抓住中国听众的心，以中国民族音乐为开场曲，立即拉近了听众。这开场曲是李焕之的《春节序曲》，表现的是中国西部过春节的喜庆景象，也符合新年音乐会的氛围。乐曲加入了闹秧歌的锣鼓节奏，主题由两首陕北民间唢呐曲组成，乐曲欢快热烈，有着浓厚的地域特色和民族风格。如果说《春节序曲》渲染的是西部的民族风情，那么紧接着的小提琴协奏曲《梁祝》，则是取材于绍兴民间的一个古老而优美动人的民间传说的经典乐曲。今晚，由国外乐团在故事的发源地演出，自然让听众倍觉亲切，因而赢得了如潮的掌声。刘天华的《良宵》也是一支描写欢度春节的乐曲，本是二胡独奏曲，可用管弦乐演奏也别有一种情调。它清新、明快，生动地描绘了亲友之间共度良宵的欢愉之情。加之青年女高音金今演唱《我和我的祖国》，以及由浙江歌舞团的台柱——严圣民等中外歌唱家合作的《长江之歌》，更让观众掌声雷动，台上台下，融成一体。

作为来自美国的著名乐团，自然会带上浓重的美国风格。乐队演奏的《号手的节日》是美国著名作曲家、指挥家安德森的代表作。作品充分体现了小号的特色，将这种铜管乐器的华丽技巧表现得淋漓尽致。整部作品速度很快，轻松而活泼，就像几名快乐的小号演奏员假日里在街头的即兴表演，充满了节日欢乐的气氛。威廉姆斯作曲的《夺宝奇兵》是斯皮尔伯格导演的好莱坞同名大片的电影插曲。钢琴协奏曲《莱特兄弟的飞行》表现的就是兄弟俩执着于理想，坚韧不拔，艰辛研制飞行器的情景。还有男中音皮特、女高音卡丝演唱的带着流行音乐元素的美国歌曲《妙不可言》，诙谐而欢快，虽听不懂歌词，但在歌唱家丰富的体态语言里，观众能体会浓厚的幽默色彩和异国情调。

作为一个国际盛名的乐团，一定要通过演绎世界名曲以显现乐团的艺术水准。于是，乐团选择了脍炙人口的意大利民歌《我的太阳》、斯特劳斯的《春之声》、威尔第的《饮酒歌》等，既显示音乐会的演奏水准，又体现音乐会的丰富性，使音乐会渐入佳境。当然，音乐会的高潮部分在演奏老斯特劳斯的《拉德茨基进行曲》。这是"圆舞曲之父"老约翰最著名的代表作，乐曲以其脍炙人口的旋律和铿锵有力的节奏征服了亿万听众，经常作为或管弦乐音乐会的最后一首曲目，成为流传非常广泛的进行曲。而且更显神奇的是，每当最后的拉德茨基进行曲欢快的旋律响起时，听众情不自禁地应和着节拍鼓掌。这时乐队指挥一般会很有想象力地转过身来，示意观众随着音乐的强弱和节奏来鼓掌。这早已成了一种惯例，一道风景。昨晚，在很多大剧院也出现了这一盛况：当拉德茨基进行曲奏响时，台上音乐家与台下听众开始互动，显现着绍兴观众艺术素养的提升。

如音乐会在此时结束，已不失为一次成功的演出。而在此时，乐队奏响了《同一首歌》，优美而温馨的旋律让观众深感亲切，使中西合璧的音乐会得到深化，观众报之更加热烈的掌声。

贝多芬说过："领悟音乐的人，能从一切世俗的烦恼中超脱出来。"其实，观赏一台音乐会，实是对一个城市文化品位的一种考量。曾几何时，著名的小提琴演奏家俞丽拿在绍兴演奏小提琴协奏曲《梁祝》，可是在绍兴几无知音，一曲终了，只有"噼哩啪拉"的几下掌声。享誉海内外的艺术大师在文化名城绍兴受如此冷遇，当时，让吴国群教授非常失望。他认为，俞丽拿的小提琴演奏"此曲只应天上有，人间哪得几回闻？"大声疾呼要求市民特别是年轻一代加强艺术修养、提高欣赏水平，以不辱历史文化名城的声誉。

二十多年过去，随着素质教育的深入人心，绍兴人对艺术欣赏更加开放和包容，既爱好流行音乐和地方戏曲，也能欣赏话剧和交响乐，审美趣味呈现多元化的特征。看得出，芝加哥爱乐乐团中国之行，做了精心策划并倾情演奏，绍兴观众对中外名曲发自内心的共鸣和恰到好处的掌声，是对高雅艺术的尊重，也体现了绍兴人的艺术素养和欣赏水平的长足提高。

当然，如果观众遵守谢绝身高1.2米以下儿童进入音乐厅欣赏音乐会的国际惯例；如果没有观众在演出时在场内悄然走动或细语；如果观众的着装都是正装，如男士是燕尾服、女士是晚礼服；如果一曲终了，部分观众别急不可待地鼓掌；如果在演奏全部作品结束时，观众能齐齐站立，长时间地热烈鼓掌，以显示对演奏具有很高的欣赏水平，让艺术家们因观众发自内心的热烈掌声而返场并加演曲目……如果能这样，绍兴人的艺术欣赏水平真的达到了更高的层次，艺术领悟能力达到了更高的境界。如此，才真正让人觉得观众有很好的教养，这个城市有很高的品位。

（写于 2010 年元旦）

剡溪蕴秀异　欲罢不能忘

——读《越剧红伶传记》

越剧是浙江绍兴，特别是嵊州的一张名片。在百年越剧的发展史上，涌现了一代又一代的越剧名家。她们主要来自绍兴一带，大部分出生于嵊州。嵊州越剧团原团长钱永林先生为早期女子越剧名家立传的专著《越剧红伶传记》，既是一部研究越剧艺术史的著作，也是一部展示越剧艺术家风采，弘扬越剧艺术精神，传授越剧知识的力作。全书雅俗共享，引人入胜。

《越剧红伶传记》勾勒了早期越剧名家的群像。钱永林先生有着担任越剧故乡越剧团、越剧博物馆、越剧艺术学校主要负责人的经历，有着丰富的专业理论和知识的积累，还有着熟识和了解越剧名家的优势。因此，他对越剧名人名家如数家珍，勾勒人物形象也惟妙惟肖。在二十二篇人物传记中，有"三花"："花衫鼻祖"施银花、"越剧魁首"赵瑞花和王杏花，有"越剧皇后"姚水娟、"越剧皇帝"尹桂芳、"花脸大王"徐慧琴、"丑王"贾灵凤、"文学小生"屠杏花、"闪电小生"马樟花，还有从旦角走向小生的竺水招、多才多艺的吴小楼、演技过人而命运悲惨的筱丹桂和戚派创始人戚雅仙等。这些越剧名家对当下读者和观众来说，有的耳熟能详、有的闻所未闻。传记通过翔实的史料、真实的描写，一个个栩栩如生的越剧名家，可感可近，如一组人物群像呈现在读者面前。

《越剧红伶传记》抒写了越剧名家的成长历史。一代代越剧艺人的成长史构成了百年越剧的洋洋大观。二十二位越剧名家的成长历程，也是早期女子越剧产生和发展的一个缩影。钱永林先生笔下的越剧名家个个身怀绝技，各领风骚，"三花"（施银花、赵瑞花和王杏花）不如"一娟"（姚水娟），"一娟"不如"一桂"（筱丹桂），呈现着越剧旦角表演艺术在不断创新，越剧表演艺术人才辈出的良好势头。传记更以真实的史料描写了越剧红伶从学戏到成名的艰难历程。她们出身贫寒，苦于生计问题而不顾世俗偏见，走向幼年科班学戏的艰苦岁月。她们天智聪颖，又勤学苦练，在金荣水等早期越剧教育名家的悉心指教下，很快在科班中脱颖而出，不仅打下了扎实的文武功底，而且很快成为"头肩"角色，即为台柱。当然，他们的走红依靠不断演出、不断磨炼。有时，走红似乎出于偶然，如因某名角意外不能登台，由她们中的一个临时顶替救场而一举成名。其实，偶然中有着必然，包含平时博采众长、刻苦训练的心血和汗水，即使做一名"百搭"演员，也会乐在其中，体现着一分耕耘、一分收获的艺术规律。她们真正走红在于走出本地，漂泊于杭嘉湖、宁绍、台金温的城市和乡村，在艰难困苦中不断磨砺，不断成长，最后大上海真正成名。她们在百花争艳的越剧舞台上，勇于改革，不断探索。如施银花创"四工腔"；姚水娟聘请编剧；商芳臣等广泛地向电影、话剧和京剧等吸取营养；尹桂芳从内容到形式的革新无不体现着一种锐意进取的精神。正是由于越剧名家们执着追求，博采众长，涌现出众多越剧名家，使越剧艺术不断走向辉煌。从钱永林先生二十二篇传记看，这些前辈越剧艺术家出身科班，功底扎实，二十岁左右就名扬于世。对艺术，她们追求"认认真真唱戏"，对人生，崇尚"老老实实做人"。如"三花一娟"等显现着名家风采，尹桂芳、竺水招等更体现着大家风范，而刚烈的"闪电小生"马樟花英年早逝，懦弱的一代名伶筱丹桂香消玉殒，则是部分越剧演员在旧中国悲惨人生的一个缩影。特别是对同乡筱丹桂，钱永林先生以较为客观的视角、细腻的笔触、较长的篇幅，全景式地描述了筱丹桂的戏剧生涯和悲惨命运，还原了历史真实，令人唏嘘，也使人深思。

《越剧红伶传记》提炼了越剧名家的精神品质。钱永林先生在每一个人物传记中，既尊重历史，又爱憎分明，不仅记叙越剧名家的成长史和艺术成就，更重在挖掘每一位名家的心灵史和精神品质。这二十二名早期越剧表演艺术家，技艺超群，德艺双馨，做人与演戏一样均为上品。她们虽成名较早，可他们心地善良，乐善好施，积极投身于公益事业。如姚水娟领衔义演救济上海难民，还团结各路明星在杭州举办庆祝抗战胜利大义演。她们从不保守，没有"台上不让父，台下不让春"的偏见，不争角色、不摆架子，相互切磋，热心提携新人，也愿作人梯、甘当绿叶。如著名越剧表演艺术家王文娟的老师竺素娥，艺高德也高，著名越剧表演艺术家袁雪芬认为她"论戏德，堪称越剧第一"。她们不畏强暴，爱憎分明，执着追求理想。在钱永林先生的笔下，这些越剧艺术家在成长过程并非一帆风顺，有着不少的曲折，特别是在旧中国梨园弟子地位低下，虽在台上扮演气宇轩昂的帝王将相、俊美的才子佳人，但在台下却时受恶势力威逼、利诱、恐吓。可是，她们大都坚守老实做人，认真唱戏的信条，演绎着在颠沛流离的戏剧生涯里，执着地追求理想的戏剧人生。在抗战时期，她们在演出体现阴柔之美的才子佳人戏的同时，排演了《花木兰》（姚水娟）、《卧薪尝胆》（竺水招）等体现爱国情怀、彰显阳刚之气的经典剧目。她们自强自立，团结一心，为使越剧拥有独立地位，获得发展空间，在袁雪芬的倡导下，十位名家联袂义演《山河恋》，不仅浓墨重彩地呈现了"越剧十姐妹"的辉煌瞬间，也使越剧艺术家们空前团结，使越剧艺术影响更加深远。

《越剧红伶传记》展现了越剧艺术的独特魅力。钱永林先生作为越剧艺术的实践者和研究者，对越剧艺术研究很深，造诣很高，在对越剧名家立传的同时，也时时体现着他对越剧艺术精深的研究功底和丰富的艺术鉴赏积淀。二十二篇传记通俗易懂，又俗中见雅，平实中显现波澜，在写人记事中，又普及越剧艺术知识，展示越剧艺术的精华。钱永林先生对演唱特色的提炼十分到位。如对优秀旦角支兰芳的唱腔概括为"自然流畅、清新脱俗"，对王文娟形成独特的演唱风格颇有着不少的影响。如对施银花的"施腔"概括为"委婉抒情、高亢激越奔放，低中音缠绵柔和，一波三折……"又如对张湘卿长达四十一年的演艺特色概括为："唱腔上平易质朴、和谐悦耳；表演上稳健大方、朴实自然。"钱永林先生对越剧剧目极为精熟。对二十二位越剧先辈曾经演出的剧目，以及她们的改革创新，尤其是剧目内容、人物形象、主题思想都信手拈来，如数家珍，体现了钱永林先生在越剧艺术研究上的丰富积累。钱永林先生对艺术表演特色的提炼极为生动。如对尹桂芳扮演的《盘妻索妻》梁玉书一角的评价是："她脚下功夫深，走起路来步履轻松而又稳重；她手中那把折扇也能表达剧中人物的精神状态，无论是开、合、摇都成了她内涵丰富的艺术语言。"如对筱丹桂擅演的"武旦"、"艳旦"以及"女扮男装"的旦角，包括《果报录》、《马寡妇开店》中的表演，否定的是内容上的糟粕，肯定的是表演上的高超技艺，称其有着"珠喉玉音般的天赋佳嗓"，"富有魅力的身段和传神的表情，把观众带进了剧情，带进了剧中人生活的境界。"充分肯定其艺术上的独特魅力，精确地解读了"三花不如一娟，一娟不如一桂"的缘由。

"剡溪蕴秀异，欲罢不能忘。"一方灵秀的山水和醇厚的民情滋养了抒情优美、清丽婉转的越剧艺术。钱永林先生的《越剧红伶传记》是对百年越剧发展中一个侧面的真实诠释和倾情解读。而对我这样一个对越剧只有肤浅了解，没有深刻认识和深入研究的门外人来说，是一种越剧启蒙和知识普及。同时，衷心希望钱永林先生续写传记，把越剧艺术研究新成果奉献给越剧研究事业，奉献给爱好越剧的知音。

（写于 2010. 05）

辛勤耕耘　不倦追求

——读《乱弹杂咏》

近来静心研读绍剧保护与发展工程系列丛书。其中有浙江绍剧团原副团长、绍剧音乐艺术专家严新民先生的专著《乱弹杂咏》。这是他从艺六十年间研究绍剧艺术的成果集成，七个篇章、25篇研究论文，各独立成篇，又有内在联系，其中不乏真知灼见，读后受益匪浅。

严新民先生对绍剧的渊源和流变有着深入的研究。《乱弹杂咏》中的《绍兴乱弹史料发微》《绍兴调腔之兴衰》诸文从地域文化的视角，与不同剧种的相互影响和比较研究中，以大量可靠的史料，对绍剧的产生和发展提出诸多独到的见解。一是考证绍剧的渊源。作者认同绍剧源头在"秦"，又以大量的文献和诗文依据证明在乾嘉时已有绍剧演出的活动，并从唱腔和伴奏乐器等方面说明绍剧与"西秦腔"的密切关系，以此认定绍剧为北方传入的剧种。又通过评述社戏，说明绍剧这一脱胎于北方，而在浸润着古越文化的鉴湖越台找到生根发芽的沃土，那高亢激越的唱腔、粗犷朴实的音乐和豪放洒脱的表演极其迎合卜居于河道旷野，张扬着胆剑之气的水乡农家独特的审美趣味。于是这一滥觞于北方的"乱弹"与绍兴地域文化不断融合和升华，发展成为声名远播的"绍兴大班"。二是考证"堕民"的作用。作者以较多笔墨考证了这一绍兴特殊群体的身世（系元代的"胜国勋戚"）和居住地（三埭街）及职业（"清音班"），认为这一帮地位极其低下的堕民艺人——"戏子"，对创造和传承绚丽多姿的绍兴戏曲文化作出了重要贡献。三是考证丰富多彩的传统剧目。作者通过对尺调"老戏"时期、正宫调"时老戏"剧目时期和小工调"时戏"剧目时期的剧目研究，用较多的篇幅列举广泛多样的剧目，并点评了表现忠奸之争、平叛息乱、及清官戏、神话戏、"滑白戏"和鬼戏等题材的代表性名作及艺术特色。特别指出绍剧进入上海，在剧种发展史上的划时代意义。同时，论证了绍剧学习、借鉴京剧艺术对推动绍剧发展，提升绍剧艺术水准的重要作用。四是考证绍剧的流变。《紫云班探源》一文通过考察新昌、嵊州的绍剧班社的产生和发展状况，翔实地考证了这条绍剧横向发展中的支流之兴衰，探讨了紫云班与绍剧的密切关系。《上海绍剧票房今昔谈》更以珍贵的史实探讨绍剧在上海深厚的群众基础，记录了票房为传播绍剧艺术的重要作用，特别是绍剧艺术家与票友的深厚情谊。

演职员是绍剧的实践者和探索者。《乱弹杂咏》描写了不少演技精湛、业务精深，为绍剧艺术发展作出重要贡献的绍剧名家。作者满怀敬意，浓墨重彩地描摹了几片舞台绿叶：绍剧老生和老旦名角筱昌顺、第一花旦章艳秋、著名导演邢胜奎和剧作家顾锡东。这几位德艺双馨的艺术家既是作者的师长，更是他的偶像。但他没有一味地歌功颂德，而是勾勒出他们各具鲜明个性的人格魅力和舞台风采。如对筱昌顺的艺术成就重在描写塑造唐僧形象过程中对孙悟空的情感处理上的步步深入，层次分明的铺垫和渲染，从而达到了塑造这一艺术形象无人能及的高度。同时还有对筱昌顺独特的唱腔艺术的提炼和赞美："优雅婉转、抒情悦耳、音域宽广、韵味醇厚"。对第一花旦章艳秋重在叙述其独具个性的"悲旦"艺术风格和独树一帜的近似"吟唱"的唱腔旋律。同时，更着重赞美其尊老爱幼、与人为善的大家风范，提携后辈、甘为绿叶、扶贫济困的高风亮节。对杰出导演邢胜奎更满怀敬意，注重于挖掘对导演事业的执着追求和对绍剧艺术的杰出贡献。而对著名剧作家顾锡东在讲述其与绍剧艺术的不解之缘，与绍剧演员的深厚情谊同时，更侧重于描写顾老对绍剧剧本创作质量上全方位的提升，通过"处置矛盾的合理性、剧本的文学性和注重观众的可看性"，使绍剧"旧貌换新颜"。除了人物专论以外，严先生在不同的文章里，也有对绍剧名家艺术特色的评点。如"二面大王"汪筱奎、老生泰斗筱芳锦、"钢嗓"陈鹤皋、"武戏文演"的六龄童、"神童老生"七龄童等台前名角，还有不同时期、不同戏班的名家名角，绘制了一部绍剧艺术名家的群星谱。

　　严先生既是绍剧艺术的实践者，也是研究者。他研读深入，博闻强记，《乱弹杂咏》中记载了许多珍贵的绍剧史料，也包含着个人的独到见地。有的是他亲身经历，更多的是其学有所得。如《绍剧第一副科班——绍剧训练班》详尽地记录了这一培养新一代绍剧名家的摇篮——绍剧训练班。这批培训学员是绍剧艺术承上启下的一个群体，前场唱做念打和后场吹拉弹奏涌现了许多卓有成就的绍剧名家。《对祁彪佳〈远山堂曲品〉和〈剧品〉浅析》体现了作者潜心研读古典戏曲理论的深厚功底。而《毛主席两次看绍剧》、《四首"七律"赞〈三打〉》更显现了作者对毛泽东、周恩来等党和国家领导人观看绍剧，特别是毛泽东亲自为《孙悟空三打白骨精》题诗这一重大事件的独特思考。作者作为这一盛况的亲历者之一，既记录这段难忘的记忆，更深挖绍剧这一小剧种为何能晋京演出，以及毛泽东"平时很少看戏，就是看戏了，看到底的次数也不多，这一回却一看到底"的原因。从严先生的论述可理解为以下几方面：六十年代初绍剧团演职员"人才济济、群英荟萃"；绍剧电影《三打》深受观众青睐，好评如潮；周恩来总理对绍剧的支持和关怀；《三打》题材和内容契合当时政治形势。可见无论是思想性、艺术性和观赏性，《三打》在当时是顶尖的艺术精品。如此，《三打》进入怀仁堂并非平地起风雷，受到党和国家领导人的重视和盛赞也是水到渠成。共和国领袖以七律一首直抒胸臆，表达观感，为绍剧艺术发展推波助澜，引向尖峰，成了绍剧走向辉煌的一个标志。毛泽东观看《三打》早已是家喻户晓，为人津津乐道，而毛泽东第二次观看绍剧，对圈外人来说却鲜为人知。作者又以生动的文字详细地记录了这一让参演者铭记于心的时刻：那是 1971 年月 9 月 4 日，在杭州的毛泽东通过闭路电视大屏幕观看浙江绍剧团在杭州人民大会堂的演出《智取威虎山》。浙江绍剧团的新一代艺术家们以青春的激情和精湛的演技，为人民领袖又奉献了一场精彩的视觉盛宴。这是继《三打》之后，平时很少看戏的毛泽东再一次饶有兴趣地观看绍剧，也表明毛泽东对绍剧艺术情有独钟，与绍剧有着特殊的情缘。他观后指出的"绍剧要改革，要出新，改革以后还要像绍剧。"可谓高屋建瓴，又寄予厚望，至今仍有很强的指导意义。不太喜爱看戏的毛泽东在治国理政的十年间二度观看绍剧，可以说，这是在毛泽东题诗七律之外，浙江绍剧的艺术家们创造的戏曲史上的一个奇迹。

　　研究鲁迅与绍剧的关系，也是《乱弹杂咏》的重要篇目，更是作者对鲁迅研究的一大贡献。在《鲁迅与社戏》《鲁迅〈二丑艺术〉与绍剧〈乏白戏〉》等文章中，作者为鲁迅杂文中的一些涉及绍剧的诸多场景逐一解析，有利于解读鲁迅作品的深刻内涵。而作者并不拘泥于解析，更在于通过鲁迅作品研究绍剧演出社戏的情状，演出目连戏《男吊》《女吊》和《跳无常》的盛况，"滑白戏"的特征和汪筱奎的表演特色。严先生音乐修养精深，对绍剧音乐和唱腔研究更有独到之处。《乱弹杂咏》的不少篇目从不同角度对绍剧的主要唱调"三五七"和"二凡"及至"海底翻"作了全面系统的探讨，对唱词的结构、主奏乐器、演出体制、唱腔特色及演奏名家都如数家珍，娓娓道来，让人大开眼界。

　　著名戏剧理论家沈祖安先生在《为严新民〈乱弹杂咏〉序》中指出："自从浙江绍剧团成为我省重要的戏曲团体，关于绍剧的艺术发展史及其声腔的研究，严新民就是其中的主要代表人物。"而《乱弹杂咏》是其"水到渠成，瓜熟蒂落"。可见，在专家眼里，严先生在作为绍剧音乐专家之外，也是研究绍剧艺术的名家，《乱弹杂咏》是其研究绍剧艺术的丰硕成果。而在吾辈局外人看来，读此《乱弹杂咏》，在明白晓畅的话语里，如听长者讲述故事的语境里，可了解这一古老剧种发展的概略，领略绍剧名家的风范，领悟绍剧艺术的魅力。读罢此书，希望有更多的人通过阅读更多地了解绍剧、喜爱绍剧，助推戏曲文化的发展和繁荣。同时，也期待着严新民先生有更多的新作问世，为振兴绍剧艺术作出更多的奉献。

（写于 2012.07）

出人出戏

——观新编绍剧《百岁出征》

　　近日，在绍剧艺术中心剧场观看了由施洁净领衔主演的新编绍剧《百岁出征》。这是浙江绍剧团新近打磨的一部由新人为主演出的绍剧新作。谢幕之际，不禁为这一艺术团体锐意改革的勇气和胆识所折服，更对新一代绍剧艺术家们的精彩演出而赞叹。

　　杨门女将出征保国的故事在京剧、越剧和扬剧等著名剧种的《百岁挂帅》或《杨门女将》里已得到充分演绎，剧中的人物和剧情早已家喻户晓，妇孺皆知。但改制以后的浙江绍剧艺术研究院以锐意改革的勇气，与时俱进，知难而上，把握时代脉搏，以当代意识审视历史题材，结合现代观众欣赏趣味的变化，对《百岁挂帅》和《杨门女将》的剧情进行了大胆剪裁，赋予杨家将保家卫国以新的内涵，塑造了性格更为丰满的佘太君形象。为了展现杨家将形象的丰富性，《百岁出征》删去了《百岁挂帅》里原有的"庆寿"场景，在拆"寿"成"奠"的背景转换中，瞬间渲染成一种由大喜到大悲的情感氛围。佘太君一出场的大段唱腔，慷慨悲歌，动人肺腑。剧中不再出现主和与主战两派的激烈冲突；佘太君在痛失孙子之后没有主动请缨出战，于是也就删去了"骂殿"等情节；寇准屡试不爽的"激将"法没有激发佘太君带兵出战之豪情，佘太君最后答应挂帅出征，源生于杨家将士血脉里奔涌着的国家有难，匹夫有责之内动因；佘太君一时没有答应玄孙杨文广随军出征，体现了爱护杨门独苗，延续血脉的忧虑。最后勉强答应一同出征则体现了佘太君将保家卫国之重任更寄托于下一代的远虑，所以剧中也删去了穆桂英与杨文广母子校场比武这一经典场景。从出征之前的剧情看，《百岁出征》中的佘太君不再是一出场就是忠勇刚烈，无私无畏的巾帼英豪，而是既具儿女情长，更是深明大义，爱国也爱家的英雄母亲形象，显得更加真实可信。为表现战争的残酷复杂和杨家将的智勇双全，《百岁出征》赋予杨文广以更多的戏份，以考量佘太君和杨家众将的情感和智慧，使剧情也更加跌宕起伏。剧中增添了偏将杨文广违抗将令，不诱敌深入，却因报仇心切，擅自出击，终而损兵折将，蒙受重大损失的情节。佘太君在依法当立斩，于情则不忍的选择面前，在寇准及众将士的苦求下，留给杨文广一个戴罪立功的机会。于是，原《百岁挂帅》里穆桂英夜探葫芦谷，深入虎穴的壮举也让位给这位杨门小将去完成，使这位幸存的杨门之后在战争的洗礼中成就大器。尤其是佘太君冒险稳坐中军帐，以下棋诱敌，如诸葛亮操琴唱空城计一般从容淡定，表现了佘太君既有运筹帷幄之智慧，又有临危不惧，胸有成竹的自信。《祭旗》是《百岁出征》的锦上添花之笔。佘太君以手持尚封宝剑作代天巡狩之责，以诸葛亮七擒孟获一般的良苦用心，以不杀败军之将帅，化敌为友，确保边关安宁，以此点明主题，更体现了杨家将的博大胸襟。由此，新编《百岁出征》诠释的不只是驱逐强敌，报仇雪恨，更在于在赢得战争胜利的前提下，彰显止戈为武，与异族化干戈为玉帛，实现和睦共处的意旨，体现了新编绍剧在创作理念上的创新和提升。由此，一个个性更为丰富，更加真实可信的绍剧佘太君形象深印在观众心里。

《百岁出征》也是一部大戏，特别能考量一个艺术团体的整体实力和艺术水准。尤其是对更擅长于猴戏和老生戏的绍剧研究艺术院来说，更是一次新的考验。而绍剧艺术研究院将这一重任落在年轻一代的绍剧艺术家身上。从演出效果看，青年一代演员不负众望，唱念做打既体现着绍剧流派在他们身上的积淀和传承，也显现了新一代艺术家的朝气和活力。施洁净饰演佘太君一角，情绪饱满，收放自如，丧亲时的悲愤，出征时的忠勇，征战时的从容，胜利后的大义，层次分明，张弛有度，尤其是唱腔高亢激越，干净清亮，不愧为目前绍剧第一老旦。红花更需要绿叶映衬。徐峰饰演的穆桂英虽戏份减少，但时现其扎实的艺术功底。饰演寇准的应林锋扮相大方，表演老到，把一个大气而忠诚、机智而诙谐的贤相形象刻画得入木三分。中生代演员顾全荣饰演的杨洪，章金刚饰演的采药老人，虽出场不多，但一招一式颇见功底。杨门女将出征时的集体亮相和群舞非常惊艳。周泽泽饰演的杨文广扮相英俊，充满朝气，也是此剧的一个亮点，他领衔的众武士的武戏也十分精彩。总之，这部以新人担纲的新作，演出阵容整齐，流派纷呈，体现了较高的艺术表演水准。

《百岁出征》在音乐配器显得更多样化，演奏上也不一味地紧锣密鼓或快拉慢唱，而是紧随剧情推进，情感起伏，乐队演奏的或急骤，或舒缓，或无声胜有声，具有很强的节奏感和表现力。在舞美上更是匠心独运，颇见特色。全剧大部分场景以一张破裂的棋盘为背景，中间的破空部分根据不同场景发生着变化，最后，这张破裂的棋盘合而为一，体现着民族和解的内涵，剧情与背景显得和谐统一。舞美很好地为推进剧情服务，具有烘云托月之功。

《百岁出征》毕竟是一次初演，不少方面仍需要作精雕细刻。如能在情节铺垫、唱腔设计和舞台表演等方面多作推敲和打磨，这部新人新作定能成为深受观众喜爱的绍剧精品之作。

（写于 2012. 09. 25）

绍剧印象

近日观看了新编绍剧《生命的飞翔》《秋瑾》《百岁出征》和经典传统戏《孙悟空三打白骨精》等，对浙江绍剧有了更多的认识和理解。寻思前后，感触良多，留下的几点印象，不吐不快。

印象之一：浙江绍剧团是一个善于创新的剧团。浙江绍剧团有着辉煌的历史，有一部部常演不衰的名剧，有一代代名扬海内外的名角。但绍剧人没有陶醉于以往的成就里，而是与时俱进、锐意改革，在推陈出新、出人出戏上不断获得新的成果。《生命的飞翔》《秋瑾》和《百岁出征》便是近年来振兴绍剧艺术的力作，体现着绍剧人不懈追求、勇于探索的精神气质。

《秋瑾》是追求精品的硕果。从《孙悟空三打白骨精》《于谦》《大禹治水》至《秋瑾》，记录着一代代绍剧人不懈追求精品、努力造就经典的探寻历程。追求精品构成浙江绍剧的一大特色，《秋瑾》是为纪念秋瑾就义 100 周年而创排的绍剧新作，曾晋京作献礼演出和赴台湾访问演出，并获多个重大奖项。七年过去，再次观赏这部大戏仍给人震撼和激荡。一是题材选择独具慧眼。鉴湖越台名士乡，也是戏剧艺术的富矿，如将众多名人搬上戏剧舞台，西施、陆游、徐树兰、蔡元培可以是越剧，而勾践、鲁迅、马寅初最合适的应该是绍剧。对鉴湖女侠秋瑾而言，以高亢激越的唱腔、大开大阖的气势去演绎其慷慨悲歌、侠骨柔肠的非凡风采自然以绍剧最为贴切。绍剧人敏锐地把握了纪念秋瑾就义100周年的重要节点，不失时机地赶排《秋瑾》，又一次体现了绍剧人特有的远见卓识。二是剧情构思较为精巧。由于秋瑾形象早已家喻户晓，塑造一个既符合历史真实，又适应当代人审美取向的秋瑾形象绝非易事。编导们以小见大，以史诗般的笔墨，选取秋瑾的工作场所大通学堂，生活场所和畅堂和身陷囹圄的牢狱为舞台背景，以秋瑾就义前的三天的遭际展现三十多年的壮丽人生，通过演员的准确把握和精彩演绎，一个壮怀激烈、忧国忧民、舍生取义，又不失儿女情长的女革命家形象熠熠生辉。全剧情节集中，结构严谨又不失灵活，通过闪回、倒叙等借鉴影视创作的艺术手法，将秋瑾为代表的革命者与贵福为代表的清朝的冲突高度浓缩。全剧从开场到结尾，不时出现的秋瑾还有徐锡麟豪迈而沉郁的诗作，既推进剧情、烘托氛围，更具点睛之笔。三是塑造人物有独到之处。《秋瑾》中的人物形象，既忠实于史实，又作巧妙构思，使人物形象真实可信，也符合当下的欣赏趣味。剧中，除了秋瑾之外，还再现了正气凛然、视死如归的徐锡麟，威武刚勇的王金发，深明大义的嫂子张淳芝，温婉秀美的《女报》编辑徐自华，还有敬佩秋瑾才能的山阴知县李钟岳都栩栩如生。对作为封建统治者的代表绍兴知府贵福也没有作脸谱化的刻画，既展示他饱读经史、书艺不凡，又冷峻地展现他从起初的支持大通学堂办学，到后来反戈一击，搜捕和加害革命家秋瑾是出于维护封建统治的需要。人物形象刻画上的真实可信，增强了《秋瑾》剧性的厚重感和人物形象的丰富性。

《生命的飞翔》是为时而著的佳作。"文章合为时而著"，戏剧也是如此，彰显着艺术家对时代和社会的一种责任和使命担当。但一部现实题材的新戏如果思想缺少沉淀，内涵缺乏升华，易流于肤浅和平庸，更难以构成经典的意义，而《生命的飞翔》却有所突破。它以抗震救灾英雄邱光华机组的英模事迹为原型，揉合抗震救灾中的种种人物事迹，铸就邱光华等英模群像。从艺术水准上看，它不及《秋瑾》精致浑成、立意深远，却以情感人、催人奋进，不失为一部优秀剧目。它没有一些经典大戏般有着丰富的人物冲突、曲折的故事情节，而是重在表现军人有着普通人的常情更有着军人的特性，将军人与家人的血肉真情和军人与群众的鱼水深情演绎得丝丝入扣、感人肺腑。《生命的飞翔》可贵处在于邱光华和他的战友们奋勇当先、义无反顾，又充分展现他们的夫妻情、母子情、父女情，表达他们舍小家、保大家情怀。《生命的飞翔》的闪光点在于刻画了一组英模群像，但英模不是天降人间，而是有着深厚的土壤。邱家父母和姐妹、村长和牛牯在送帐篷中，表现了乡亲们在灾难面前，和衷共济、患难与共的高尚品格。受伤的邱母为了救护伤情更重的群众，缓步走下飞机，放弃优先回成都治伤，一个大义而慈爱的母亲形象瞬间变得十分高大。如此，英模群像的出现不是无本之木、无水之鱼，而是有着丰富的营养和深厚的土壤。《生命的飞翔》虽是"为时而著"，但不作肆意说教，也不刻意煽情，而是以大爱暖人、以真情感人，于是赢得了观众，获得了赞誉。

《百岁出征》是推陈出新的成果。《百岁挂帅》是由老一辈艺术家筱昌顺主演的传统大戏，而绍剧人着眼于推陈出新，通过改造加工，赋予新的内涵，让传统戏迸发出新的活力。于是编导们以当代意识审视历史题材，结合现代观众欣赏趣味的变化，对《百岁挂帅》的剧情进行了大胆剪裁，赋予杨家将保家卫国以新的内涵，塑造了性格更为丰满的佘太君形象。为表现战争的残酷复杂和杨家将的智勇双全，《百岁出征》赋予杨文广以更多的戏份，以考量佘太君和杨家众将的情感和智慧，使剧情更加跌宕起伏。《祭旗》是《百岁出征》的锦上添花之笔。佘太君以手持尚方宝剑代代天巡狩之责，以诸葛亮七擒孟获一般的良苦用心，以不杀败军之将帅，化敌为友，确保边关安宁，以此点明主题，更体现了杨家将的博大胸襟。由此，新编《百岁出征》诠释的不只是驱逐强敌、报仇雪恨，更在于在赢得战争胜利的前提下，彰显止戈为武，与异族化干戈为玉帛，实现和睦共处的意旨，体现了新编绍剧在创作理念上的创新和提升。由此，一个个性更为丰富、更加真实可信的绍剧佘太君形象也深印在观众心里。由此也实现了绍剧力求人出人出戏的目的。

印象之二：浙江绍剧团是一个阵容整齐的团队。是否能排演大戏考量着一个剧团的实力，是否有着经典大戏更检验着一个剧团的成色。浙江绍剧艺术研究院流派纷呈、阵容整齐，各个行当都有传承，特别擅长出演大戏。一部《孙悟空三打白骨精》常演不衰，就是因为剧团人才济济、新人辈出。中生代演员可担当重任，新生代演员日渐崭露头角，使《三打》历经五十年，仍保持着很强的影响力。著名演员刘建杨师承六龄童，有着"江南新猴王"之称；青年演员徐峰师承筱艳秋饰演白骨精一角，一招一式颇有前辈之风采；梅花奖演员姚百青师承汪（筱奎）派，又博采众长，有"江南活八戒"之美誉。加之有马超英（饰演村姑）、章金刚（饰演老翁）、施洁净（饰演老妪）等名角辅佐，使这部大戏保持了较高的艺术水准。去年再次晋京演出，今年开展全国巡演，所到之处好评如潮，盛况空前。绍剧艺术研究院的演员不仅功底扎实，而且一专多能，戏路很宽，既能演古装戏，也能演现代戏。这使剧团在排演新戏有很大的选择余地。施洁净作为绍剧名家钱慧韵的嫡传弟子，工老旦，又胜任小生角色，于是既能主演传统戏中的余大君一角，也能担当饰演秋瑾的重任。同样，在现代戏《生命的飞翔》中饰演邱光华母亲这一配角，演来也驾轻就熟。姚百青主攻二面，以饰演猪八戒成名，但他勤奋好学，戏路宽广。如在《生命的飞翔》中出任主演，在《秋瑾》中饰演贵福，性格迥异，反差很大，但他以深厚的艺术修养和超强的艺术定力完成了艺术创作，受到了圈内外的好评。章金刚作为十三龄童的弟子，饰演老生，无论戏分长短，总让观众留下深刻印象。在《秋瑾》中饰演徐锡麟，把一个虽是一介书生，却叱咤风云、视死如归的革命志士刻画得入木三分。周建瑛和马超英成名于《大禹治水》，在几部新戏中甘当绿叶，在《生命飞翔》中分别饰演余团长和李小燕，在《秋瑾》中又分别饰演山阴知县李钟岳和秋瑾的嫂子张淳芝，无论戏份多与少，他们都全心投入、功底深厚，具有大家风范。绍剧唱腔豪放洒脱、刚柔相济，百姓看绍剧，许多是奔着唱功而去，新一代艺术家唱功依然精湛。施洁净唱腔高亢激越，干净清亮；章金刚唱腔奔放洒脱，又韵味醇厚。而同为王（振芳）派弟子的胡建新在《秋瑾》中饰演戏分不多的蒋纪云，剧中只有一小段演唱，唱腔如行云流水、荡气回肠，既高亢激昂、又婉转绵长，颇得前辈之神韵。

印象之三：浙江绍剧团也是一个敬业爱戏的集体。梅花香自苦寒来，绍剧演员们深谙台上一分钟、台下十年功的艺术规律，耐得住寂寞、经得住清苦，敬畏艺术、尊重观众，立足于出精品、出新人，以争创一流的意识投入创作之中。剧本为一剧之本，导演为一剧之魂，绍剧人十分重视编导的选择。《百岁出征》的编剧徐立根，导演沈斌，《秋瑾》的编剧余青峰，导演郭小男，《生命的飞翔》编导吕建华、裴福林和陈伟龙，都是当今戏剧舞台上成就卓越的名家。绍剧人十分重视体验生活和艺术积聚，为准确塑造《生命的飞翔》中的英模形象，绍剧人接受了近一个月的军训，还专程赴四川灾区某陆航团体验生活。为排演《秋瑾》，主创人员都研读过秋瑾的传记、研究类书籍。全体演员还到秋瑾故居、大通学堂现场等感受历史遗迹。绍剧人还有一个可贵之处是名角出演配角也都能欣然接受，而且全身心投入。如著名演员刘建扬在《生活的飞翔》中饰演个性耿直的牛牯一角，情绪饱满，表演恰到好处。依刘建扬自己的话是："配角也是角。"

这些，便是观赏几部新戏之后，对浙江绍剧的初步印象。

（写于 2013. 08. 12）

越剧的魅力

——从《打金枝》谈起

　　近观传统越剧《打金枝》，它虽不及越剧《红楼梦》内涵博大精深，演出阵容庞大，也不如《梁祝》剧情迂回曲折，情感荡气回肠。但仍不断为风格独特的唱腔而喝彩，被丝丝入扣的剧情所吸引。六十年过去，《打金枝》仍彰显着经典越剧的价值所在，魅力所在。

　　《打金枝》展现的是人之常情。这部戏虽也是表现帝王将相的宫廷生活，但表达的是无论尊贵或低贱都可能遇到的伦理道德。它没有刻意编织故事情节，展现的只是家庭生活中的一个插曲。剧中焦点在于公主该不该去向公公汾阳王郭子仪拜寿？公主身居深宫，自视甚高，君为贵、臣为贱的观念根深蒂固。因此，即使在出嫁之后，仍有一套僵化的宫仪：待红灯高挂之后，丈夫才能进入宫中，见到妻子须行大礼。虽有驸马郭暧再三请求，公主仍不愿去拜寿。理由是君不能拜臣，自己贵为金枝玉叶，不去拜寿并无过错。可是在郭暧看来却是大失面子之事。加之两人争执的焦点从家庭转向国家，一个认为是只有皇家的恩赐才有郭家的富贵，一个认为只有郭家起兵打败安禄山才挽狂澜于既倒，扶大厦于将倾。在互相说服不了谁，矛盾不可收拾情况下，盛怒之下的郭暧冒犯天条打了公主。这让观众拍手称快，因为符合几千年来百姓厌恶权贵，向往平等的愿望。无论贵贱，在家孝顺父母，出嫁尊敬公婆都是必须遵从的伦理观念，不去拜寿让公主失礼数，也让驸马失颜面。

《打金枝》刻画了独特的人物形象。一般越剧中的男女主人公都以展示不同风采的才子佳人为特色，人物个性都比较完美。男性都风流倜傥、才华横溢；女性都知书达理，聪慧过人。如有缺点，男方总是极其痴情，傻得可爱，女方也是谨小慎微，举步徘徊。如《三看御妹》中的封加进和刘金定，《西厢记》中的张生和崔莺莺，《梁祝》中的梁山伯与祝英台等，展示的缺点似也是可赞可叹。而《碧玉簪》中的王玉林是难得的一个让观众顿生怨恨的角色，也只是小人施诡计造成的一场误会，非本性使然，所以能在真相大白之后的送凤冠中得到谅解。也有蜕化变质的，如《秦香莲》中的陈世美，《情探》中的王魁等，而在《打金枝》中刻画的男女主人公个性十分鲜明，优缺点特别分明，人物形象显得更加真实可信。尤其是公主一角性格更为丰富。这也是这部戏有别于其它戏的一个显著特点。公主的性格是在发展变化着的。她不去拜寿是错在理念上，因而与丈夫争执仍振振有词。她向父母哭诉，反复磨蹭，添油加醋诉苦，逼求治罪郭暧，其实也只是希望父母撑腰，教训丈夫，而不是真正治罪。当父母假言答应治罪，公主却信以为准，一时惊慌失措。这时，流露其嘴虽强硬心却很软，深爱丈夫的真心瞬间暴露无遗。一个任性、单纯、稚气，又不失可爱的公主形象呈现在观众面前。对郭暧这位功过分明的少年英豪用明和暗两线来刻画。呈现在观众面前的郭暧是一个怀着郁闷和愤懑的形象，对待公主不去拜寿态度简单粗暴，没有作循循善诱的引导，春风化雨般的感化，行事显得较为鲁莽，以家庭暴力来处理家庭琐事，有失英雄风范。但剧中对郭暧的功绩是通过郭暧和皇上的唱腔里表达郭家父子是皇上的重臣，是护国的豪杰。最后皇上不加治罪反而连升三级也说明对他的器重。由此说明郭暧醉打金枝是一时冲动，而不是本性使然，作为少年英雄也是白璧微瑕。

《打金枝》也是处理家庭纠纷的范本。一部戏长演不衰的一个重要原因是因为有观众。《打金枝》为观众处理家庭事务提供了一个有价值的案例，这也是这部戏的现实意义所在。当子女发生了摩擦，甚至冲突，作为长辈如何面对？《打金枝》体现了一种高超的处理艺术。一是不以理会。知子莫若父，父母最了解子女的脾性，作为女儿一方父母的皇上和皇后虽视女儿为掌上明珠，当女儿上门哭诉，作为父母采取的是佯装不知，不加理会的态度，并不听信女儿的一面之词，显得清醒而宽宏。二是主动揽过。作为父亲郭子仪，得知儿子闯下大祸之后，没有辩解功过是非，而是主动揽过，亲自将郭暧绑缚进宫，如负荆请罪。显示了功臣郭子仪的坦荡胸襟，也为皇上处置这件家务案搭建了一个台阶。三是晓之以理。剧中将劝解矛盾的任务落在温婉的母后身上，母后不偏袒一方，明辨是非。劝婿和劝女儿的唱段中既动之以情，又晓之以理。总的判断是公主与驸马都有过错："我女儿不拜寿是她无有理，你不该吃酒带醉怒气冲冲进得宫去招惹是非。"要求女婿宽宏大量："你让她来她让你，免了多少闲是非。"对女儿："假如你父皇寿诞期，驸马不来你依不依？手压胸想情理，你何不将人比你自己？"至此，矛盾基本得到化解，观众也基本认可了公主也是孺子可教，并不可恶。

《打金枝》还得益于演员的精湛演技。《打金枝》以"拜寿"为由，以"闯宫"激化矛盾。"闯宫"成为全剧的重场戏。在许多视频中，都把"闯宫"中的公主演绎为一个娇生惯养，不通情达理，娇骄之气十足，令人生厌的形象加以刻画。这一切都没有超越吕瑞英的艺术水准。而孙静饰演的公主没有作脸谱化的图解，而是从人物内心出发，体味人物丰富的内心世界，把公主一角刻画得入木三分，显得娇而不妖，真而不诈，一位皇家女主娇贵、率真、稚气性格栩栩如生。"闯宫"开场"头戴珠冠压鬓齐"的大段唱腔也是吕派经典，唱腔很有张力，显得更加摇曳多姿，婉转动听，较好地表演了公主率真的个性和丰富的情感起伏。刘君饰演的驸马郭暧一角，扮相儒雅俊美，表演真切舒展，唱腔凝重大方，富有阳刚之美，颇具范派风采。

《打金枝》自范瑞娟、吕瑞英、张桂风首演以来，一代又一代的越剧艺术家们以精湛的演技表现家庭伦理，人之常情，既引人入胜，又耐人寻味，显现着艺术之美，人性之美，彰显着经典越剧的艺术魅力。

（写于 2014.09）

观经典越剧《红楼梦》

　　六月八日晚上，杭州越剧院在绍演出经典越剧《红楼梦》，吸引了越剧故乡老中青少四代戏迷。偌大的剧院座无虚席，随着剧情推进，喝彩声声、掌声阵阵，长达三个小时的演出无人退席，观众久久不肯离去，大呼过瘾。

　　越剧《红楼梦》有着王文娟、徐玉兰的上海版经典。许多中青年都是观看王、徐主演的电影《红楼梦》后开始喜爱越剧、了解流派、熟悉唱腔，从而成为越剧粉丝。他们对《红楼梦》的剧情、唱腔都耳熟能详，可以说不喜爱《红楼梦》者，肯定不是越剧迷。因此，观赏杭州版《红楼梦》，对越剧迷来说，既是欣赏精彩，更是回味经典。观众都知道《红楼梦》剧情的起承转合，甚至知道演员表演的一招一式，表情的一颦一笑。观赏杭州版《红楼梦》时，虽也会有情感的起伏变化，但不再如观看上海版《红楼梦》时易进入角色，随宝黛的情感变化或喜悦或忧伤，情到浓处更泪流满面，不能自已。观众观赏新版《红楼梦》更是抱着欣赏的心理和品味的意趣，在意听一段段经典的唱腔，是否接近于王文娟、徐玉兰、金彩凤的原唱？在乎看一幕幕唯美的场景，是否有新的创意？还会留心杭州新版与上海老版有什么差异，更有什么创新？于是，观众对杭州版《红楼梦》不再在意教化，而在于审美愉悦。观众恰如观看一场演唱会，许多观众低声和着台上演员的演唱，精彩之处，掌声响起，一曲终了，高声喝彩。

当然，排演新版《红楼梦》需要有与老版《红楼梦》叫板的勇气，更需要有超强创作阵容的底气。杭州越剧院自"徐派第一人"郑国凤加盟之后，如诸葛亮借到东风，完全具备了排演《红楼梦》的实力和条件。除郑国凤饰演宝玉之外，另有王派传人、梅花奖得主陈晓红饰演林黛玉，还有金派传人、梅花奖得主谢群英饰演王熙凤，国家一级演员石惠兰饰演贾政等，后起之秀竺欢欢饰演的紫鹃等都很有实力，这一个强大的明星阵容，完全可与老版《红楼梦》演员阵容相媲美。这些越剧艺术家正值演艺生涯的黄金时期，都拥着一大批"粉丝"，如郑国凤一亮相，台下便掌声雷动。她唱念俱佳，饰演的宝玉形神兼备，富有徐派之神韵。与郑国凤搭档的陈晓红戏路很宽，演技精湛，也深谙王派艺术之真谛。她饰演的黛玉一角，颇有王派之风采。金派传人谢群英功底深厚，一改李秀英式的大家闺秀形象，饰演八面玲珑的王熙凤，虽戏分不多，但同样出色，喝彩不断。明星云集、流派纷呈是新版《红楼梦》成功的重要条件，许多观众是观赏《红楼梦》而来，也是为追星而来，为追捧的流派而来。他们以近听流派为乐事，以目睹芳容为快意。因此，明星效应也是提升新版《红楼梦》艺术水准和影响力的重要因素。

杭州版《红楼梦》传承经典，既有继承，更有发展和创新。

在流派唱腔基本不变的前提下，音乐和配器上更加丰富多彩，加入了不少现代音乐的元素。强大的乐队演奏在演出之时或在场景转移之间，起到了烘托主题、衬托人物、展现剧情、渲染氛围的作用。在主要场景不变的前提下，舞美设计也很见创意。注重写意，体现虚实结合，显得精美而空灵。每一个剧情的灯光布景，与情节、人物情感和演员的动作融为一体，美轮美奂。如"金玉良缘"中，台上布满表示喜气的红色灯笼和象征富贵的透明牡丹，而当宝玉挑开"红盖头"时，红灯笼和透明牡丹瞬间变成白色，显现在观众目光里的冷月白帆，有很强烈的视觉冲击力。在人物服饰上，也很显新意。在传统的基础上融入时尚服装的元素，如宝玉一改旧版中的以大红为主的着装，而变成以粉绿和淡紫色亮相，更显得清秀飘逸，呈现经典与时尚并存之美。

越剧中的《红楼梦》恰如昆曲中的《牡丹亭》，是越剧艺术中不可或缺的经典作品。看罢杭州越剧院的越剧艺术家们的精彩演绎，觉得新版《红楼梦》的创作者把握了时代精神和观众的审美趣味，又融入了现代元素，既尊重经典、敬畏经典，更以超越经典的勇气，有继承，更有创新，为观众精心打造了一场经典文化视听盛宴，较好地诠释了徐玉兰对弟子郑国凤的叮嘱："不要失去经典的东西，传承要好，当然也要有创新。"

（写于 2011.06.11）

实至名归

——记绍剧老旦演员金根娟

初冬时节，绍剧艺坛恰如春风荡漾。绍兴隆重纪念毛泽东为绍剧《孙悟空三打白骨精》题诗 50 周年。有一位沉稳而从容的老人出席了纪念毛泽东为《三打》题诗 50 周年座谈会、著名绍剧表演艺术家筱昌顺诞辰 100 周年纪念会和观看复排经典绍剧《孙悟空三打白骨精》等一系列重要活动。身临其境，这位大气而淡泊的老人不免心潮起伏，感慨万端，五十年的艺术生涯历历在目，几十年的戏剧人生更让她感触良多。她就是绍剧表演艺术家、著名老旦演员金根娟。

老人的思绪一下子穿越了时空隧道，回到了五十年前的少女时代。

在宁静秀丽的剡溪江畔，有一户枕河人家，虽以种菜为业，却又是一个艺术之家。父母和兄弟姐妹吹拉弹唱各有绝活，尤其是长女金根娟眉清目秀，活泼机灵，生有一副清脆的嗓子，在剡溪畔种菜放羊时候，每每纵情放歌，越音清亮婉转，恰如河边竹林百灵在歌唱，令四邻交口赞赏。1956 年 10 月的一天，听说绍剧团在嵊县城里招收学员，乡邻们都以为根娟嗓音好，竭力鼓动她去应试，但出身名门的母亲不很乐意。最后，这位生性喜爱挑战的青春少女说服了母亲，与伙伴们结伴进城赶考去了。在极其严格而挑剔的"绍兴大班"考官面前，她眼看着长相和唱腔俱佳的姐妹们一个个被淘汰出局，心想自己也不会有多少指望。轮到根娟上场了，因自知无望，她反而不再紧张，笑嘻嘻地走到考官跟前。一丝不苟的考官要她表演一个绍剧节目。她乐呵呵地实话实说："我不会唱绍剧，只会几段越剧。""那就唱一段越剧吧！"严谨的考官打量着这个落落大方的女孩子，和蔼地说。这更使她不再怯场，亮起嗓子唱起："我家有个小九妹……"虽不是绍剧名段，可那清丽的音质，如珠落玉盘，让考官们眼睛一亮、心头一喜，他们相视一笑，以为意外发现了一块璞玉，只要加以精心雕琢，可望成大器。

就这样，金根娟意外地从一个农家女孩成了绍剧训练班的一名学员。

农家女孩自小吃苦耐劳，学戏更是勤学苦练。在训练班老师们的悉心教导下，金根娟闻鸡起舞，晨起练功，夜习台词，很快成为训练班学员中的佼佼者，唱念做打打下了较为扎实的功底。对此，剧团领导看在眼里，喜在心上。根据她的形象和嗓音特点，剧团有意将她向老旦方向进行培养，并特意让她拜著名绍剧表演艺术家筱昌顺先生为师，专攻老旦一角。自此，追求绍剧老旦艺术成为金根娟孜孜以求的目标。

由于她肯学肯练，悟性又高，很快就获得了登台演出的机会。她第一个正式演出的角色是《散潼关》中的窦氏。首次亮相就获得热心观众的好评，一向以严格著称的筱昌顺老师也颔首赞许。此后，剧团不断安排她在不同剧目中出演老旦角色，如《岳母刺字》中的岳母，《打姜斌》中的太后，《砵砂球》中的滕母，《打銮驾》中的李后等。这一系列演出，初露其舞台表演才华，也积累了舞台实践经验，观众也开始注意这个"小老旦"的表演。

让金根娟最为难忘的是一次救场经历。

绍剧《百岁挂帅》是恩师筱昌顺和著名绍剧表演艺术家陈鹤皋主演的绍剧大戏。有一天，筱昌顺因急赴上海电影制片厂做后期录音，可第二天演出的海报已张贴，如临时取消观众不会答应，也影响剧团的信誉。剧团领导左思右想，一时无以应对。无奈之下，想到了筱昌顺的女弟子金根娟，想让她顶替师傅出演主角佘太君。这当然是一着险招，因为此前，金根娟从未排演过这出大戏，只在台前幕后观摩师傅出神入化的表演。可是，这一天剧团已别无他策，唯一可信任的是金根娟的勤奋和悟性。在剧团领导充满期望的目光下，金根娟不好推辞，临危受命。这一天夜里，金根娟把自己关在房里，案头是一部《百岁挂帅》的剧本，脑海里全是师傅筱昌顺扮演佘太君形象的唱腔和表演。筱昌顺授徒有别于他人，不专注于一招一式的示范、指点，做到形似，更在于引导徒弟领悟角色的个性、神韵，努力达到神似。金根娟深谙师傅之道，既边踩着鼓点，边记台词，边念边唱，尽快做到熟稔于心，更是努力领会人物性格，使自己尽快入戏，进入一种创作状态之中。

第二天夜里，在剧团领导的期待和担忧之中，金根娟胸有成竹地登台饰演这部绍剧经典大戏中的主角——佘太君。一亮相，观众眼里扮演佘太君的不是绍剧名家筱昌顺，却是一个"小老旦"，让他们感到意外。一亮嗓，"急忙忙，行匆匆，不觉来到御殿东，叫排风，急撞景阳钟，佘赛花上殿来传颂……"声音高亢激昂，浑厚华丽，让观众大感惊喜。顿时台下掌声四起，高声喝彩。这使一夜未眠的金根娟信心倍增，也让捏着一把汗的剧团领导真正放下心来。整场演出，她情绪饱满，收放自如，既显现着师傅的艺术神韵，也凸现出自己的飞扬激情，把一位深明大义、忠君爱国又不失儿女情长的余太君形象展现在观众面前，让观众大呼过瘾，高声喝彩。自此，"绍剧小老旦"之誉，声名鹊起。

让金根娟留下美好记忆的是参加了绍剧《孙悟空三打白骨精》的演出和电影拍摄。

上世纪六十年代前后，绍剧流派纷呈，名家云集。六龄童、七龄童兄弟，陈鹤皋、筱昌顺、章艳秋等名家正值演艺的黄金时代。剧团排演经典大戏《孙悟空三打白骨精》，由导演艺术家邢胜奎执导。为扶植新人，剧团在安排绍剧名家扮演主要角色以外，让部分有潜质的年轻人出演重要角色。其中，让"小老旦"金根娟饰演金蟾大仙。金根娟随剧团在全国巡回演出，足迹遍布大江南北。这部戏赴京参加全国戏剧汇演，获优秀演出奖、剧目奖。1961 年，在中南海怀仁堂，毛泽东、周恩来、朱德等党和国家领导人观看演出。毛泽东主席专门为《三打》题诗《七律 和郭沫若同志》。金根娟亲历了这一个绍剧艺术的辉煌时刻。剧团将毛泽东的题诗谱曲，准备在演出的幕启之时，增加幕后演唱毛泽东题诗。经多位著名演员试唱，最后确定由金根娟承担每一次的演唱任务。

在上世纪六七十年代，金根娟还在一些绍剧现代戏中出演一些"老大娘"角色。如绍剧《龙江颂》中的盼水妈，《奇袭白虎团》中的崔大娘，《智取威虎山》中的李母，《年青一代》中的老妈妈，《争儿记》中的老奶奶等，演出足迹遍及城市乡村。特别是当绍剧《龙江颂》在余姚一带演出时，应当地戏迷的强烈要求，她演唱的盼水妈唱段经电台录音。一段时间内，天天在广播电台播出。

最让金根娟倾注心血的艺术形象是绍剧《于谦》中的皇太后一角。文革结束后，人到中年的金根娟迎来了戏剧人生的新的春天。经历了文革的考验，加之多年的人生历练和对艺术的执着追求，她的表演艺术修养获得不断提升，老旦艺术表演更加成熟。她先在《于无声处》中扮演刘秀英，又在《王佐断臂》中扮演乳母一角，并在 1979 年绍兴地区文艺汇演中获得二等奖。为向建国三十周年献礼，剧团复排《于谦》，金根娟出演皇太后。在剧中，她与饰演于谦的十三龄童王振芳演对手戏，一正一邪，引发诸多矛盾冲突，推动着剧情发展。金根娟把太后开始时对于谦百般阻挠，危急时又一筹莫展的窘态演绎得丝丝入扣，栩栩如生。戏迷们对她扮演的皇太后爱恨交加。太后的目光短浅、色厉内荏的个性让观众义愤填膺，而金根娟高亢激越，富有感染力的唱腔和炉火纯青的表演艺术让观众如痴如醉，不时赢得满堂喝彩。绍剧《于谦》公演后获得了巨大成功，金根娟扮演的皇太后也受到了广泛好评。在省内，受到了著名剧作家顾锡东，时任省文化厅厅长、著名剧作家钱法成等专家的赞赏。在上海，《于谦》连演二十九场，场场爆满，受到徐玉兰、周宝奎等越剧名家的好评。在赴京参加国庆三十周年献礼汇演中，获得文化部颁发的演出一等奖。同时，受到中国文联常务副主席，著名编剧、戏剧家、作家阳翰笙的亲切接见。京剧艺术大师梅兰芳夫人和子女梅葆玖、梅葆玥在家中设宴款待王振芳、金根娟等主要演员。著名戏剧评论家张庚认为"绍剧《于谦》是出好戏，它有三好：剧本好、导演好、演员表演好。"给予很高的评价。《于谦》是绍剧在文革结束后的丰硕成果，也是继《三打》之后又一个艺术高峰。金根娟扮演的皇太后一角，也是她绍剧老旦艺术表演走向成熟的一个标志。

五十年光阴瞬息而过，让艺术家深感欣慰的是绍剧艺术后继有人。回首绍剧人生，让她无怨无悔的是青春和生命奉献给了绍剧表演事业，更让她聊以自慰的是在不同时期饰演了不少老旦角色，既赢得了专家的肯定，同事的尊重，更获得了观众的厚爱。就在2011年12月1日纪念著名表演艺术家筱昌顺诞辰100周年座谈会上，省市领导、绍剧名家和戏迷济济一堂。专程从余姚一带赴会的绍剧戏迷遇见了这位当年的"小老旦"、现在的银发"老旦"喜出望外，纷纷要求金根娟献唱一曲。盛情之下，淡出舞台多年的金根娟推辞不得，在名家和戏迷面前信口一段佘太君《百岁挂帅》唱腔，又引来满堂喝彩，她也觉得似穿越时空，回到了阔别已久的绍剧舞台上。在座谈会上，浙江绍剧团原党支部书记刘显扬在会上由衷地指出，金根娟是"师承筱昌顺老旦艺术最神似、最出色的一个。"年近九旬的"美猴王"六龄童用最朴素而简练的语言称金根娟是"老旦大王"。应邀专程出席座谈会的著名编剧、戏剧理论家沈祖安欣然为金根娟挥毫写下苍劲而奔放的四个大字："实至名归"！

近年来在研习书法上大有长进又颇有心得的这位"老旦大王"手捧着这幅珍贵的墨宝，细细端详着"实至名归"四个大字，既是欣赏书法，更在体味真意，感悟底蕴。这个特殊的纪念会，让她百感交集，又豪情满怀，在寒冬之时，心头涌动暖流，脸上写满了春光。

（写于2012.01）

琴瑟谐和

——《实至名归》编后

　　去年夏天，岳母意外永别，留给家人的是难愈的隐痛和深切的缅怀。在岳母去世一周年之际，姐妹仨商定为绍剧艺术家母亲编纂画册，展示艺术人生，追忆养育之恩，以此告慰妈妈，激励后人。

　　画册以戏剧评论家沈祖安为岳母的题词"实至名归"为题，以岳母剧照和《自述》开篇，用大幅图片展示沈祖安、钱法成的题词和金云苏的题诗，岳母的书法作品和纪念毛泽东为《孙悟空三打白骨精》题诗五十周年合影，力求从总体上呈现岳母的多彩人生和艺术成就。具体分六个板块以图文并茂的形式展示岳母的丰富和精彩。"艺术掠影"撷取岳母在绍剧古装戏和现代戏中饰演老旦的几个舞台形象，展现岳母的舞台风采。同时选取演出间隙的部分合影、演出海报、手抄剧本和奖状等，显示岳母功夫在戏外的追求和舞台之外的神采。"舞台情缘"主要展现近年来，岳母在参加毛泽东为《三打》题诗五十周年、纪念筱昌顺诞辰一百周年、钱法成书法展等绍剧重大活动中与著名编剧、演员、同事和戏迷的合影照片，彰显岳母与绍剧的不解之缘。"琴瑟谐和"在多视角多侧面呈现绍剧"老旦"岳母和"弹王"岳父相濡以沫，牵手一生的情状以外，以较长篇幅的文字描述岳父追求绍剧演奏艺术，又奉献家庭的牺牲精神和担当情怀。"血浓于水"以众多的新老照片显现温馨祥和，丰富多彩的家庭生活画卷，以及与众多亲戚的亲密关系。"修身养性"着重反映岳母的退休生活：坚持公园晨练、研习书法绘画、结交良师益友，倾心旅游观光，展现一幅黄昏夕阳，彩霞满天的晚年生活图景。"书画集萃"展示岳母在舞台艺术之外，于书画领域的创作成果，显示岳母不顾年迈，好学上进，孜孜不倦的精神品格。画册最后部分，特意绘制《金根娟杨顺昌家族谱系图》供后人追根溯源，汲取能量，执着前行。还录入编者发表于《大舞台》，让艺术家岳母备感欣慰的《实至名归》一文，既可领略岳母的绍剧老旦艺术风范，也是诠释画册标题，呼应《自述》。

画册资料主要源自岳父母珍藏的相册和文稿，部分来自姐妹仨提供的与爸妈的合影照片。岳父的师兄严新民和岳母的师弟周淇渭两位绍剧前辈对编制画册给予热情鼓励和鼎力支持，提供了珍贵资料和史实，并对部分剧照作出认真甄别，给予很大帮助。

编纂岳母画册，梳理岳父母的人生轨迹，提炼他们的精神品格当然义不容辞。只是有关岳父母的图片和文字资料不够系统而完整，感悟他们丰富曲折的人生经历也不够准确而深刻，难免有不少疏漏和失误之处，难免造成缺憾。

2017 年 5 月 14 日（母亲节）

跋

　　一路走来，似与文字结缘，源于所学专业和爱好，也归之从事岗位和经历。

　　许多人以为，凡学中文的总会读读写写。离开学校进入机关后，没过多久就被推至办公室做写手。其实，学校里的读写与党政机关的公文写作是两码事。当然，不能说不会，内心惶恐也得硬上。不知过了多久的淬炼，在众人眼里已是"一支笔"。十年间，笔尖下不知流出了多少文字，只知道任务接踵而至，兵来将挡，水来土掩，乐在其中。也曾有痛楚，那是父亲病危期间的一个周末，一边伏在窗前奋笔疾书，一边默念着请父亲原谅，完工之后便急匆匆赶赴医院。

　　自成为部门班子的一员之后，才停下做专业写手。这时候，想到可以重拾爱好，吾笔写吾心。在业余时光，一边有意写些调研文字，一边随心玩着散文随笔，把所见所遇所感化成一行行文字。几年间，调研和散文不时见于报刊，丰收的景象呈现一时。写作从爬格子变成敲键盘之后，建个文档保存文字既便捷又节俭。可也会有意外。有一回，有孩儿上门玩耍，见手提电脑在桌，便立即开启电脑玩上游戏……待我打开电脑想敲键盘时，见电脑桌面一团漆黑，所有文字化为乌有。电脑可换新，文字却一去不返。懊恼一阵子之后，便追个时髦，在网络上开个博客，视作书桌的抽屉。几年间积累了不少篇目，也结识了许多不知真名实姓的文友，与之交流也成业外一大乐趣。

当然，心里明知主责主业始终是肩上扛着的使命担当。思量前后，负责过城乡就业、职业培训和技能鉴定、协调劳动关系、工资福利、舆论宣传、理论教育、互联网导控、文化产业、社科事业、纪检监察等，对每一职责都视为神圣，极其敬畏，不敢有丝毫的懈怠，希望做到心中以为的极致。而挥笔随意挥洒，只能归于业余。这几年积聚的一些文字只是履职之余之积淀，如琼浆归之嘉禾之酝酿，泉流源于青山之涵养，谈不上精深、雅致、浑成，只求袒露真情实感，在俯仰之间，点滴之中，传递真情，彰显善意，弘扬美好。

父亲一向尊师重教，也是儿女读书写字的启蒙者。父亲辞世后，母亲在，觉得家仍在，知道应备加珍惜。于是，常喜欢跑回家看看。母亲虽记忆力减退，对当前事易健忘，而对往事却记忆犹新，听母亲反复唠叨着陈年旧事，只有亲切感觉，无丝毫的厌倦。家是心灵港湾，家乡是精神圣地。记得满七岁那年大年初一，暖阳之下，父亲牵着我的手，行走村道，览观雕栏玉楼、气宇轩昂的亭台楼阁，又登上葱郁的图画山，眺望山环水绕、重檐叠栋之胜状，俯瞰密林深处双涧合流、清涟掩映、飞瀑潺潺直泻梯云桥下，觉得好新奇、兴奋。儿时的这一幕渐渐默化为挥之不去的乡愁。许多年后，听亲友倾情歌唱《小村之恋》，以为歌中描绘之情景恰如咱山村之状貌，传导的情感也若心中之意绪。曾走过不少乡村，以为咱山乡风情不逊于许多名村。于是，希望尽快蝶变为生态宜居、村风文明之美丽村庄，成了内心之愿景。

离开家门，一路走来，获得许多师长的教导和厚爱，总是心存感恩，更景仰他们的教养和情怀。贤者是一部书，听一席言胜读十年书。他们的哲思、学养和才智不时给予诸多启迪，始终视他们为良师益友。平时也是心仪与他们倾心交流，虽不能常常聚首，也会时时关注他们的足迹。与贤者相交不论年龄大小，地位高下，只重人品和涵养。对年长者满怀敬意，对同龄者心存坦诚，而对青年才俊也是格外器重，十分爱惜，即使是点滴进步或微小收获也为之欣喜和自豪。知道人无完人，只要厚德载物，自强不息，术业有专攻，就会有所包容，可以敞开心扉，或尊敬或赞赏，或聆听或畅谈，视为一大快事。

不太喜欢闲逛闹市，喜爱漫步小巷；不在乎游走都市，喜欢穿越乡村。未及行者无疆般的洒脱，尚无归田园居式的超然，想着踏遍青山，歌山吟水，享受山高人为峰的豪迈和奔放。在没有电脑和手机的时候，偶然出行，会带上一小本笔记，夜深人静时便将所见所闻所感略作记录。为数不多的海外之行，没有过多娱乐，只是静心记叙一时一地的风土人情、内心体验，以文字作为照片之外的更深印记。曾向万云骏学过诗词曲，近来试着玩起诗词。国庆长假赴东欧观光，以手机上填词造句为乐事。事后却觉得诗与文体性不同，各具特质，不可厚此薄彼。

如果女儿是幼苗，那么家便是沃土，家教更是阳光雨露。心里明白为人父还须为人师，养育之外更在意教化。在接送女儿上学路上，或在家庭作业本上签字之后，成了与女儿闲谈细聊的珍贵时间。从不居高临下或故作高深，只视女儿为学子和朋友，身教言传，润物无声。对此，女儿曾一言以蔽之：母亲重在情感滋润，父亲意在人格塑造。女儿少小离家飞赴海外苦读，留下了不尽的牵挂。明知许多担心都是多余，但仍然难以释怀。于是，网络交流成了隔洋对话的常态。寒暑之间，为应对炼狱般的考试而纠结，为一次次顺利通过而释然，为一个个硕果获得而欣喜。每一次期盼中飞回总是交织着欢欣和眷恋，每一回离去又是掺和着不舍和希冀。一年又一年，从高中至硕博，从精算到法学，时至昨天，女儿报告：最后难啃的四门功课已经通过。此刻纵目窗外，但见冬日暖阳，绿影婆娑，小树苗壮成长。

曾有亲友问我业余会干些什么来着？我一时语塞，觉得没有特别擅长的娱乐爱好，或时兴的休闲项目。细想起来，一些兴趣爱好源于学生时代，在电视机还十分稀罕的年代，看郎平、汪嘉伟们打排球，容志行们踢足球，蔡振华们打乒乓球，听宋世雄现场激情解说，便迷上了体育，也将女排精神内化为青春励志的动力。看电影《小花》《红牡丹》迷上了电影和电影插曲。又偏爱谢晋的史诗式电影和吴贻弓的散文化电影，就试着玩起了影评。偶尔看越剧《醉公主》，听唱腔清丽婉转，看武功又十分了得，就爱上了看戏和听戏，后来还爱上了京剧、话剧、歌剧，乃至芭蕾、交响。只是城市过小，很少有歌剧和交响演出，只有本土的越剧绍剧常演不衰。每每走进剧场总是饶有兴味，乐此不疲。与岳母闲聊绍剧逸闻，也兴味盎然。每天翻翻书归于习惯使然。不太关注畅销书，宁可费时重读经典，尤其对本地作家艺术家的文艺新作和学者的文史专著喜爱有加，总会潜心研读，热望着越文化的振兴和辉煌。

　　这些领域和对象显现着自己业外的注意力和兴奋点，也折射着自身的格局和趣味。偶然动笔也是对此的阅读、品赏和领悟，没有什么功利，纯粹是有感而发，近乎自娱自乐。因而，较之于作家和艺术家，自己只是一个虔诚的读者和观众。品读无止境，我定将继续阅读当下和今后，打量内心和外物，吾笔写吾心，将此进行到底。

　　散文集《润物无声》得到挚友谢方儿的悉心指导和帮助，并为之作序，在此谨表谢忱。

2017 年 12 月 17 日，于枫林居